JN094101

新説 東洲斎写楽

浮世絵師の遊戯《ゲーム》

高井 忍
TAKAI Shinobu

文芸社文庫

神津君、すべて議論というものは、まず第一に大きな仮説を立て、その説に有利な材料ばかり採用して、不利な資料を捨て去れば、どのような論断でもできるものなのだよ。そういう議論の進め方には何の科学性もない。

——高木彬光著『成吉思汗の秘密』

目次

史料の引用に当たっては、読みやすさを考え、旧字体を新字体に改め、句読点、振り仮名を付したりした。ただし文語文の旧仮名遣いはそのままとした。

写楽　一七九四年

一

寛政六（一七九四）年正月。

倹約とは建前ばかりの極端な禁制と容赦ない取り締まりで、民衆の楽しみをさんざんに奪った松平定信《まつだいらさだのぶ》は前年中に老中職を罷免《ひめん》となり、江戸市中はようやく息を吹き返したかのようだった。どれほど冬が長くとも、やがて春は訪れる。江戸の誰しもが浮かれた。芝居町《しばいまち》では新春の興行が幕を開けて、客の入りも上々という。出版業界も久しぶりに活気づき、芝居人気の盛り返しを当て込んで黄表紙《きびょうし》*1や錦絵《にしきえ》*2の新作を競って売りに出した。

飯田町中坂の履物商の婿会田佐五郎《あいださごろう》が突然の呼び出しを受け、日本橋通《とおり》油町《あぶらちょう》の書肆耕書堂《しょしこうしょどう》を訪れたのは月半ばの某日のことだった。

耕書堂は前年までの佐五郎の勤め口である。力士のような外見に似ず、戯作者を志し、すでに黄表紙を数冊上梓した佐五郎は、その縁で耕書堂に居候させてもらい、手代として働きながら戯作*3を書きつづっていた。もっとも、この男は客商売にとことん不向きな性分で、そこで耕書堂の主人蔦屋重三郎《つたやじゅうざぶろう》*4は入り婿の口を探してきて生活が成り立つようにしてやった。それからも耕書堂と佐五郎の繋がりは切れず、頼まれ事を持ち込まれたり、逆にこちらから持ち込んだりの付き合いが続いている。

——この佐五郎、もとの姓を滝沢《たきざわ》といい、戯作者としての号を曲亭馬琴《きょくていばきん》*5といった。

会田佐五郎すなわち曲亭馬琴が耕書堂の前までやってきた時、ちょうど逆の方向から、恐ろしく粗末な身なりをした男がてくてく歩いてくるのが見えた。

藍染めの木綿の袷《あわせ》はツギハギだらけ、綿入れの半纏《はんてん》もよれよれで、草履を裸足に突っかけている。見るからに無精たらしく、皺くちゃで色の黒い顔は一見すると猿のようだが、縦に長いところは典型的な馬面。お供の代わりに、年の頃、三、四歳くらいの、真っ赤な衣を裾短《すそみじか》に着た幼女を後ろに連れていた。

猿顔にして馬面のこの男は馬琴に気づくとにいっと笑い、むやみに元気に呼びかけた。

「やあ、たっ、きい、い！　達者だったか」

「やめんか。誰がたっ、きいだ、誰が。背筋がむず痒くなる」

「たっきいは好かんか。なら、ばっ、きいではどうだい？」

「どうもこうもあるものか。その言葉遣いは何のつもりだ。お前さん、おのれが歴史小説の登場人物であるとの自覚がちと足らんのではないか」

「うるさいことをいうな。この時代の語彙やいいまわしを正直に再現していたら、読者の皆さまに意味が通じない。おいらだって途中で放り出しちまわあ」

「難儀な登場人物だな」

この物語は歴史小説である。

あくまで歴史小説である。

誰が何といおうと歴史小説なのである。

歴史小説はかつて実在した人物や事件を直截《ちょくせつ》に扱い、史実を踏まえ、歴史上の出来事そのものの魅力の追求を目的として描かれるものだ。もちろん、歴史に題材を求める以上、歴史的事実をぞんざいに扱えないのはどんなフィクションでも当たり前の大前提だが、歴史小説を標榜《ひょうぼう》するとなればなおさら史実や考証からの逸脱は慎まなくてはならない。とにかくそういうものだと約束事があるのだから、好き勝手はできないのだった。

「それを分かっておるのか、こいつ……」

「うん？　何かいったか、たっきい」

「いや、独り言だ。それはそうとお前さん、耕書堂に何ぞ用事があって来たか」

「おうよ。蔦重《つたじゅう》の旦那からお呼びがかかったのさ」

「ほう。わたしと同じ用事かな」

馬琴は男の後ろに首を動かし、背中を丸めて幼女の顔を覗き込む。

四角い顎の輪郭が連れの男によく似た幼女は、お気に入りのぬいぐるみか、あるいは抱き枕かのように巨大な張り子の唐辛子を両腕に抱え込んでいた。

「お栄《えい》ちゃん、しばらく見ないうちに大きくなったねえ」

「おえー？」

猫撫で声で話しかける馬琴に幼女は首を傾け、

「おえーじゃないよ、おーいだよ」

馬琴は男に顔を戻した。

「お前さん、娘の名前くらいはちゃんと呼んでやったらどうだい」

「他人の名前を覚えるのは苦手なんだよ」

「だからといって、おーいはないだろう、おーいは。自分の名前を、おーいだと勘違いさせたまま娘を育てるつもりなのか。だいたい年端もいかない娘を何のために連れ歩いておるんだ？」

「蔦重の旦那のお申しつけなんだよ」

「旦那が？」

「おうよ。色香のないお話は読者が嫌がるから、娘の一人でも連れてこいだって」

「何と安易な……それに色香で読者の気を惹くにしても、いくらなんでも幼女とはあざとくないか」

「うちのクソガキどもでお父つぁんに懐いてくれるのはこいつの他にいないんだよ」

「寂しい家庭だな。とにかく、おーいはやめい、おーいは。子供の教育によろしくない」

見たところ、耕書堂はそれほど流行っていなかった。客の姿もまばらなもの。店先に並べられた黄表紙や洒落本*6、錦絵などもいま一つ見栄えがしない。

番頭が店に現れた三人連れの姿を認め、相好《そうごう》を崩して近づいてきた。

「これはこれは、曲亭馬琴師匠と勝川《かちかわ》春朗《しゅんろう》師匠がお揃いで」

「旦那のお声がかりでうかがいました」

馬琴は頭を下げつつ、隣りの男をちらりと見やる。男はきょろきょろ辺りを見まわしていた。

「何かあったか？」

「いま、シュンローとやらがどうとか」

「何をいっておる。お前さんの画号だぞ」

「へ？」

「首を捻るな。自分の経歴くらいは前もって予習しておかんか。お前さんはな、生涯に三十回以上の改号を繰り返すのだ」

「おいおい、えらい忙しないな」

「ついでに述べると、生涯に九十三回も引っ越したといわれておる」

「いちいち勘定した暇人がいるのか」

「だから、いわれておる、だ。正確な回数は知らんよ」

「おやおや」

「何だか不安になってきたな。そんなことで歴史小説の登場人物が務まるのか」

危ぶむ目で馬琴は相手を眺めた。

架空のキャラクターとは違い、歴史上に実在した著名人となると、フィクションの中の登場人物といえども何かにつけ制約が多い。歴史上に実在した本人の経歴、事跡、逸話、人物評を踏まえて言動に気を配るのは最低限の作法というものだ。

「仕方がないな。ひと通りの説明はしておくか。お前さんが、初めに勝川派に入門して名乗ったのが春朗。一時期は群馬亭《ぐんまてい》とも称したらしい。破門の後、しばらく経ってから二世俵屋宗理《たわらやそうり》を襲名する。以降は思いつくまま画号を改め、辰政《ときまさ》、可候《かこう》、北斎《ほくさい》、雷震《らいしん》、戴斗《たいと》、為一《いいつ》に画狂人《がきょうじん》に卍《まんじ》――これらはみーんな、お前さんが使い捨てることになる画号なのだ」

「ややこしくてかなわんな」

「文句を垂れるな。誰のせいなんだ。話を戻すと……いまのお前さんは春朗。勝川一門からはとっくに追い出されたが、次の宗理を譲ってもらうまでにはまだ一年ほどある」

「春朗かあ……春朗ねえ……」

「不服でもあるか」

「春朗といわれても、誰なのやら分かりづらい。読者の皆さまにも不親切じゃないか。面倒なのは抜きにして葛飾《かつしか》北斎*7でよろしくないか？　そっちの方が世間さまの通りもいい」

「……あのな。少しは考証に従わんか」

「そんな小難しいことにこだわっていると読者が嫌がるぞ。ここからはおいらの呼称は北斎で統一。北斎で決定」

「…………」

やくたいもないやりとりをうんざり顔で聞いていた番頭が、この時、わざとらしく咳払いすることで注目を促した。

「旦那さまもお首を、ながあーくして、お待ちでございましょう。どうぞ奥まで」

馬琴としゅんろ——否、北斎父娘は番頭の後ろをおとなしくついていった。

戯作者、曲亭馬琴。浮世絵師、葛飾北斎。後年『新編水滸画伝《しんぺんすいこがでん》』『椿説弓張月《ちんせつゆみはりづき》』他の長編伝奇小説で何度となく組み、どこか腐れ縁といった感の交流を続けることになる両人だったが、それぞれ無名で、暗中模索のこの頃からすでに面識はあった。

蔦屋重三郎は奥の座敷で待っていた。

この年、蔦屋は四十五歳。実際の年齢より老けて見える。ここ数年間の厳しい取り締まりで、気苦労が絶えないためだ。たびたびの発禁処分の挙げ句、山東京伝《さんとうきょうでん》*8の筆禍事件に見舞われたのが寛政三（一七九一）年。後世の巷説《こうせつ》に財産の半分を没収、店舗の間口まで半分に狭められたとまことしやかに噂される受難からは三年しか経っていない。

「よく来てくれた」

それでも蔦屋は豪放に笑って彼らを迎えた。戯作者と浮世絵師は蔦屋の前に並んで腰を下ろした。

一番端に座ったお栄が張り子の唐辛子を抱えているのを見て、蔦屋は目を和ませた。

「感心だね。七味唐辛子売りのお手伝いかい」

「おーいのお父つぁんはダメ人間なのです。社会人としても家庭人としても立派なポンコツなのです。おーいがしっかりしないと、どうやっても生活が立ちいかないのです」

蔦屋の目がお栄から彼女の父親に戻る。

「まったく、どうしようもないお父つぁんだね。娘にダメ出しされたよ」

「おいらもみっともないのは重々承知なんだが、何しろ史実のままでもそういうキャラクターだと聞いたから」北斎は頭を掻きつつ、「ところで、蔦重の旦那。いったい今日はどんな御用事で？」

「そうだった。馬琴師匠。春朗師匠。お二人に来てもらったのは他でもない」

「おっと、読者の皆さまに分かりやすく、おいらの呼称は北斎でよろしく」

笑顔で訂正する北斎に、一瞬、蔦屋は続きの言葉を詰まらせた。

「……近いうちに役者絵を扱おうと考えておる。ただ役者絵に手をつけるのではない。かつてないほど大々的に売り出してやる。そうと決めたのには理由が二つある。いまのところ役者絵は他に比べて規制が緩いというのが理由の一つ目。一番の売れ筋は美人画だが、昨年からにわかに締めつけが厳しくなってきてな。喜多川歌麿《きたがわうたまろ》＊9もいまは目立つことは避けたい、今後はリスクを分散してなるべく多くの版元から仕事を均等に引き受ける方針でいるからそのつもりで、などと申しておる。で、何としても代わりになるものが欲しい」

「なるほど」

「二つ目に、つい先日甘泉堂《かんせんどう》から売り出された歌川豊国《うたがわとよくに》描くところの『役者舞台之姿絵《やくしゃぶたいのすがたえ》』、これがたいへんな評判となっておって、飛ぶような売れ行きなのだ。いまなら役者絵は売れる。ここで乗っからない手はない」

「二番煎じと思われやしませんか」

馬琴が首を捻る。すると蔦屋は不敵に笑い、

「何の、そうは思わせないのが商いの工夫さ。なるほど甘泉堂には先んじられたが、ならば、こちらは数を揃えて巻き返す。三、四十点ほども一度にどーんと売り出してやるわ」

「三十点を一度に！」

「一年のうちにこれを四度。およそ百五十点を出版することになるな。江戸中が仰天するぞ。売れ筋の一流どころに限らないで、二流、三流の端役まで描くことになるが、何十点という役者絵の新作がずらりと店を埋めるのだ。この手の趣向は徹底してやらんことには喜ばれない。豪華な大判*10、雲母摺《きらず》*11りで売り出そうかと思案しておる。豊国の錦絵も隅へ追いやられよう。二番煎じの、後追いの、そんな悪評もすぐに消え失せる」

「えらいことを考えなさる」

「甘泉堂を真似たと思われても癪だ。役者絵は役者絵でも、画風はまるで違ったものにしたい。豊国の役者絵は、あれは役者を描くというより、芝居の中の一場面を描いたもの。こちらは逆に役者そのものの似顔を、役柄としての外面の下に役者の地顔が見えるものを描かせる」

　自らの構想にどこか浮かれるような蔦屋の物言いだった。

「絵師の名も決めた。東洲斎写楽《とうしゅうさいしゃらく》という」

「とうしゅうさい、しゃらく……」

馬琴と北斎は、それぞれ呟くようにその名を反復した。

「新しい役者絵を売ろうというのだ。すでに名が知れた者をそのまま使うのでは新味も面白味も欠く。かえってその名が枷《かせ》になることも。といって……相当に腕の立つ絵師でないとこの大仕事の役に立つまい」

「写楽とやらは、いったいどこの誰なんで？」

探る目つきで北斎が訊いた。

「初めは歌麿に持ちかけた。歌麿が引き受けてくれれば面倒はなかった。美人画を描かせたなら天下逸品、写生上手で、役者を描くことになっても必ずや期待に応えてくれよう。もともと歌麿はわたしの力で世に出たようなもの。多少の困難はあっても不都合ないと考えたが……ところがどっこい、ぴしゃりと撥ねつけられたわ。よほど趣味に合わなんだらしい。そのような下品な絵は描きたくない、の一点張りだ」

「なるほど〈わるくせをにせたる似づら絵〉はお断りというわけですか。さすがは歌麿師匠、御自分が書き残した文言はきちんと押さえていらっしゃる。誰かさんとは大違い」

得心顔で馬琴は頷く。

「そんなこんなで写楽の件は歌麿に断られた。ああまで激しく拒絶されたからには歌麿は諦めるしかない。代わりの誰かを写楽に仕立てる。だからといって、絵師選びに時間は割けない。流行は移ろいやすい。芝居人気が衰えた頃になって出版できたのでは目も当てられんからの。写楽の企画で耕書堂が直面しておる状況は……ただいま話した通りだ。だいたいのところは呑み込めたか？」

「で、結局のところ御用件は？」

「写楽の正体をよろしく頼む」

「ほおーら、やっぱり」

北斎は馬琴を振り返り、困った顔で言葉を継いだ。

「おいら、写楽になっちゃったよ」

馬琴はうう－んと唸り声で応じると、こちらも渋い顔つきになって天井を仰いだ。

「気が進まぬようだな」

明日の天気でも話題にするような口吻《こうふん》で蔦屋が訊いた。

「ただ描くだけならかまいませんがね。ですが……こいつは浮世絵の歴史に残る大仕事でしょう。ホントにおいらでよろしいので？」

「よろしくないなら初めから声はかけない。それにお前さんが写楽になってくれるとしたら、本音と建前の二つの点で都合がよいのだ」

「本音と建前ねえ」

「どちらから聞きたい？」

「では、建前から何とぞよろしく」

北斎は頭を下げて促した。

背筋を正し、蔦屋は両の拳を膝の上に置いた。大げさに喩えるなら考証上の所見を披瀝《ひれき》する史家の趣があった。

「第一に、お前さんの浮世絵の師は勝川春章《しゅんしょう》。描かれた役者が誰なのか、それこそひと目で見分けがつくような、従来にない写実的な似顔を最初に描き始めた浮世絵師だ。上半身のみを描いた作例も多い。似顔の大家勝川春章門下の端くれであるお前さんが、師の画風をさらに発展させて真に迫った役者絵を描く。実に自然な流れではないか。実際、勝川派の絵師たちの作に極めて似通った絵を写楽は何点も描いておる」

「…………」

「第二にその勝川一門を、お前さんはあれやこれやで追い出された。春章師匠こそはとうに亡くなられたが、勝川派はいまも業界の一勢力として大手を振っておる。いままでのように春朗の画号を用いるのははばかられよう。お家芸の役者絵となればなおさらだ。おまけに大判、雲母摺りで出版するとなると、勝川派からの猛反発は避けられない。他の画号をわざわざ名乗る必然性があるわけだね」

「短い期間で写楽が名を捨てた事情もいちおうの説明がつく。寛政七年――つまり来年だが、ついさっき話したようにお前さんは宗理の号を襲名する予定なのだ。これ幸いと役者絵からすっかり手を引き、写楽の名を捨てたとも考えられる」

馬琴がそっと耳打ちする。

「いろいろと考えつくもんだな」

「感心するな。お前さんの経歴だぞ」

馬琴が睨むと、曖昧に笑い返して北斎は惚《とぼ》けた。

「……第三の理由を述べよう。これも勝川派を破門されたことと関わりある。お前さんはこの業界を干された。写楽の名義で百四、五十点、一年かけて描くくらいの時間は捻出できよう」

蔦屋は膝を進め、諄々《じゅんじゅん》と語った。

「画風。画号。制作に費やせる時日。つらつら思案を重ねるにしゅんろ……いや、葛飾北斎ほど写楽の条件にかなう絵師は他に見当たらない。建前の都合というのはこのようなところだ」

「なるほど……いや、ごもっとも。ホントにおいらが写楽でもいいかと思えてきた」

「写楽でもいいか、ではない。写楽でないと困るのだ」

「ところで、もう一つの、本音の都合とやらは？」

北斎が問うと、途端に蔦屋はにやりとした。謹厳な史家の顔ではない、ひどく人を食った、ふてぶてしい商売人の素顔が覗いた。

「もちろん、お前さんが写楽なら読者が歓迎するからだ」

「へ？」

「写楽の正体は辻褄さえ合うなら誰でもよいというものではない。読者が食いつき、なおかつ満足のできるものが望ましい。ここのところが重要だ。話題性だ。インパクトだ。長たらしく考証を並べた挙げ句、蘭徳斎《らんとくさい》春童《しゅんどう》や古阿三蝶《こあみちょう》が写楽では読者も面白くない」

　蘭徳斎春童も古阿三蝶もこの時代の浮世絵師だが、後世における知名度は高くない。

「……といった次第で、何としても写楽と同程度か、それ以上の著名人を担ぎ出さないでは具合が悪い。二百年以上も後の世まで名前が知れ渡っていて、人気も話題性も抜群、なおかつ日本史や浮世絵の知識が乏しい読者にも理屈抜きの説得力を感じさせることができる——そんな条件を満たしておるのは、葛飾北斎、天下にお前さんくらいだろう」

「おいら、そんなに有名ですかい？」

「有名だとも。試みにインターネットのサーチエンジンで検索をかけてみるといい。〝葛飾北斎〟は三百七十万件以上もヒットするぞ。〝東洲斎写楽〟はせいぜい五十万件。〝喜多川歌麿〟ですら百三十万件程度だ。後世の人気や話題性はお前さんがぶっちぎっておる」

「おお！」

「もう一つ……葛飾北斎といったら、たいへんな奇人変人のイメージが強い。生涯九十三度の引っ越し。三十余度の改号。百二十畳敷きの白紙に藁箒《わらぼうき》の筆で大達磨を描いてみせたり、ひと粒の米に二羽三羽と雀を描いたこともある。公方さまのお召しで画を望まれた時には、唐紙《からかみ》*12の上に藍を引き、鶏の足の裏に朱肉を塗って歩かせて、これぞ紅葉の龍田川だとしゃあしゃあといってのける。まだ人気のない時分には絵暦《えごよみ》*13や七味唐辛子の流し売りで食い繋ぎ、時には春本――ポルノ小説を書いた。これらの珍妙なエピソードに事欠かないから、どんな設定を採用したところで、ああ、北斎だからな、と何となく納得ができてしまえるのだ。理屈ではなし、感覚でな。げんに公儀隠密として北斎を扱った小説をわたしは知っておるし、神仙術の行者として登場する小説も以前に読んだ覚えがある」

「そいつはびっくり！　おいらは忍者で、おまけに仙人だったりするんですかい」

「何といっても『冨嶽三十六景』を描いた北斎だ。『北斎漫画』を描いた北斎だ。モネやガレなどの海外の芸術家に直接間接の影響を与え、世界史的巨匠と認められた画狂人北斎なのだ。波乱万丈の生涯において、一時期、東洲斎写楽を名乗って役者絵を描いたくらいのことはあってもおかしくないだろう。お前さんを見込んだのはいまいったような事情があるからだ。さて……」

真面目な顔に戻ると、蔦屋は問いかけた。

「返事を聞こうか。引き受けてくれるな？」

「引き受けますとも。そこまで見込まれたなら引き下がれやしない。だいいち、ここで断ったならお話の外へ放り出される」

「それでよろしい」

満足げに蔦屋は頷き、それから馬琴へ向き直った。

「お前さんにはいままでの話通りの設定にそれらしく説明をこじつけてもらいたい。なるほど北斎が写楽だったかと、読者の大半が納得してくれるようなディテールをな」

はてな、と馬琴が首を捻る。

「無理に理屈を捻り出さないでもこの場合は北斎が写楽として写楽の絵を描いたなら、それでよろしいのでは？　たとえ考証の上では危ぶまれる嘘臭い話のたぐいでも、作中で事実として描いたなら、作中の設定で通用するのがフィクションのお約束というもの……」

「それはそうだが、あいにくと写楽の話だからの。他の場合とはいささか状況が異なる。写楽とは何者か、たった十ヶ月で絵筆を断ったことにどんな理由が隠されていたのか、それらの解明に興味が集まる。誰に描かせるにしろ、読者は、説得力のある論理と驚きの真相を期待する。別名義の必然性や画風の一致程度ではまだまだ不足だ」

「では、いったいどうしろと……？」

「だから、写楽の絵を描いたのは北斎としか考えられないと読者を納得させて、なおかつ唖然となるような謎解きをこしらえてもらいたいのだよ。細々した考証より、なるべく直感的に受け入れられるものがありがたい。読者も退屈しないで済む」

「何でまたそんな厄介な役まわりを」

露骨に馬琴は気乗りがしないという風情だ。対照的に蔦屋は余裕たっぷり、両の頬いっぱいに笑みを広げた。

「もちろん、お前さんが戯作者だからさ。版元の依頼を受けて、戯作者が読者の喜ぶ作り話を書く。当然の世のならいではないか」

「浮世絵に通じた戯作者でしたら、わたしでなくとも他にいくらでもいらっしゃるでしょう。そうだ。いっそ山東京伝先生にいまの話を持ちかけられては？　この時代では一番の人気作者で、おまけに画業の方でも超がつく一流。わたしなんぞよりもよほど適任かと」

ぽんと両手を打って口に出した馬琴の提案は、しかし、蔦屋によって一蹴された。

「いかんよ。迷惑がかかる。ずっと先の予定だが、京伝師匠は『浮世絵類考《うきよえるいこう》』に追考を加えることになっておるのだからな。写楽の正体を知っていて惚けたことまで説明をつけないといけなくなるから、面倒だ」

「そうでしたか」

　馬琴の分厚い両肩が、がくりと落ちた。

「たっきい、お前さんは戯作者なのだろう。いつもの通り、面白おかしく突飛なお話をこしらえてやるんだと思えばいいさ」

　決断を促すというより、何だか悪事に誘うような調子で北斎が彼の背中を叩く。

「無理強いはしないがね。だが、わたしはお前さんに手がけて欲しいんだ。お前さんにしかできないことなのだ」

　嘘臭い笑顔を作って蔦屋は懇々《こんこん》と説いた。目は笑っていなかった。

「何となれば……博覧強記かつ牽強付会、道徳を重んじ道理に固執し、考証にやかましいことこの上なく、森羅万象の運行から世俗の噂話まで長々と蘊蓄《うんちく》を傾けてやまないくせして、いざ筆を執ると世間の常識も考証もそっちのけのやりたい放題。怪力乱神を好んで語り、事実に虚構を接ぎ木した法螺話《ほらばなし》をまことしやかに吹聴してみせる。東洲斎写楽の真相をでっち上げるという行為は、いや、いや、これは写楽の正体に限らないでも、歴史上の出来事に世間の興味を惹くような奇抜で思いも寄らない解釈をねじ込むという試みは、本朝文芸史上に伝奇エンターテインメントのジャンルを背負って立つお前さん、曲亭馬琴師匠の芸風そのままではないか……」

「兄さん、待ってくれ」

耕書堂を出て数歩も行かないうちに呼び止められた。

曲亭馬琴と葛飾北斎が振り返ると、年の頃三十ばかりの、鶏がらのように痩せた男が追いすがってきた。愛嬌のある顔いっぱいに馴れ馴れしい笑いが貼りついている。

「聞いたよ、写楽の件は。いましがた呼ばれたのはその相談じゃなかったかい。こんな面白い話の蚊帳《かや》の外なんてのは御免だよ。おいらにも手伝わせておくれ。なあ、いいだろ、滝沢馬琴兄さん……」

「慮外者《りょがいもの》め。滝沢はもとの姓、戯作者としての号はあくまで曲亭馬琴だ。いい加減に組み合わせるな。江戸川乱歩《えどがわらんぽ》を、うっかり江戸川太郎《たろう》とでも呼んでしまうような愚行だぞ」

「おおっと、こいつは失礼」

懲りた風もなく、痩せた男は頭をぴょこんと下げた。

「ええと……誰だい、お前さんは？」

北斎が質《ただ》した。すると、横からお栄が父親の袖を引いて訴える。

「お父つぁん。知らないおじさんから声をかけられても、相手にしたらいけないよ」

「人聞きが悪い。キャッチセールスや怪しい宗教の勧誘とは違いますよ。おいら、戯作者の一九《いっく》てモンです。十返舎《じっぺんしゃ》一九。[14] 以後はどうぞお見知りおきを」

「はて、一九……どこぞで聞いた覚えはあるな。痩せ蛙を応援した人だっけ。負けるな一九、これにあり」

「いえいえ。そちらは俳諧の小林一茶《こばやしいっさ》師匠で」

「頓智《とんち》で有名なお坊さま」

「それでしたら一休《いっきゅう》禅師」

「『子連れ狼』なら、ローカル局の再放送で見た覚えがあるんだ」

「拝一刀《おがみいっとう》ですよ」

「農民の反乱のことか」

「一揆でしょう」

「スティーヴン・キング先生の小説は」

「……ＩＴ？」

「初対面なのに、お前さんたち、呼吸がぴったりだな」

馬琴のこめかみに青筋が浮いた。

「ね、ね、ね、おいらを一味に加えて損はないよ。戯作も書けば、玄人顔負けに浮世絵も描いてみせる。川柳や狂歌[15]もお手のもの。何たって、ほら、東洲斎写楽の正体は一九だって唱える人までいるくらいだもの。仲間外れにする手はないや」

得々と売り込みにかかる一九という男に、すぐには答えず馬琴は天を振り仰ぎ、はあーっと大きく息を吐き出した。

「ところで、お前さんはいったい誰だ？」

「誰って……一九ですとも、十返舎一九」

「知らんな。そんな名の輩《やから》は」

「またまたお惚けを。馬琴兄さんの後釜で蔦重の旦那のところに転がり込んだ、戯作者の一九師匠じゃありませんか。『東海道中膝栗毛《とうかいどうちゅうひざくりげ》』は御存じでしょう？　弥次《やじ》さん、喜多《きた》さんの珍道中の。ああ、けれど、おいらがあれを書くのは八年も後だっけ。目下のところ耕書堂に住み込みで、手伝いでドウサを引いていましてね。そうそう、ドウサってのはにかわとミョウバンを溶かした水のことで、こいつをあらかじめ下地の用紙に塗っておくのが色をにじまさない特別の工夫でして……」

「だ、か、ら、お前さんなんぞ知らんといっておるだろうが」

立て板に水を流すように喋り続ける一九を、苛立たしげに片手を振って馬琴が遮った。

「知らん知らんて、馬琴兄さんもつれないいや」

「知らんものは知らんのだ！　よいか。十返舎一九が耕書堂に居候するようになるのはちょうど今年、寛政六年の秋頃からだ。『近世物之本江戸作者部類《きんせいもののほんえどさくしゃぶるい》』という書物にちゃんと書いてあるぞ。いまはまだ正月。この時点でわたしはお前さんと面識もないなら、一九なんぞという戯作者を聞いたこともない。以上」

「うひゃ。これだから馬琴兄さんは頭がちがちでいけねえや」

一九は首を竦《すく》め、大げさに頭を抱えた。

「もっと柔軟に考えましょうよ。文献に書いてあるといっても、そこは人間さまの書いたもの。誤りがないとも限らない。げんにおいら、この春の興行の評判にあやかって京伝師匠がお書きになる御予定の『初役《はつやく》金《こがねの》烏帽子魚《えぼしうお》』の挿絵を任されているんですよ？　この場合は明らかに文献が間違いなんだ。記憶違いだったのか勘違いだったのか、いや、いや、まったく著者の創作ということだって……」

「『近世物之本』の著者はこのわたしだ！　曲亭馬琴の考証に誤りがあるというのか！」

「あら？」

「『初役金烏帽子魚』とやらは知らんが、寛政六年の興行が題材だという点は断言していいのか？　いいや、そもそも、挿絵を描いた画工の一九は本当にお前と同一人物なのか？」

「に、兄さん、それはいいがかりだ……」

「黙れ、この軽薄者。そこに直れ。何べんでも説明してやる。弁明の気力がなくなるまで繰り返してやるぞ。よいか。耕書堂にお前が居ついてドウサを引いたのは寛政六年の秋以降の話だ。そのことは『近世物之本』にわたしが書いて後世に伝えた。わたしの考証は正しい。誰が何といおうが正しい。たとえ事実と食い違っていたとしても正しい。いまは寛政六年の一月だ。お前が耕書堂に出入りしたはずはない。画工として挿絵を描くなどという話は有り得ない。この馬琴とも、写楽とも、関わりはないのだ。断じてな！」

「そ、そんな、ムチャクチャな」

「何とでもいえ。わたしは認めないからな。何があっても認めないからな。たとえ天地が引っくり返っても、わたしの考証に誤りがあるなどとは決して認めないからな。実際に十返舎一九本人がわたしの前に現れたり、滑稽本[*16]の挿絵を描いたり、他の職人らといっしょに店の奥でドウサを引いておったりしても、絶対に認めることはないからなあーっ！」

二

それから半刻（約一時間）も路上で喚き続けて、十返舎一九を泣きべそかかせて退散させた後、大の甘党の曲亭馬琴と下戸の葛飾北斎、未成年どころか幼女のお栄は行きつけの茶店に腰を落ち着けた。十八世紀末という設定の江戸の茶店のことで、チョコレートパフェもショートケーキもない。大福餅と白湯《さゆ》を並べただけのつましい小休止である。

「東洲斎写楽と葛飾北斎の一人二役とは蔦重の旦那も大きく出なさったね。これほど豪勢な取り合わせが他にいくつあるやら。ぱっと思いつくのは、ええと、バーナビー・ロスがエラリー・クイーンの別名義だったとか、カーター・ディクスンがジョン・ディクスン・カーの以下同文だったとか、明智小五郎《あけちこごろう》に怪人二十面相が化けていたとか、あべこべに明智小五郎が二十面相に化けたとか……」

上機嫌で大福餅を平らげつつ、設定上の年代を無視してまくし立てるのは一人二役の主役に指名された絵師、北斎。

「浮かれるな。否が応でも世間の注目を集める大仕事を押しつけられたのだぞ」

相変わらずの渋い顔つきで、ぺろりと餡を舐めたのは戯作者の馬琴だ。

「まあ見ておくれ。おいらはおいら、世界の北斎だぜ。どんな絵を描くにしても、朝飯前に顔を洗ってうがいするも同じだ。本物の写楽よりもずうっと立派に描いてみせら」

「調子づいて羽目を外さんでくれよ」

「ところで、たっきい」

「たっきいはよさんか」

「情けない話なんだが、おいらは写楽をよく知らない。東洲斎写楽がどんな絵師だったのか、大雑把なところを教えてくれんか」

「そんなことでよく引き受けたな」

「おいらの人生はまるきりアドリブだから」

「自覚しておったのか」

　呆れつつ、それでも馬琴は語り始めた。

「東洲斎写楽は、いまさら説明するまでもなく、その数二千人以上といわれる浮世絵師の中で最も名前の知られた存在だ。やたらくせの強い役者絵を描きまくったことや、活動期間の短かったことが皆の興味を惹きつける。作品の評価も高い。初めて写楽の錦絵が世に出るのが寛政六年、つまり、今年の五月だ。それからの約十ヶ月間に百五十点近い作品を発表したきり、写楽は絵筆を断ち、忽然とその姿を消してしまった」

「正体不明の謎の絵師ってわけだ」

「いや、そんなこともない。写楽の俗称は斎藤《さいとう》十郎兵衛《じゅうろべえ》[*17]。阿波侯お抱えの能役者という本業持ちで、江戸八丁堀に住んでおった。檀那寺の過去帳には文政三（一八二〇）年に五十八歳で死んだとあるから、この寛政六年の時点では……三十二歳になるの」

「へ？」

　北斎の目が丸くなる。

「待て、たっきい。それは確かな話なのか？」

「史料にはそう書いてある」

「どんな史料だよ」

「『浮世絵類考』──初め蜀山人《しょくさんじん》こと大田南畝《おおたなんぽ》師匠によって原本が書かれたもので、有名無名の浮世絵師の略伝が蒐集《しゅうしゅう》されておる。浮世絵師のガイドブックといったところだな。これがすこぶる厄介で、時代が下り、手作業で新しく筆写されるたびに記事が書き加えられたり、省かれたりと、異本や別本のたぐいが無数に存在する。有名どころでは山東京伝師匠や渓斎英泉《けいさいえいせん》も追考に加わった。当然、写楽の記事も出てくる。信憑性はともあれ、さまざまのプロフィールが書き残されておるというわけさ。写楽が西洋画を描いたという記事もあるぞ。〈また油絵を能《よ》くす、号を有隣、享和元年に卒す〉──ここから想像を膨らませて、東洲斎写楽すなわち西洋人画家ではなかったかと唱える人まであるくらいだ」

「写楽が西洋人！」北斎が両手を打ち鳴らした。「そのネタなら、いつだったか清水《しみず》義範《よしのり》先生の小説で読んだぞ。ボク、クニへカエリテャーギャア」

「あれは船が難破して流れつくというストーリーだっけ。写楽すなわちシャ、イ、ロ、ッ、ク、という単純な発想だな。わたしが知る範囲で、写楽西洋人説を採用したフィクションで最も時期が早いのは弘兼憲史《ひろかねけんし》先生の『ハロー張りネズミ』のエピソードだが、こちらでは潜伏宣教師のシャーロックが写楽の正体だった。一説にこのアイデアを最初に発明したのは昭和のキャバレー王として有名な福富太郎《ふくとみたろう》氏だといわれているが……本当なのかね。ある雑誌で、長崎を訪れた司馬江漢《しばこうかん》がオランダ人のシャーロックから西洋画の描き方を教えてもらったという与太話をお書きになったのは見たが、どうやらその辺りが出どころのようだ」

「いろんなことを考える人がいるんだな。それより、斎藤何某が写楽だってのは？」

「いまから説明するよ――『浮世絵類考』の百通り以上はあるという写本のうち、天理図書館の達磨屋五一《だるまやごいち》旧蔵本、国立公文書館の奈河本助《ながわもとすけ》旧蔵本の二つに、これは能役者とは書いておらんが、余白に朱筆で、阿波侯の家来の斎藤十郎兵衛が写楽なのだと栄松斎長喜《えいしょうさいちょうき》という年寄りが話していたと書き入れがある。後世の考証によると奈河本助旧蔵本の方がどうやら先行するようだ。写本そのものの成立は他の記事から文政四（一八二一）年以降と考えられるが、書き入れの年代までは何ともいえない。奈河本助は歌舞伎作者で、天保六（一八三五）年には上方へ移ったから、奈河本助自身が補記したものなら、これは江戸にいた頃の記述だろうな」

「だいたい、三、四十年が経ってからの文献かい。それで、信用できるのか？」

「伝聞だからの。長喜の証言に嘘や誤解はないか、そもそも証言自体が捏造ではないかと疑る声はある。だが……栄松斎長喜はお前さんや写楽と同じで、耕書堂に出入りする浮世絵師だった。写楽の大首絵[*18]を貼ったうちわを自作の柱絵[*19]に書き入れたことがあって、これを根拠に写楽その人と唱える説まであるくらいだ。その証言が信用ならないなら、ずっと後世の作家や好事家《こうずか》の思いつきの説などはなおのこと信じるに足らないだろうに」

馬琴の唇が斜めに歪んだ。

「そして、斎藤十郎兵衛を写楽とする史料はもう一つある。天保四年から十一年がかりで編纂《へんさん》された『増補浮世絵類考《ぞうほうきよえるいこう》』だ。能役者の記述はここで初めて出てくる……」

いったん馬琴は言葉を切って、懐から矢立と帳面を引っ張り出すと、さらさらと筆を走らせ、帳面へこんな文章を書きつけた。

○写楽　天明寛政年中ノ人。
俗称　斎藤十郎兵衛。居、江戸八丁堀に住す。阿波侯の能役者なり。号、東洲斎。
歌舞伎役者の似顔を写せしが、あまりに真を画んとてあらぬさまに書きなせしかば
長く世に行れず、一両年にして止む。類考
三馬云、僅に半年余行るるのみ。
五代目白猿、幸四郎（後京十郎と改）、半四郎、菊之丞、富十郎、廣治、助五郎、
鬼治、仲蔵の顔を半身に画、廻りに雲母を摺たるもの多し。

「これっぽっち？　素っ気ない扱いだなあ」

北斎が不満の声を洩らした。

「物足らなく思えるのは確かだが、よくよく吟味すると面白い。初めに東洲斎写楽の画号だが、これはそのまま、千代田城の東の八丁堀に住む能役者と読み解くことができる。楽を写すというのは能楽のことだからの。写楽の写の字は、正しくは異体字で、これはもっぱら能楽で用いられたもの。付け加えると東洲斎の画号も、トウジュウサイと読むのが正しくて、斎、藤、十、この三文字を入れ替えたものだといわれておる。アナグラムというやつさ。また『風姿花伝』にいわく、能役者の心構えは〈およそ、何事をも、残さず、よく似せんが本意なり。しかれども、また、事によりて、濃《こ》き、淡《うす》きを知るべし〉——これなどは〈あまりに真を画んとてあらぬさまに書きなせしかば〉と評された写楽の画風を連想させる。濃淡の匙加減を誤ったがゆえ長続きしなかったのだな」

「こんな短い文章からよく話を広げられるな。さすがは牽強付会の馬琴師匠」

「褒めておるのか」

「呆れたんだよ」

北斎の答えに馬琴はふんと鼻を鳴らした。

「『増補浮世絵類考』の編者は斎藤月岑《さいとうげっしん》といって、神田雉子町《きじちょう》の町名主だ。町役人の責務として親の代から出版物の検閲を仰せつかったという話だから、出版業界の裏表に通じておったろうな。歌川広重《うたがわひろしげ》や河鍋暁斎《かわなべきょうさい》、為一といった有名どころの絵師たちとも親交があった」

「名所絵の広重や妖怪画の暁斎ならおいらも承知だが、為一ってのは？」

「おいおい、お前さんのことだろうが」

「おいら？」

北斎は自らの顔を指差し、頓狂な声を上げて訊き返した。

「前にも教えたはずだぞ。お前さんは生涯に三十回以上も画号を変えた。為一の名は北斎や戴斗の後、六十代から七十代にかけて名乗っておった画号さ。ちょうど『富嶽三十六景』を描いた時期だな」

「世間は狭いや。おいらの知り合いに写楽は能役者だって書かれちまったのか」

ぴしゃりと北斎は自らの額を叩く。

「けれど、写楽といったら、謎の絵師だってことで有名なんだぞ。さっきの一九の言葉じゃないが、史料といっても人間さまの書いたものだ。歴史の謎扱いされるのはどこかにおかしなところがあるからじゃないのか？」

「知らんよ」

「何だい。調べてないのかよ」

「お前さんといっしょにするな。わたしの見るところ、東洲斎写楽が誰かといったら、史実通りの斎藤十郎兵衛で何ら疑いはない。どこが謎なのかと訊かれたところで、知らんとしか答えようがないだろう」

「へ？」

「なるほど、四、五十年も後の伝聞だからと、月岑や長喜の証言はまるまる信用できないと喚く声はあるがな」

億劫《おっくう》そうに馬琴の視線が持ち上がる。

「しかし……『増補浮世絵類考』を月岑がひとまず脱稿した天保十五（一八四四）年といったら、お前さんは八十五歳、わたしは七十八歳で、しぶとく生き長らえておった。山東京伝先生の弟の、京山《きょうざん》だってまだまだくたばっておらんぞ。初代蔦重の耕書堂に出入りした戯作者や絵師が同じ江戸に存命なのに、五十年後の伝聞だからまるまる信用できない、いや、まるまる間違いだと決めつけるのだから、これではまるきり難癖と変わらんさ。初めから謎の絵師だと決めてかかって、史料は信用できないと喚き立てるだけでは何の反証にもならんよ。歴史は空想の産物ではない。期待や願望に沿わない証言だからといって、安易に嘘っぱちの妄想扱いで論を進めることはできないのだ」

「…………」

「だいたい、江戸の浮世絵師二千人以上といわれる中で、素性や経歴の詳《つまび》らかな者がいくらある？　喜多川歌麿ほどの大物ですら、出自や、絵師になる前の経歴は定かでない。栄松斎長喜のごときは二十年も一線で描き続けていながら、伝馬町《てんまちょう》の家主らしいと伝わる程度で俗称も生歿年もいっさい不明だが、それでいて裏の事情を勘繰ろうとする者は現れない。写楽は十ヶ月で筆を断った。素性が知られずとも不思議はないし、知っておったところで、わざわざ記録に書き留めるほどの値打ちを同時代人が認めたかどうか」

　うへえ、といって北斎は首を竦めた。

「そうすると、写楽の正体が謎なんて話はいったいどこから出てきたんだい？」

「要は贔屓《ひいき》の引き倒しだな。世界が認めた大芸術の実態が、年収五人扶持、判金二枚（小判十五両程度）の薄禄《はくろく》の能役者の、非番の時期を利用したアルバイトでは恰好がつかないという程度の発想だ」

　白湯をひと口すすって、馬琴は話を続けた。

「そもそも写楽というのは、ずっと長い間忘れられた浮世絵師だった。通好みの、独特な画風の絵師という程度の扱いで、素性を詮索する者もいなかった。ところが……いわゆる鎖国制度をおかみが改めたことで事情が変わった。自由貿易が始まると、間もなく海の向こうでジャポニスムなるものが興って、とりわけ浮世絵は喜ばれるというので大量に持ち出されたが、そんな中で写楽はえらい人気を集めた。美術館では展覧会が開かれ、研究家たちは論文を書いた。写楽の評伝を出版する者も現れた。見事に評価がひっくり返って、日本中が写楽に関心を持つようになるのはそれからさ。こうなると当然、詳しい伝記が要求されてくる。江戸時代の文献に東洲斎写楽は斎藤十郎兵衛だと書いてある。ここで当時の研究家が、ひどい勘違いをやらかした。斎藤十郎兵衛を単純に阿波の人間と決め込んだのだ。阿波の国、すなわち徳島県内をいくら探しても写楽や十郎兵衛の痕跡は見つからない。斎藤十郎兵衛の実在そのものが次第に疑われて、とうとう写楽は謎の絵師、おそらく他の著名人の変名だろうということになってしまった」

「おやおや」

「ところがどっこい、阿波侯のお抱えといっても斎藤家は代々江戸住みだった。実在は能番付や檀那寺の過去帳で確認できるし、斎藤家の住居が八丁堀にあったことも当時の武鑑《ぶかん》*20や切絵図《きりえず》*21の裏づけがある。斎藤十郎兵衛の実在が確かなら、そもそも文献が疑われることはなかった。振り出しを誤ったから、二十世紀の写楽研究はおよそ地道な検証からは縁遠いところで年月を空費したことになる」

「能役者が写楽なのは動かないのか？」

北斎が食い下がる。

「浮世絵を描いた証拠がないなら写楽とは認められない、といった剣幕で別人説に固執する連中もおらんではないがの。この理屈はおかしい。斎藤十郎兵衛の本業は能役者。浮世絵師として活動したのはほんの一年未満で、百年後、二百年後の評価はともかく、同じ時代、周囲から余技以上のものと見られたかは怪しい。なるほどいまの時世は武士のアルバイトが黙認されておるが、学問塾や剣術道場のようにおおっぴらに自慢できるものとは違う。十郎兵衛ゆかりの書画や記録が残されておらんのが、それほど不自然か？　明治になってからも斎藤家が存続したならまだしも、幕末で途絶えたのだからなおさらだろう。どうしても斎藤十郎兵衛が写楽ではないと主張したいなら、だったら、無縁の能役者が何で写楽と勘違いされるようになったか、そこのところから万人が納得できるように証拠を揃えて説明してもらいたいものだな。例えば寛政六年時点で斎藤十郎兵衛がまだ生まれていなかったとか、逆にとっくに鬼籍に入っておったとか、あるいは江戸に不在だったというような、明らかに写楽としての活動に矛盾する事実は見つからない。手や目が不自由で、浮世絵が描けなかったという疑いもない。となれば、写楽が十郎兵衛であっても何ら不都合はないわけだ。順序があべこべだよ。文献に書いてあるものを疑い、写楽の正体を他に求めなくてはならんようなな謎がどこにあるのか、わたしにはそちらの方が遥かに謎だね」

いわゆる歴史上のミステリーと呼ばれるものには大雑把に分けてふた通りのパターンがある。

一つは史実の上でも真相が不明か、あるいは史実とされるものに重大な疑惑が存在するもの。

いま一つは、史実とされるものが地味で面白くないから、ショッキングな真相を期待する声が絶えないものだ。

東洲斎写楽の正体をめぐる論議は、後者の典型的な事例といっていい。

「なるほどねえ。蔦屋の旦那から写楽の件を聞かされた時、おっかない顔をしたのはそいつがあったからか」

北斎は繰り返し頷きながら、新しい大福餅をつかんでかじりついた。

「ただし、いまいったことには例外がないでもない」

こちらも大福餅に手を伸ばしながら馬琴が語る。

「つまり、斎藤十郎兵衛が写楽では有り得ないといった検証を飛ばして、それでも他の誰かが写楽ではないかと疑える場合だな」

「ふうーん。どんな場合だよ」

「他の文献で、違う人物が写楽に名指しされておる場合だ」

「……うん？」

「写楽の素性に触れておる文献は他にもあるのだよ。昭和平成の謎解き本のたぐいとは違い、特別な関心を写楽に持つ者もなかった時代に書かれたものなら、ぞんざいに扱うわけにはいかんだろう？」

「何だい。八丁堀の能役者でなくても、写楽になれるかもしれない奴がいるのかよ」

指を舐めつつ北斎は呆れ顔だ。

「例えば『浮世絵類考』別本のうち、写楽の記事に式亭三馬《しきていさんば》の経歴をそのまま書き込んだものがある。戯作者の三馬といえば『浮世絵類考』の追考に自らも加わって、写楽は八丁堀に住んでおるとの証言を残した。他に地図に似せて絵師を紹介した『倭《やまと》画巧名尽《えしのなづくし》』に写楽の島を書き入れたことでも知られておるな。三馬は、別に洒落斎《しゃらくさい》とも名乗っておったから、これはシャラクとシャラクサイという名称の類似をこじつけただけの風説扱いされて、後世の研究家からは相手にされておらん。それから、明治二十六（一八九三）年刊行の『本朝画家人名辞書』の写楽の項目に〈俳優ヲ画キ歌舞妓堂ト号ス〉とある。ここに出てくる〈歌舞妓堂〉を西洋人研究家のバルブートーやクルトは浮世絵師の歌舞妓堂艶鏡《えんきょう》と解釈した。寛政七年以降に写楽は改号して、短い期間の活動ながら七点ばかりの役者絵を残したというのだな。明治日本の大物美術商として知られる林忠正《はやしただまさ》も同一人物説に与して、写楽の別名義だといって歌舞妓堂の絵をヨーロッパのコレクターに売りつけていたようだ」

「すると、写楽の正体は歌舞妓堂だってことになるのかい？」

北斎の問いに、いいや、と馬琴の首は横に動いた。

「歌舞妓堂艶鏡は、実像が伝わらないことでは写楽以上に謎の絵師だ。だから、この場合は厳密に述べると、歌舞妓堂の正体が写楽だった、とするのが正しい」

「何だい、そいつは」

――なお歌舞妓堂艶鏡の素性については昭和以降、狂言作者の二代目中村重助《なかむらじゅうすけ》ではなかったか、とする説が支持を集めている。

「そして……もう一人、縁日の当て物のような写楽の謎解きが盛んになる前から写楽に結びつけられた者がある」

「へーえ。いったい、そいつは誰なんだい？」

「お前さんだよ。葛飾北斎」

「へ？　おいらが写楽……」

面食らい、再び北斎は自らの顔を指差した。

「『浮世絵類考』のうちの数点に北斎と写楽を結びつけた記述が見られるのだ。文政四（一八二一）年の編とされる風山漁者《ふうざんりょうじゃ》写本を例に挙げると……」

馬琴は帳面をめくり、再び筆を走らせる。向かいから北斎と、それにお栄も首を伸ばして覗き込んだ。

上手　初め春朗。宗理。

是また狂歌、俳諧等の摺物画に名高く、浅草第六天神の脇丁に住す、すべて摺物ハ錦絵に似ざるを尊ぶとぞ、寛政十午年の比、北斎と改後、戴斗と云、又改めて為一といふ。

根岸に住す。柳川重信。鈴木忠次郎。

初め北斎に学ぶ、後に北斎と中たがひして自ら画風を書かへ、一家をなす。

二代目北斎。

写楽。東洲斎と号す。俗名金次。

是また歌舞伎役者の似顔を写せしが、あまりに真を画んとてあらぬさまに書きなせしゆえ、長く世に行ハれずして一両年にて止めたり。隅田川両岸一覧の作者にて、やげん堀不動前通りに住す。


「……『浮世絵類考』の各写本の絵師の並び順はさまざまなパターンがあるのだが、この風山本では北斎の関係者に隣り合わせて写楽が紹介されておる。二代目北斎の名前があり、本文がなく、次に写楽に関する記事。そのまま解釈するなら、二代目北斎すなわち写楽となる」

馬琴は手短に解説を加えた。

「二代目とあるが、おいらでいいのか？」

「北斎の画号をお前さんが使い始めるのは三、四年先で、それを弟子に売り渡したのはさらに二十年近くも後だ。写楽が表舞台を退いてからその時分までお前さんの弟子だったとは思えんし、ここの二代目北斎というのはお前さん自身と見做《みな》してよかろう。俵屋宗理の場合と同じで、北斎の画号を知り合いから譲ってもらったとも考えられる」

「そうか。明日にでも心当たりをまわろう」

北斎が頬を掻きつつ頷いた。

「『隅田川両岸一覧』は鶴岡蘆水《つるおかろすい》の作品だが、これを手本にお前さんは『絵本隅田川両岸一覧』を描いておる。両国薬研堀《やげんぼり》には、ちょうど文化文政の頃、葛飾一門の昇《しょう》亭北寿《ていほくじゅ》という絵師の住居があった。例の引っ越し癖がある、一時期、門人のところに転がり込んで居座っておったことはいちおう考えられるな。〈俗名金次〉は、おそらくお前さんの通称の鉄蔵《てつぞう》を書写する際に誤認したのではないか。崩して書いたら似ていなくもない」

「辻褄は合うみたいだが、その史料は信用できるのかい？」

「信用できると思われていたら、とっくに定説になっておるよ」

面白くもないという表情で馬琴は鼻を鳴らした。

「同一人物なら直前の宗理の項目で写楽に何も触れないのは奇妙だし、そもそも宗理と北斎と写楽を分けて扱うという意図が知れない。だいいち、先行写本を調べてみるとここのところは〈隅田川両岸一覧筆者　屋けん堀不動前通り　俗名金次〉という記述で、写楽とは別人の、独立した絵師の扱いなのだぞ。だから、これは筆写の際に誤って、前後の記事をくっつけてしまったものと見做されておる」

そんなところか、と北斎は落胆を隠さない。

「後世の出版物でも校正のミスで、誤字や脱字やおかしな文章がそのままになってしまっているものは少なくない。ましてや写本だからな。読者からの指摘で誤りに気づくなんてことはないか」

「文面の整合性より、もっと根本的な疑問がある。写楽として活動した実績が後世に伝わらなんだことだ」

「どういうことだい？」

「お前さんは画号も画風もころころ変えたが、春朗、宗理、北斎、戴斗、為一、画狂人、いずれも同一人物と認められていて別人の可能性を疑う者もない。せいぜい画号を譲った門人と取り違えられるくらいだ。写楽だけが経歴から抹消されたのはおかしいだろう」

「そいつは、なるほど、ごもっとも」

「お前さんと親交があった斎藤月岑ですら、能役者説を採用したのだ。これはお前さん一人に限らず、歌麿、長喜、一九、あるいは蔦重の旦那や京伝先生のような他の候補者の場合も同じことがいえるのだが、同じ業界で写楽が消えた後も活動を続けておる。だから、疑問が出てくるのさ。短い期間だけ写楽名義で役者絵を量産したのは何故か、その後は一転して口をつぐみ、再び世間の話題になることもなかったのは何故なのか……」

いったん言葉を切ると、湯呑みを口へ運んで馬琴は喉を潤した。

「……ところが、これが斎藤十郎兵衛なら前提からして違ってくる。この男には能役者という本業があった。わずか十ヶ月で筆を折ったことも、史料にないから確定ができないだけで、どうとでも穏便な説明をつけられる。濫作《らんさく》に嫌気がさして版元と喧嘩別れしたとも考えられるし、もっと単純に参勤交代で殿さまが江戸へやってくる時期が近づいたという程度の理由かもしれない。いずれにせよ彼は浮世絵から手を引き、それきり業界に戻らなかった。写楽の経歴が不確かなのもいわゆる一発屋ゆえ話題にされなかっただけ。史実通りでどこにも破綻はない――証明終わり《クオド・エラト・デモンストランダム》」

「いや、そこで終わられちまうとおいらが困る。撤回だ、撤回！」

慌てて北斎は両手を振りまわした。

「写楽になれというのが蔦重の旦那のお申しつけだ。八丁堀の能役者でかまわないなら、わざわざおいらが出る幕はねえ。初めから十郎兵衛とやらを呼んでくれれば片づく」

「そうなるの」

「だったら、どうしろというんだよ」

「どうするもこうするも……結論はとうに決まっておる。蔦重の旦那は余人にあらず北斎を写楽に選んだのだ。選択の余地はない」

　湯呑みを置くと、馬琴は北斎を見返した。

「おいおい、すると文献はどうなる？」

「知らんふりしかあるまい」

「知らんふり……？」

　予期しない答えに北斎は目を白黒させた。

「幸い……と申していいか、東洲斎写楽が謎の絵師だというイメージは世間に広く浸透しておる。そこに乗っかかる。詳しい説明はやめにして、写楽は歴史の謎だ、日本史上のミステリーだと煽っておけば読者はお約束と見做して了解してくれるだろう。どうしても文献に言及せざるを得ないなら、『浮世絵類考』は疑わしいの一点張りで押し通す」

「待て待て。疑わしいところはないと長々と力説したのはたっきいだぞ」

「お前さんが写楽について教えろといったから、わたし自身の所説を述べたまでだ。

それとこれとは事情が異なる」

秀でた額に馬琴は縦皺を刻んだ。

「だいたい、写楽の正体に限らず、この手の謎解きやら隠された真相やらといった試みの多くは、歴史上の実際の出来事に何らかの疑問があるから、きっちり検証を試みて、真実を突き止めようというのが趣旨では断じてない。そんなことは建前だ。本気にするな。ここのところを心得違いしてもらっては困る……」

「へーえ。だったら、何のためなんだよ?」

「話題になるためだよ」

「へ?」

「突飛な珍説や教科書が教えない真実というやつは商売になるのだよ。初めから謎解きありきの企画なのだ。謎のあるなしは知ったことではない。今回の場合は謎解きを作れという版元のオーダーがあったから、無理強いに、それこそ歴史を曲げてでも、読者が食いつき、満足ができるような謎解きをでっち上げんとならんわけだ。版元と読者のニーズさ。こいつはそういう性質のコンテンツだ。稗史《はいし》と偽史《ぎし》、伝奇冒険活劇と通俗歴史解釈の違いはあるが、『椿説弓張月』で鎮西八郎為朝《ちんぜいはちろうためとも》を生き長らえさせて、南の海へ連れていくことになったのと本質は何ら変わらない。先行研究の成果を地道に押さえるより、歴史の表に出てこない、嘘っぱちの裏事情を覗き見するのが、お手軽に物事の奥深いところまで勉強できた気分を楽しめるというわけだね。歴史を究めるだの読み解くだのといいながら、坂本龍馬《さかもとりょうま》暗殺の陰謀論だとか、大奥やら何やらの女の戦いだとか、およそ事実や考証をおろそかにした陳腐な憶説が絶えないのはそのせいさ。本末転倒な話だろう」

「おいおい」

「東洲斎写楽の正体にしたところで事情は同じだ。どのみち読者のお目当ては初めから謎解き、隠された真相の暴露で、史実のどこが謎なのかということではない。そんな謎があるとは思えなくとも、大きな謎があるという前提で話を進めろ。史実の能役者説には目をつむれ。どこが信用できないとか訊くな。信用できないから、信用できないのだ」

「天才バカボンのパパだからパパなのだ、みたいな理屈だな」

「これでいいのだ！」

高らかに馬琴は宣言した。

「蔦重の旦那も面倒な注文をしてくれたもんだ」

さすがに北斎は鼻白み、探るような上目遣いで馬琴の表情をうかがった。

「なあ、たっきいいよ。本当においらは写楽になれるのかい？」

「いいや。無理ゲーだ、無理ゲー」

「あっさりといわんでくれよ」

「素直な考えを述べたまでさ。斎藤十郎兵衛の存在には目をつぶるとしても、他の誰かに写楽を押しつけるのは裏技なしでは困難だろう。そうそう……これについては興味深い話があった。ま、参考程度に聞いてくれ」

　馬琴は猪首をゆるりと傾け、視線を宙に泳がせた。

「扇面絵というものがある。扇の面に絵を描いたものだ。写楽の作とされるものは錦絵の他にもあって、うちわ絵や凧絵をも描いたようだし、扇面絵も数点伝わっておる」

「それなら、いつだったかニュースで見たな。ギリシャで見つかったんだっけ」

「平成二十（二〇〇八）年七月にコルフ島で発見されたものだな。研究家の間でも真贋の判断は割れておるようだが。他に二点、伝写楽の作としてよく知られた扇面絵があって、一つは豆撒きをするお多福の合羽摺《かっぱず》り[22]。もう一つが肉筆[23]のいわゆる老人図。豊国の役者絵を裸の子供が踏んづけて、これを坊主頭の老人が悲しそうに眺めているというものだ。奇妙な絵柄だろう？　画中の題材――豊国の絵から、寛政十二（一八〇〇）年二月以降の作とされておる」

「寛政十二年だって？　ということは……」

「これらの扇面絵が真筆なら、商業出版からは手を引いたというだけで、写楽は表舞台から消えて五年が経った時点でも、座興で扇に絵を描くくらいはできたことになるな。死んだとか、脳梅毒が進行したとか、江戸を離れたために絵を描けなくなったといった解釈はこれで軒並みアウトだ。それればかりではないぞ。歌麿にしろ、一九にしろ、あるいはお前さんにしろ、世間の説にあるように写楽が他の絵師のうちの誰かと同一人物だとしたら、五、六年も経ってから描いた肉筆絵に突然写楽とは署名しないだろう。その時点での画号を書き入れるのが当たり前ではないか」

「つまり、写楽は写楽、他の絵師の誰とも違うといいたいのか」

北斎は両腕を組み、うーんと唸った。

「そうと結論したいところだが……あいにくといまの解釈は、扇面絵が写楽の真筆だったら、という前提つきだ。肉筆の真贋は判断が難しい。決定的な証拠が見つからないうちはせいぜい参考止まりだな。私見を述べるなら、老人図だけでも真筆と認めたいが……」

「おいらは贋作扱いの方がありがたいよ。写楽になるのが難しくなる」

猿顔馬面をしかめると、新しい大福餅をほとんどひと口に北斎は口の中に詰め込んだ。

「謎解きをこしらえるのもいろいろ手続きが面倒らしいや。それでたっ、きい、い、何か考えはあるのかい？　どうしても写楽がおいらということでお話を進めないとダメなんだぞ」

「結論はすでに御指定済みだからな。東洲斎写楽、すなわち葛飾北斎――これに合致した説明をつけられるように条件を並べる。ほんの十ヶ月で役者絵をやめた理由。写楽の名を経歴から消して、だんまりを決め込んだ理由。そうした事情にいちおうの筋を通して、初めてお前さんは写楽の絵を描いた絵師になれる」

「そんなに上手くいくのかね？」

「しょせんは紙の上の理屈だ。たいていはどや顔で威勢のいい話を並べておいたら歓迎されるだろう。読者にしたところで初歩の浮世絵の知識すら知らないうちから、センセーショナルな真相を御期待の輩が大半。人間というやつは往々にして、自分が見たい真実しか目に入らないものさ」

「何だか破れかぶれだな」

北斎は白湯を喉に流し込んだ。隣りのお栄は大人たちの長い相談に飽きて、何だか眠そうである。

その時だった。この上もなく傍若無人な声が、彼らの横合いから飛び込んできた。

「やや、これは面白きおひとらと行き合った。昼日中から不景気な御面相突き合わせて、御両人、いったい何の悪企みをしておられる――！」

三

曲亭馬琴と葛飾北斎の両人はうろたえ、声の主を振り向いた。

茶店に入ってきたばかりのその人物は、年頃は二十代半ば、目許のきりりとした美男子で、派手な身なりは描写するのも恥ずかしくなるくらい。だから、敢えて描写はしない。ぴぃんと背筋を伸ばして歩くさまは自信に溢れ、煥発《かんぱつ》な才気と貫禄と軽薄な印象がほぼ等分に同居している。否応なしにまわりの注目を集めてしまう男だった。

「お、お前さんは……」

喘ぐように北斎が呼びかけるのに、

「通りすがりの浮世絵師だ。覚えておけ！」

「いや、それでは誰のことだか分からんから。ちゃんと名乗れよ」

「名乗らないでも、俺さまの名なら江戸中が承知だろうが」

「おいらたちじゃない、読者の皆さまに名乗るんだよ」

「ああ、そうか。そいつは失礼」

こほんと咳払いを一つ挟み、その人物はカメラ目線になると滔々と語り始めた。

「天が呼ぶ、地が呼ぶ、人が呼ぶ、浮世を描けと俺を呼ぶ……俺さまは太陽の王子、一陽斎豊国《いちようさい》*24！　ファースト豊国と呼んでくれ。歌川派一番の大注目株、ただいま『役者舞台之姿絵』絶賛発売中の、いまを時めくイケメンカリスマ浮世絵師だ。俺さまの師匠の豊春《とよはる》先生は西洋画の模写から始めて風景画の分野を開拓した偉い絵師だったが、しかし、業界の最大手に歌川派を導いたMVPは俺さまなんだぜ。最盛期には江戸の浮世絵師の八割が歌川派だったとまでいわれる大人気なのだから、歌川にあらずんば絵師にあらず、とはよくいったものさ。指導者としても超一流で、国政《くにまさ》、国貞《くにさだ》、国芳《くによし》、国直《くになお》、国虎《くにとら》、国長《くになが》といった連中は俺さまが育てた。同門の豊広《とよひろ》のところの広重も、最初は俺さまに入門を望んだのだが、何しろ弟子入り希望者殺到だったから、定員いっぱいで涙を呑ませることになったんだ。悪いことをしたな。黄表紙や読本《よみほん》*25の挿絵を描かせても作者を選ばず大ヒット疑いなしで、どこの版元からも引っ張りだこ。歌麿に北斎に春英《しゅんえい》に、画力も人気もある浮世絵師は同じ時代にも大勢居合わせたが、江戸っ子に俺さまほど応援された絵師は他におらんのだよ。いいか、とくと知るがいい、太陽とすっぽんという言葉を……」

「長い」口上の途中で馬琴が割って入った。「何をいっておるんだ、おのれは」

「俺さまの評判は後世ではいまひとつなんでな。ほら、高橋克彦《たかはしかつひこ》先生も御指摘だ。〈豊国の評価が低いのは不当である、とボクはいいたいのだ〉――講談社文庫『浮世絵ミステリーゾーン』一七四ページを参照してくれ。そうした次第で、いったい初代豊国とはどんな絵師だったか、現役の当時はどんな評判だったのか、そこのところがきちんと伝わるように全力で読者にアピールしなければならんわけさ」

断りもなく同じ席に上がってくると、この派手な男は茶店の娘を早速呼びつけ、汁粉を注文した。

馬琴と北斎が顔を見合わせる。どちらからともなく溜め息が洩れた。

「……うん？　どうしたどうした、ただいま売り出し中の大人気絵師さまが御同席くださるんだぞ。素直に喜んだらどうだい」

「喜べるか」

歌川豊国、この年二十六歳。歌川派の創始者豊春の門人である。革新的な風景画を描いて一派を興した師匠とは異なり、もっぱら役者絵の分野で注目を浴びた。

この一月に版元甘泉堂から売り出された『役者舞台之姿絵』の連作は役者絵の傑作として、芝居好きの江戸庶民の間でたいへんな評判を呼んでいる。とりわけ贔屓の役者に熱を上げる娘たちからは絶大な支持を集めた。いまや飛ぶ鳥落とす勢いの新進人気絵師だ。

「お嬢ちゃん、お芝居は好きかい？　後でお兄さんが役者さんの姿絵を描いてやろう」

豊国はお栄に目線を合わせて語りかけた。途端にお栄はぽおーっと赤くなって、力いっぱいに首を振り下ろす。

「お江戸で売り出し中の人気絵師さまが、こんなところで幼女を口説くなよ」

皮肉を飛ばした馬琴に向かい、豊国はひらひら手を振ってみせた。

「女の子から婆さんまで、江戸の女たちは俺さまの大切なお得意さまなんだ。分け隔てはしないさ。ところで、さっきの質問に戻らせてもらうが、いずれそのうちお姫さまが犬の子を孕《はら》むような突飛なお話を書く変態物書きと、いずれそのうち大蛸に女が犯されるような珍妙な画を描く変態絵描きがお揃いで、昼日中から何の相談だい？」

「やめんか。読者の誤解を招く」

「嘘はついてないぞ」

「ここだけの話なんだがね」

渋面の馬琴に代わって、大福餅を噛みちぎりつつ北斎が切り出した。

「蔦重の旦那のところから、東洲斎写楽って絵師が売り出されるんだ。お前さんと同じで役者絵の描き手さ。どえらい評判になるはずだ。二百年先まで騒がれること疑いなし」

「ああ……」

豊国は短く呻き、魘《うな》されるような目つきで宙を睨んだ。

「ここが、写楽の世界か。だいたい分かった」

「いや、分かってないだろ。それより、同じ役者絵の描き手のお前さんに一つ、訊きたいことがあるんだが……」

「メールアドレスと携帯電話の番号はＮＧだぜ」

「この時代にはねえよ。写楽の正体をどう思うか、本音を聞いてみたかっただけさ」

「そんなことか」

豊国は苦笑いし、わずかに両肩を竦めた。

「誰だってかまわんさ。興味がない」

途端に北斎が噎《む》せた。大福餅を喉に詰まらせたのだ。薄い胸に握り拳を叩きつけ、

「おいおい、そいつはどんな了見なんだ」

「画狂人の師匠がそれを訊くのかい」

豊国は片頬を引っ掻いた。

「いいかい？　海の向こうの好事家や後世の知識人とやらが写楽を褒めちぎるのは、写楽の絵に高い芸術性を認めたからだろう。だったら、写楽の正体が史実通りの能役者だろうが、欄間《らんま》彫師だろうが、他の絵師の変名だろうが、脳梅毒の重病人だろうが、西洋人画家だろうが、李氏朝鮮のスパイだろうが、天狗だろうが、河童だろうが、ゾンビや吸血鬼だろうが、それこそアダムスキー型円盤に乗って金星からやってきた異人娘だろうが、別に絵の値打ちに変わりは生じないのだから、誰だって同じことになる理屈だ。謎解きも真相も意味を持たない」

「他人事《ひとごと》みたいにいってくれる」

「だって、他人事だもの。能役者の副業だったら写楽の値打ちが損なわれると考えるような連中が、本当の浮世絵の理解者、愛好家だとは思いたくないね。それに写楽の評判にはたいへんな誤解がある。そこのところをはっきりさせないうちは話が噛み合わない。そいつが面倒だ」

「ほう。どんな誤解だ？」

　興味を惹かれたように馬琴は豊国の顔を見直した。

「いまもいったが、後々の世において写楽は何かにつけて騒がれて、芸術的評価、作品の価格、話題性、どれをとっても最高クラス。浮世絵を知らない者でも名前程度は聞き知っている。ここまでは別にかまわない。いったん作者の手を離れた作品がどんな扱いを受けるか、そんなことは世間さまが決めることだ」

「だったら、どこがおかしいんだい？」

「後世の見方だという点さ」

「………」

「こいつが剣豪や力士や遊女の評価だったら、話は単純だよ。同じ時代の中で抜きん出た大物だけが後の世まで語り継がれる。後世に残るのは同時代の評判だ。ところが、俺たちのような絵描きは違う。これは浮世絵に限った話ではないが、後世に絵が残る。

作者が死んでから数十年か、数百年かが過ぎても、直接鑑賞できる。注意が必要なのはここのところさ。年代や趣向がまるで違う絵師たちを横一列に並べて、どれが上手いか、高値がつくか、後世の連中はそうやって絵を見比べる。これは一見すると公平に見えて、版画技術の進歩や絵画表現の広がり、発表当時の世相、流行といった要素をまるで考慮しない、傲慢な優劣論に陥りやすい。浮世絵の歴史は技術革新の積み重ねと取り締まりとの戦いだが、そうした要因がすっぽり見落としにされるわけだ」

豊国はひと息挟み、ちょうど運ばれてきた汁粉をすすった。

「偏った見方だとは思わないかい？　後々の時代の評判を物差しにして、芸術性くらいならまだしも、絵師個人の才能や当時の人気や、ましてや浮世絵への貢献の大きさまで決まるということがあるものか。ところが、有名かどうかでしか絵師の値打ちを判断できない連中はこの理屈を理解しない。現役当時の一級の人気絵師や絵画史上の大功労者がそのせいで、後世の評価はさんざん、誰も知らない呼ばわり、二流、三流の扱いだ。自分が知らないのだから他の連中も知らない、何の値打ちもない、という発想なのかね。バカげた話さ。ひと握りの絵師を有名だからとむやみにありがたがるより、もっと多くの浮世絵に目を向けて、浮世絵二百五十年の歴史とバラエティの豊かさを追いかける方がずっと有意義だろうに」

「お前さん……キャラクター造形は最悪だが、まともなこともいえるじゃないか！

まったくその通りだ！　見直したぞ！」

　北斎が膝を叩いて賛同した。

　馬琴もいつしか真面目な顔で聞き入っている。幼いお栄は最初から瞬くことも忘れて、豊国の横顔に見惚れていた。

「浮世絵の初心者には国芳がオススメだな。武者絵に動物絵に風刺絵に戯画に、独創性溢れる傑作がよりどりみどり。国芳の門下から出て、スプラッター趣味で名高い芳《よし》年《とし》、芳幾《よしいく》は、文明開化の御時世にいろいろと珍奇な試みをやっていて面白い。後輩の豊広は美人画を描かせたら絶品だ。役者絵なら国政、風景画なら国虎が素晴らしい」

「気のせいか歌川派の連中ばっかりだな」

「仕方がないだろう。歌川にあらずんば絵師にあらず、なんだから」

「見直したのは早合点だったかな」と北斎。「そいつはともかく、いまの話が、写楽の解釈にどう繋がるんだい？」

「難しいことはいわないさ。鈴《すず》木《き》春信《はるのぶ》師匠の功績なしに美人画を語り、歌川豊春先生を素通りして風景画を語るなどという乱暴な話は通らない。役者似顔絵も同じだよ。このジャンルで最大最高のエポックメイキングが誰かといったら、それは写楽でないなら俺さまでもない――勝川春章師匠だ」

「おいらの師匠だ！」

「春章師匠は最初に似顔のジャンルを開拓した浮世絵師。俺さまも写楽もしょせん追随者という点では同じなのさ。月光仮面をルーツに持つ仮面ライダーと快傑ライオン丸程度の違いだ。こうした試みは最初に成果を上げたパイオニアが歴史的意義は一番大きいんだ。もちろん、ただ先人と同じことをやるのでは同業者の中に埋れるばかり。どこかでオリジナリティを加えないことには世間の注目が集まらない。同じ春章師匠が開拓したコースを進みながら、写楽は芝居の役柄を踏み越えて、役者本人の地顔をあらわにするような、迫力たっぷりの大首絵を描いた。逆に俺さまは芝居の中の登場人物という点を重んじて、舞台上のワンシーンを想起させる、臨場感溢れる姿絵を描くことにした。ブロマイドとスチールの違いさ。お互い、役者絵のジャンルに新機軸を打ち出そうと目論み、結果的に写楽は一過性のムーブメントに終わり、一方の俺さまは江戸っ子の支持を集めて、次世代のスタンダードになることができた。太陽とすっぽんの違いだね。ここ、超重要なところだから、きちんと押さえておくように」

「結局、最後に落ち着くのはそこかよ」

「写楽の錦絵は後になるほど安っぽくなっていく、と酷評されることがあるだろう？」

「画風もめまぐるしく変わるからな」

豊国の言葉に馬琴が大きく頷いた。

東洲斎写楽の作品群は大きく四つの時期に区分けできる。

第一期、最初の作品群は寛政六年五月興行の芝居に題材を採ったもので大首絵が二十八点。実際には三十点か、三十六点か、もっときりのいい点数で売り出されたのだろう。判型はいずれも大判、背景は豪華な雲母摺り。まったくの新人絵師としては異例の扱いといっていい。

第二期は同じ年の秋の興行を扱い、雲母摺りの大判錦絵が八点、黄つぶしといって下地を黄色の顔料で塗り潰した細判《ほそばん》[26]が三十点。第一期との大きな違いは、いずれも役者の全身像を描いた姿絵であるということだ。

さらに寛政六年冬の第三期、翌年正月の第四期と続くのだが、錦絵の雲母摺りが直前に禁止されたこともあって、大首絵には黄つぶし、姿絵には細かく背景が描き込まれるようになった。判型は間判《あいばん》[27]、細判ばかりで、大判は大童山文五郎《だいどうざんぶんごろう》を描いた相撲絵がいくつかあるのみ。二代目市川門之助《いちかわもんのすけ》の追善絵[28]や、武者絵、恵比寿絵などもこの時期に描いている。高価な商品は扱えなくなったから、廉価で大量に売り捌《さば》く方針へ切り替えたのだろう。

「俺さまにいわせると、雲母摺りをやめたのはともかく、大首絵から姿絵中心に画風が変わったことは謎でも何でもない」

豊国はぐるりと皆を見まわした。

「時代の流れだ。お客のニーズだ。俺さまに倣ったからだ。役者絵の本分は一に役者、二に芝居の魅力を、芝居を愛する人たちに伝えることにある。江戸っ子には、写楽の大首絵にあらず、俺さまの姿絵の方がよく売れたのさ。いいか、知るがいい……」

「太陽とすっぽんといいたいのか」

「先まわりするなよ……おや、長話のせいですっかり餅が伸びちまった」

気勢を削がれた豊国は汁粉の椀を手に取り、箸をつけた。

「ところで、当の写楽は誰がやるんだい？」

「さっき興味がないといわなかったか？」

「読者の反応が気がかりなのさ。史実通りの能役者だったら、空き缶が飛んでくるぜ」

その時、片方の袖を強い力で引かれて、豊国はそちらを振り返った。

お栄が片方の手で彼の袖をつかみ、盛んにアピールするように空いている手を頭の上で振っていた。

「……えーっと、いったい写楽は誰が」

豊国の顔がいったん馬琴たちに戻る。すると、お栄はさらに強い力で彼の袖をぐいぐい引っ張った。

「おーいが、写楽になるの！　お役者さんのお絵描きするのおーっ！」

「えっ……？」

思いがけない立候補者の出現に大人たちは唖然となった。何しろ幼女の言葉だから、それはまるで「大きくなったらプリキュアになるの」とか「セーラームーンにメイクアップするの」とでもいっているように聞こえた。

「おーい、待ちな。お前はとんでもないことをいったんだぞ。写楽の出版といったら、浮世絵の歴史に残るほどの大イベントだ。アゴ娘には十年、いいや、二十年は早いよ」

父親の北斎が諭すように声をかける。

「ダメなの？」

「ダメだ。だいいち、写楽になって役者さんの似顔を描くのはお父つぁんの仕事だぜ」

「どうしても？」

「どうしても」

「だったら、おーいが大きくなっても、お父つぁんの代作はしてあげない」

北斎は顔を振り上げると、馬琴と豊国にすがるような視線を浴びせた。

「うちの娘が役者絵を描きたいというんだ。どうだい、かなえてやってくれないか」

「てのひらをあっさり返すな。お前さん、父親の威厳というものはないのか」

馬琴は頭を抱えた。

「こいつはいいや。写楽の正体が女の子とはスポーツ新聞もびっくりだ」

げらげら声を上げて笑い出したのは豊国だ。

「よおーし、気に入った。写楽の役はお嬢ちゃんということで話を進めようぜ。決定だ、決定。たったいま俺さまが決めた」

「勝手に決めるな。他人事だと思って」

「だって、他人事だもの」

　豊国は笑い過ぎで、ぜいぜい呼吸を切らしながら上目遣いの視線を馬琴に送った。

「意見があるなら、直接お嬢ちゃんにいってやれ。頭ごなしに撥ねつけるのはよろしくないぞ。そこは分別のある大人らしく、情理を尽くして、どうしてお嬢ちゃんが写楽だったら困るのか、それこそ三つや四つのお子さまでも分かるように説かなくちゃ。『南総里見八犬伝《なんそうさとみはっけんでん》』を書いたお前さんなら、それくらいの理屈はどうとでも捻り出せるだろう?」

「まだ書いておらんぞ。ずっと先の話だ」

　それでも馬琴は頭を起こすと、ふっと吐息を洩らし、ゆっくりお栄に向き直った。

お栄はにこにこして馬琴を見返した。

「おーいちゃん、ちょっといいかな」

　猫撫で声で呼びかけた後、少し考え、それから馬琴は帳面と筆をお栄に差し出した。

「お願いがあるんだけれど」と彼はいった。「この帳面に、おじさんたちの似顔を描いてみてくれない?」

葛飾応為《おうい》。

葛飾北斎の三女である。俗名を栄といい、別に辰女《たつじょ》の画号を用いた。『葛飾北斎伝』にいわく、

〈応為と号し、父の業を助く。最美人画に長じ、筆意或は父に優れる所あり〉

初め町絵師の南沢等明《みなみさわとうめい》に嫁いだが、夫の描いた絵を指して「下手だ」と笑ったために離縁される。実家に戻ってからは常に父親に寄り添い、その最晩年にいたるまで生計をよく支えて、時に作画や彩色を手伝い、時に代作を手がけ、時に人形作りの内職に勤しみ、さらに偏屈者の父親に代わって葛飾一門を実質的に切りまわした。一世の画狂人北斎は齢九十の長命を保ったが、彼の末期を看取ったのは余人にあらず、この応為である。

女流絵師応為の晩年の消息は詳らかでない。北斎歿《ぼつ》後《ご》、門人の縁故で加賀の国金沢に移住したとの説があり、一方で慶応の頃までは江戸市中に存命していたとの証言も残る。巷間《こうかん》に最も流布された説は親類の証言によっており、黒船来航、江戸の大震災からまだ間もない安政四（一八五七）年の夏頃、東海道戸塚宿の住人何某の招きでその親類の家を出たきり消息を絶ち、当時、応為は六十七歳だったという。

最後の説を採用した場合、逆算すると彼女の生年はいちおう寛政三（一七九一）年ということになるから、約三十点の役者似顔絵の傑作群をかかげ、一人の絵師が彗星

のごとく現れて江戸市中を賑わせた寛政六年の夏——浮世絵師葛飾応為すなわちお栄は四歳。

四

日本橋通油町、書肆耕書堂。

昼下がりに一度通された座敷で再び蔦屋重三郎に向かい、曲亭馬琴と葛飾北斎、それにお栄の三人は、それぞれ緊張の面持ちで端座していた。蔦屋の正面には幼女のお栄が座って、馬琴と北斎はお供の衆よろしく彼女の後ろに付き従っている。

「ううむ……」

手元の帳面から、蔦屋が顔を上げた。困惑の気色が顔いっぱいに浮かんでいる。

「これは何だね？」

「似顔絵です」

石のような表情で答えたのは馬琴だ。

「この筆遣いを御覧ください。人の顔の特徴をよく捉えていて、極端な誇張に面白味がある。いまにも紙面を離れて動き出しそうな迫力でしょう」

「子供の悪戯《いたずら》描きにも思えるがね」

「ここのお栄が描きつけたものです」

「そうか」

「役者の似顔を描かせたいとは思いませんか？　東洲斎写楽の大首絵そのままのものが出来上がる」

「この悪戯描きが？　いや、そんな……」

「旦那」馬琴の声に気迫が満ちた。「どこから見ても写楽そのままではありませんか。幸いにこれは文章主体の小説。ビジュアルに訴えるテレビの歴史番組でもマンガでもない。登場人物のわたしたちがそれで話を合わせたなら、物語の中ではそういうことで通るのです」

「それはそうだが……」

蔦屋は目を細め、正気を危ぶむように馬琴の顔をつらつら眺めた。

「話が違うぞ。わたしが写楽になって役者絵を描けと頼んだのは、そこの北斎師匠だ」

「手伝わせるなら同じことでしょう。父親が四つの娘の描いたものに少々手を加えたところで、不自然な展開ではない」

「するとお前さんは、本気で、写楽を幼女にやらせようと……？」

「もちろん」

馬琴は一歩も退かない構えだ。

「おいおい。読者が食いつくものを用意しろとはいったが、いくらなんでも限度というものがあるだろう。リアリティがない」

「リアリティがないかどうかは最後まで話を聞いてから御判断いただきたい」

懐から取り出した懐紙を広げ、馬琴はさらさらと筆を走らせる。

「謎の絵師、写楽の正体——誰かが写楽としての資格を得るにはさまざまの条件をきっちりクリアする必要がある。ひい、ふう、みい、よお、ちょうどきりよく十項目……」

馬琴は蔦屋の前に懐紙を滑らせた。

一、蔦屋との繋がりはあるか？
二、絵を描くことはできるのか？
三、何故役者絵を描いたのか？
四、二流三流の役者まで描いたのは何故か？
五、無名の写楽を蔦屋が売り出したのは何故か？
六、東洲斎写楽と名乗ったのは何故か？
七、斎藤十郎兵衛をはじめ、写楽の素性がさまざまに伝わっているのは何故か？
八、短期間に画風が変わったのは何故か？

九、約十ヶ月の活動で筆を断ったのは何故か？
十、肉筆扇面絵はどう解釈するのか？

「……ありがちな手口だな。既定の結論が成り立つように都合よく条件を並べ立てたか」

「何という野暮を。多少は空気を読んでいただきたい」

謹厳な史家の面持ちを装い、馬琴は検討を始めた。

「まず一番は問題なし。耕書堂に出入りする北斎の娘ですからね。二、三番も同じく。職業絵師として身を立てるのは、二、三十年も先の話ですが、それこそ物心つく前から父親の仕事を間近に見てきて、見様見真似でお絵描きを覚えたということは飛躍した想像とはいえない。それに当時の北斎は勝川一門を離れて間もない時期で、馴染みがあるといったら、歌舞伎役者の似顔が自然でしょう。写楽の画風について勝川派出身の北斎なら好都合という旦那の御高説は、そっくりそのまま、北斎の娘にも当てはまるのです」

「そうだった。そんなこともいったな」

蔦屋はぽんと手を打ち、馬琴の指摘にうんうんと頷き返した。

「ただし……年端もいかないお嬢ちゃんは似顔を描くのは上手だったものの、役者絵の作法をきちんと教えられていませんでした。だから、好き勝手に描いて〈あまりに真を画んとてあらぬさまに〉なってしまったのです」

「何だって？」

「この娘は歌舞伎の舞台を見たままに、面白がってお絵描きしたのですよ。大人の男が白粉を塗りたくって、いちいち派手な身振りをして、妙な抑揚をつけて台詞を喋る。女装した者まで出てくる。歌舞伎の約束事をまだ知らず、芝居の内容もよく分からない、四歳の子供の感覚でこれを遠慮なしに描いたから、ああいう似顔ができた。四番、二流や三流の役者をたくさん描いた理由も同じ。役者の序列も人気も気にしないで、子供心に面白いと感じた顔を手当たり次第に描いていったわけです」

「ああ……」

　蔦屋も北斎も感心している。

「だが、何でわたしは子供のお絵描きを大々的に売り出すことに決めたのだ？」

　自分のことなのに蔦屋が訊いた。

「子供に売れると思ったからでしょう。本当の狙いは親の財布ですがね。四歳の子供が面白いと思って描いたものなら、同じ年頃の子供もやっぱり面白がって欲しがるはず。そんな考えで、お絵描き上手のお栄ちゃんに目をつけた。大量の数をいっときに売り出したことも、ターゲットを子供に絞って、あれも欲しい、これも欲しいと焚きつけるため」

なるほど、と蔦屋は頷く。

「五番はこれで解決。六番、東洲斎写楽と名乗った理由。いくら子供向けでも、まさか四歳の女の子のお絵描きだとは明かせないから、新しい画号を用意したのです。東洲斎とは父親の画号からの連想なのでしょう」

「北斎から？」

「いまの時点の画号は春朗ですよ。陰陽五行説に従うなら、春に該当するのは東。東洲斎写楽という画号はそのまま春朗のところでお絵描きをする人だと解釈できます。穿《うが》って考えると、後になって北斎を名乗ったのも、東洲斎を意識しての命名だったかも」

ええーっ、と当の北斎が驚きに叫んだ。

「凄いぞ、たっきい！　そんなところからこじつけてくるなんて！」

「そこは推理といって欲しいのだが」

「初めに結論があって理屈を後から捻り出したんだから、推理だとはいえないだろ。お次はいよいよ最大の難問だぞ。七番。史実通りの斎藤十郎兵衛、たぶんおいらの二代北斎、油絵描きの有隣に洒落斎の式亭三馬、それから歌舞妓堂……たった一人の写楽について、文献を見るとさまざまに素性が伝わっていることをどう解釈するか」

上目遣いに北斎は説明を促した。

「そのまま解釈したらいい。いずれの説も正しかった……たったいま名前の挙がった者たちの全員が、ある意味では写楽の絵を描いたことに間違いなかったからさ」

「全員が、正しい……？」

「アシスタントだった」

「あ」

蔦屋と北斎は顔を見合わせた。

「たとえ名義は有名絵師でも、実際はほとんど弟子との合作、それどころかまるきり代作させたなんてことは珍しくもない話。げんに北斎、お前さんだって、爺さんになってからはこの娘の手を借りたくらいだ。だいいち、いくら上手いといっても、四歳の女の子が気の向くままに描き散らしたお絵描き。とてもそのまま版下絵として彫師に渡せるようなものではないし、渡したところで売り物にならない。だから、アルバイトを雇って手分けして、子供のお絵描きを浮世絵の流儀に敷き写し——トレースすることで版下絵を作成しないといけなかった。こんな試みに当時勝川春朗の北斎ほどうってつけの人材はいなかったでしょうね。何しろお絵描きした女の子のお父つぁんで、勝川派を追い出されてお先真っ暗でしたから。もっとも、おおっぴらに絵師を明かせる企画ではなし、それで北斎以外のスタッフには表向きに名前が出なくても文句をいわない面子《メンツ》を選んで声をかけたのです。本職の絵師でもない能役者の斎藤十郎兵衛や、後になって歌舞妓堂を名乗る誰か、駆け出し戯作者の三馬らも、臨時のアシスタントに雇われたメンバーの中にいたとしたら、史料に矛盾は生じない。写楽本人の素性――もとになる絵を描いたのが四歳の女の子だったことは厳重に伏せられたから、年月が経つにつれて、写楽本人と、作業に参加したアシスタントの判別がつかなくなってしまったのですよ」

ほとんどひと息に馬琴は事情を語った。蔦屋と北斎は唖然となって声もない。

「それから……北斎が写楽の件に口をつぐんで、経歴から消し、役者絵そのものからも遠ざかった事情もいちおうの説明がつく。東洲斎写楽は北斎本人ではなし、娘のお栄ちゃんでした。いくら困窮したといっても、娘のお絵描きに手を加えて売り出したというのは外聞がよろしくありませんからね。その上、子供の目で描いた似顔には約束事に捉われた役者絵には見られない迫力があった。他人ならともかく、たった四歳の自分の娘が、自分以上に迫力たっぷりの役者絵を描いてしまった。親としてはたいへんな屈辱でしょう。同じ土俵で勝負する気にもなれない。だから、役者絵を北斎はやめてしまったのです」

ここで馬琴は隣の北斎を見やり、にやりと笑いかけた。

「顔見知りの斎藤月岑や栄松斎長喜に能役者説を吹き込んだのは案外にお前さん自身

かもな。何かの機会に写楽が誰なのかと話題になって、面倒だから、同じアシスタント仲間の十郎兵衛に全部おっかぶせたのだ。写楽の住居が八丁堀にあると、三馬が追考を加えた理由もやっぱり同じ」

「ああ、辻褄が合っちゃった……」

半ば呆れて北斎は首を振り下ろした。

「写楽本人……お栄ちゃん自身が、写楽の過去を他人に語らなかったことも不自然とはいえません。幼い時分、洒落半分に役者さんのお絵描きを錦絵に仕立てて売り出してもらえたくらいの認識でいたでしょうからね。浮世絵師葛飾応為として独り立ちする頃には、かつて写楽だったという自覚もすでに希薄になっていた」

馬琴は笑いを消して、聞き手の反応をうかがった。

「十ヶ月の間に画風が変わった理由は？」

蔦屋が次の疑問を口にした。

「それは豊国のせいです」

「豊国？　どうして？」

「歌川豊国の役者絵に惚れ込んでしまったからですよ。だから、豊国に倣って、豊国風の姿絵ばかりを描くようになった」

「おい、本気でいっておるのか」

「大いに本気ですとも。考えてみてください。お栄ちゃんにとって、馴染みのある役者絵といったら勝川派の似顔で、写楽の大首絵もその延長にあるものでした。ところが、第一期の大首絵を描いた後で、お栄ちゃんは何かの拍子に豊国の姿絵を、『役者舞台之姿絵』のシリーズを見てしまった。お絵描き上手といっても、そこは四歳の女の子です。豊国の絵にころっとやられた。ある意味では豊国の絵から、役者絵本来の面白さや芝居の楽しみ方を教わったといえるでしょうね。第二期からは画風が変わって、全体に迫力を欠くことになったのはこのためです」

　馬琴は短く息を継いだ。さすがに横顔に疲れがある。

「次、九番――一年と続かず写楽が消えた理由。こいつも画風の変化が関わってくる。蔦重の旦那の御所望は、豊国に対抗できる、豊国の姿絵とは方向の異なる役者絵だったのですからね。豊国の亜流しか描かなくなったのでしたら、この先も写楽を続けていく意味はない。雲母摺りも禁止されたし、そろそろ切り上げ時と判断したのです」

「…………」

「写楽の作品は後になるほど画力が落ちるといわれているでしょう？　とりわけ第三期の粗《そ》製《せい》濫《らん》造《ぞう》ぶりが目も当てられない」

　馬琴の言葉に、蔦屋は無言で頷き返した。

「叩き売りに走ったのはこの時期にはもう写楽をやめるつもりでいたから。お栄ちゃんのお絵描きをもとにした錦絵だけではなし、ここにいる北斎や、その他大勢のアシスタントがオリジナルの画風を真似て描いた代作も多かったのでしょう。出来不出来の激しいことや大判をやめたこと、署名から東洲斎の三文字を外して、ただの写楽になったのはそのせい。どのみち打ち止めだからと、最後の荒稼ぎのつもりで描けるだけ描かせた」

「何とあこぎな」

自分でいって、蔦屋は顔をしかめた。

「とうとう最後まで辿り着いたな」とこちらは北斎。「写楽の署名がある扇面絵は何だったか。たっきぃよ、あれはやっぱりうちのアゴ娘が描いたことでいいのか？」

「自分の娘をアゴ娘と呼ぶなよ」

「他人の名前を覚えるのは苦手なんだよ」

「だからといって……ま、いいや。写楽の作とされる扇面絵のうち、いわゆる老人図が描かれた上限の寛政十二年時点でもお栄ちゃんはまだ十歳。きちんとした絵師修業を挟んで、絵師として独り立ちした後とは筆遣いや字の癖がすっかり変わっているということはいちおう考えられないではない。何かの座興にたまたま扇に絵を描く機会があって、まだ当時は葛飾応為でも葛飾辰女でもなかったから、懐かしい写楽の画号で署名したままで。不自然なところはないだろう」

「なるほど——」

暫時、一同の間に沈黙が流れた。

「べらぼお……じゃないや、ブラボー！」

力いっぱい両手を打ち鳴らし、驚嘆をあらわに北斎が叫んだ。

「たっきい、お前さんは実に凄い奴だな。十項目、ちゃんとクリアできたじゃないか。東洲斎写楽の正体がうちのアゴ娘なんて、あざとい、奇妙奇天烈な珍説によくもまあ上手に説明をこじつけてくれたな。うっかり鵜呑みにするところだったぞ！」

「ふん。しょせん史家の考証とは似て異なるもの。初めに決めた結論に合わせて調子のいいことばかりを並べたら、それはどんな論でも鮮やかに成り立つように見えるだろうさ」

そんな風にうそぶきつつ、しかし、馬琴はまんざらでない表情だ。

「おーい、よかったな。これでお前は役者さんのお絵描きを売り出してもらえるぞ」

北斎が娘に声をかけた。

だが、お栄から返事の声はない。

大人たちの長い話にくたびれ果てて、将来の女流浮世絵師は座ったまま、横抱きにした張り子の唐辛子に顔を埋めるようにすやすや寝息を立てていた。

「……本当にこのお嬢ちゃんに、写楽の大役が務まるのか？」

蔦屋が不安の日を、お栄から馬琴に移して語りかけた。

「大丈夫です」馬琴は力強く頷いた。「いざとなったら、この北斎に代作させるまでの話」

「え？　すると、やっぱりおいらが写楽を描くことになるの？」

「当たり前だ。お前さん、いまになって何をいっておるんだ」

戸惑い顔の北斎に目を戻すと、馬琴はきっぱりいった。

「これは初めから、いったい、どうやって葛飾北斎に写楽の絵を描かせるかというのが話の本筋なのだからな」

『写楽　一七九四年』注釈

1黄表紙　江戸後期に刊行された大人向けの絵物語。しゃれや風刺を利かせているのが特徴。
2錦絵　浮世絵の手法の一つ。肉筆ではなく木版画によって作られた多色摺りの浮世絵。
3戯作　江戸後期の通俗小説類。
4蔦屋重三郎　一七五〇～一七九七年。江戸時代の版元、耕書堂を開業する。東洲斎写楽の全作品を独占販売したことでも知られている。
5曲亭馬琴　一七六七～一八四八年。江戸後期の戯作者。代表作は『椿説弓張月』『南総里見八犬伝』。
6洒落本　江戸時代の戯作の一種。遊里（遊郭など）での遊興を写実的に描く。
7葛飾北斎　一七六〇～一八四九年。江戸後期の浮世絵師。代表作は『冨嶽三十六景』『北斎漫画』。
8山東京伝　一七六一～一八一六年。江戸後期の浮世絵師であり戯作者。浮世絵師としては北尾政演の画号で活動した。
9版元　現在でいう出版社。当時は企画、制作、販売まで一貫して行っており、出版プロデューサーのような役割をしていた。
10大判　浮世絵の判型。約三十九センチ×二十六・五センチ。
11雲母摺り　浮世絵の技法の一つ。雲母（鉱石）や貝殻の粉を使って背景を一色で塗り潰す。

12唐紙　もともとは中国から伝わった紙で、平安時代頃から国産化された。襖や障子など室内装飾によく用いられた。
13絵暦　文字を使わず、絵で暦日や歳時を表した暦。
14十返舎一九　一七六五〜一八三一年。江戸後期の戯作者。代表作は『東海道中膝栗毛』。
15狂歌　俗語を用い、しゃれや風刺を利かせた短歌。
16滑稽本　江戸後期の小説の一種で、人物の言動などによって笑いを誘う。
17檀那寺　代々帰依し、檀家となっている寺。菩提寺。
18大首絵　浮世絵の様式の一つで、人物の上半身や顔を大きく描写したもの。
19柱絵　浮世絵の様式の一つで、柱に飾るために細長い判型で描かれているもの。
20武鑑　諸大名や旗本の氏名、禄高、居城、臣下などの情報を記した名鑑。
21切絵図　江戸時代の住宅地図。
22合羽摺り　浮世絵版画の彩色法の一種。着色したい部分に切り抜いた型紙を使う技法。
23肉筆　錦絵と呼ばれる浮世絵版画とは異なり、浮世絵師が直接絹本や紙本に描く一点物。
24一陽斎豊国　一七六九〜一八二五年。江戸後期の浮世絵師。初代歌川豊国。代表作は『役者舞台之姿絵』。
25読本　江戸時代の小説の一種で、文章を読むことを主体とした本。空想的、伝奇的な要素が強いものが多い。
26細判　浮世絵の判型。約三十三センチ×十五〜六センチ。

27 間判　浮世絵の判型。約三十三センチ×二十三・五センチ。

28 追善絵　歌舞伎役者などの有名人が死去した時、訃報と追善の意味を込めて出版された錦絵。死絵ともいう。

贋作　時のヤンキー娘

「彼女を見たことのない人間は日本には一人もおらんでしょう」次の候補者の資料をひと目見るなり、笑い声で監督は断定してみせた。「彼女は観光旅行のＣＭに出演している、あのバカみたいなブロンド娘です」

「そう、そうですね、きっと」

曖昧に笑って追従《ついしょう》する僕。口に出してから、しまった、と舌打ちしたくなった。日本では大勢が見たはずのＣＭに出演している、という部分に同意したつもりだったのだ。

「つまり、バカみたいなブロンド娘の役を演じている、という意味です。彼女はちっともバカじゃない……はずです」

「その通りだ。実に才能のある娘ですな」

とこれはアメリカ人作家のコメント。

彼の日本語は流暢といえなかったが、一言一句、語彙と発音を確かめつつ話すような物言いには思慮の深さを演出する抜群の効果があった。

「ＣＭを御覧になったのですか？」

展覧会の準備のためにこの人物が来日したのはほんの一週間前。日本でテレビのCMを目にする機会がそう頻繁にあったとは思えない。

怪訝《けげん》に感じた僕の問いを受け、いいえ、と彼の頭は横に動いた。

「ですが、他の国の人々が若いアメリカ娘たちに持っているイメージ通りに演じ切ってみせたのだとしたら、彼女はバカなんかではない。見事に期待に応えたといえるでしょう」

他でもないアメリカ男から指摘をされて、僕たち日本人は思わず顔を見合わせていた。

オーディション会場にはこの時、男ばかりが四人いた。

会議室の真ん中をパーティションで区切り、その前に長机を二つ並べて、横一列の形で着席している。左手の側から順番に主催社の企画担当者、原作者、監督、それからシナリオライターであるこの僕。

一方、オーディションにやってくるのは、十代から二十代の若くて美しい女性ばかり。その半数は外国籍、残りの半数はハーフだったりクォーターだったりで、モデルもいるならミュージシャンもいる、アイドルもいる、人気のコスプレイヤーもいるが、そんな彼女たちがドアから入るなり、真正面には平均年齢がずいぶん高めの男どもの――年配者に引き上げられたせいだ！――気難しい御面相が並んでおり、剣呑な視線を浴びせられるのだから、それこそ狼の群れの前に放り出された仔羊のような心地がしたことだろう。

「CM以外の出演歴は教養番組や情報番組が目立ちますね。歴史物、海外の紀行物……」

芸能事務所が用意したプロフィールに最後まで目を通し、僕は印象を口にした。バーモント州バーリントンの出身。来日二年目で、都内の私立大学に在学中。タレント活動歴はこの一年少々。学業が優先らしい、浅いキャリアから判断した限りでは、

「再現VTRやイメージ映像の出演者かな」

「大いにけっこう！　短い場面の雰囲気作りはお手のものだな」

「監督。ヒロインは彼女でいきましょう」

「おや？　どこかの番組で見かけたのか」

「ルーシー・ウェステンラを演じていますよ。『世界かいき発見』のドラキュラ回」

「吸血鬼はお呼びでないぞ。探したいのは宇宙人だよ、宇宙人。例のアダムスキーが会見した金星人みたいな、金髪のべっぴんさんで、身体のラインにぴったりのスーツがよく似合う……」

映画産業真っ盛りの一九五〇年代から撮影の現場を途切れなく行き来する、いまや古参の「活動屋」である監督は鼻を鳴らして決めてかかる。

「原作の設定は黒い髪の、神秘的な美少女でしたがね」

同じ世代のアメリカ人作家の語り口はどこまでも沈着で、思慮深いようだった。

アラン・グラントは、アメリカ合衆国在住のファンタジー小説家、アメコミ原作者、編集者……そして、浮世絵コレクター。

彼と日本の関わりは一九六〇年代、在日米軍横田基地に空軍士官として配属されたことから始まる。退役後は日本からマンガやアニメの輸入を手がけ、全米各地で上映会を開催したり、通信販売事業を展開したり、そのうちに既存の作品を仲立ちするだけでは飽き足らなくなったのか、自作の小説を立て続けに発表した。主な題材は、サムライ、ニンジャ、ゲイシャ、ヤクザ、ロボット、カイジュウ……以下、省略。代表作のいくつかは映画化されており、日本公開に合わせて翻訳出版されたので、日本の読者からの認知度はそれなりに高い。在日米軍時代の階級は大尉だったことから、日本国内の関係者や愛読者の間ではもっぱら「グラント大尉」で通っていた。

浮世絵版画の蒐集はやはり日本駐留の間、日本のマンガ文化のルーツということで関心を持ったのが始まりらしい。

ジャポニスムの大流行からはすでに百年。この間、喜多川歌麿、葛飾北斎をはじめ、国際的に評価が確立した大物浮世絵師たちの主要な作は市場価格が高騰しており、博物館や美術館に陳列されるほどの良品の入手はもはや困難な状況になっていた。

新入りコレクター当時を振り返って、グラント大尉は語る——

「江戸では歌麿や北斎と同等か、彼ら以上に人気を集めたはずの名人たちのヒット作が、後世になると評論家の理解に恵まれず、メディアが取り上げないというだけの理由で、信じられないほどに安く、たくさん買い集めることができるのですからね。愉快な話ではありませんか！」

そうして半世紀近くにわたって蒐集したグラント大尉のコレクションから、優品ばかりを約二百点、日本国内で一般公開するという里帰り展が開催されたのはこの時のオーディションの翌年、平成二十二（二〇一〇）年の出来事。〈アラン・グラント浮世絵名品コレクション展〉——主催は全国紙の新聞社、七月開催の東京会場から始まり、兵庫、大分、茨城の国内四会場を半年かけて巡回したこの展覧会は、ハリウッド映画原作者というネームバリューもあって、開催当時はメディアの大きな注目を集めたものだった。

この折り、せっかくの機会なのだから彼の短編小説から一つ、日本が舞台で、浮世絵が題材のものを選んで映像化したらどうか、という企画が持ち上がったのである。

映像化の企画はとんとん拍子に進み、かくして、十八世紀末の江戸にブロンド美女の宇宙人が出現したというＳＦ時代劇映画が、全国四会場のまわり持ちで上映されるという運びになった。展覧会会場での限定上映である。アメリカ人コレクターがどんな人物なのかをよく知らないで、浮世絵の珍しいコレクション目当てで訪れた来場者はさぞかし面食らったのではないか。しかし、これらは半年以上が経ってからの話。

主催新聞社の担当者が以前に手がけたイベントの繋がりから、大ベテランの「活動屋」である監督が演出に起用された。監督の推薦があって脚本は僕が書くことになり、主要な配役もやはり彼の意向通りに集められた。以前の撮影現場を通して、馴染みのスタッフとキャストで固めたわけである。

ただ一つ、顔馴染みの範囲に適当な候補者が見当たらず、撮影を前にこうしてオーディションを開いて選考したのがヒロインのキャスティングだったというわけだ。

ドアのノックの音はたいそう控えめなものだったので、僕たちは自分の錯覚だと決めてかかった。オーディション会場の部屋のドアをノックする時は控え目にするものではないのだ。しかし、何かが僕に「どうぞ！」といわせた。そして、ドアが開いた時、そこにはあまりにも狼の群れを前にした「あのバカみたいなブロンド娘」……もとい、「むくむく仔羊ちゃん」なる言葉そのままの人物が立っていたのである。

そのアメリカ人女性はどぎまぎしたらしく、気弱そうに微笑し、呼吸を整えてから日本語で切り出した。

「え、ええと、キャロラインといいます。マネージャーさんに――事務所の方です――ここへ連れてこられたんです。あなたみたいな女の子が必要な役があるからって」

「どうぞお入りください」と行きがかりで話しかける僕。「キャロラインさん、よく来てくれました。まあ、そこの椅子にお座りください」

彼女は背が高く、美しいブロンドの髪をひっつめにまとめて、丸縁の眼鏡をかけ、化粧はほんの気休めという程度。左右の頬が上気したように赤かった。いまからオーディションに臨む女優やモデルのようには見えない。その場のパイプ椅子に腰を落ち着かせると、何かびっくりしたように丸くなったグリーンの目で僕たちを見まわした。

「すみません。大学の図書館で調べることがあって、調べものが終わってから、大急ぎでこちらへやってきたんです」

キャロラインというアメリカ娘は先まわりするように事情を話した。

「日本の大学で、あなたは何を勉強しているのですか？」

「近世文芸史。テーマは読本と合巻《ごうかん》*1です」

「ああ、京伝や馬琴が書いたような？」

「そうです。わたしが取り組んでいるのは『児雷也豪傑譚《じらいやごうけつたん》』なのですが」

――蛙と蛇とナメクジの三竦《さんすく》み。何とまあ通好みな。

「ええと……どうして興味を持ったの？」

「『怪竜大決戦』という映画を御存じですか？　児雷也役は若い頃の松方弘樹さんで、大蛇丸を演じたのは大友柳太朗という方。『十兵衛暗殺剣』では幕屋大休《まくやだいきゅう》を演じていました」

　彼女の答えを聞くなり、監督が声を上げて笑った。どうやらこのアメリカ娘をいっぺんに気に入ってしまったらしい。

「日本語がとてもお上手ですが、日本映画やアニメで覚えたの？」

　これは原作者、グラント大尉の問い。

「はい。オリジナル通りの内容を理解したくて、原語を頑張って調べました。その、わたしの国で視聴できるものは国内向けに脚色や編集が加えられている場合が多いので」

「気持ちは分かるよ。わたしもその手の改変に加担して、テレビ局に売りつけた一人さ」

　それからの質疑応答は和やかに進んだ。訪日前は何を勉強していたか。日本を訪れたことで印象はどう変わったか。現在のタレント活動のきっかけは外国人エキストラのアルバイト募集を学生課から紹介されて、応募したことだったという。再現ＶＴＲやイメージ映像への出演は、さまざまな年代、さまざまな地域の人間になりきることができるから楽しい、と彼女は話した。いままで一番印象深かった演技の仕事は『オペラ座の怪人』のイメージ映像で演じた歌姫クリスティーヌ役。『吸血鬼ドラキュラ』ではないのが残念だ。

「最後の質問だ。この絵を眺めてみてくれないか」

そういって、グラント大尉は手元から一枚の絵を取り上げた。

黒光りする背景から浮かび上がる男性の半身像。特徴のある寄り目に大きな鷲鼻、顎の輪郭が面長な顔立ちを強調している。グラント大尉は自分の腕時計の秒針を見守った。四十五秒経ってから、彼はいった。

「どうだい？」

「市川高麗蔵《いちかわこまぞう》、三世。高麗屋《こうらいや》」

「歌舞伎役者に注意を向けたのは君が初めてだよ」と苦笑いするアメリカ人作家。「これは写楽が描いた役者絵なんだ。知っているだろう？　浮世絵師の東洲斎写楽」

「まさか本物ではありませんね？」

「現代の職人が手がけた複製版画さ。見事に採用されたならお祝いに進呈してもかまわないが、この絵を見てどう思う？　素直な感想を訊きたい」

「写楽ですか……」

細長い人差し指で丸縁の眼鏡のつるをちょっと持ち上げる、という独特の仕草をしながらキャロラインさんはいった。

「優れた画家だとは思います。ですが、三世高麗蔵を描いたものに限るなら、わたしは歌川豊国の方が好みですね」

「ほう……それは『役者舞台之姿絵』のシリーズかい？『松貞婦女楠《まつはみさおおんなくすのき》』の相模次郎の立ち姿は、同じ舞台を写楽も描いていたね」

「いいえ。『傾城水滸伝《けいせいすいこでん》』で演じた佐々木巌流《ささきがんりゅう》だとされる大首絵があるんです。あれを見てから、わたし、佐々木小次郎《こじろう》のイメージがすっかり固まってしまって……」

「高麗蔵の顔しか思い浮かばなくなったのかい。そいつはたいへんだ」

「出演者を探していらっしゃるというのは浮世絵のお話なんですか？」

「そう。別に難解深遠なことじゃないんだよ。浮世絵の展覧会で上映するための短い映画を撮るんだ。出番は少ないが、豊国も出てくるよ」

「それは楽しみですね。どんな役でもお手伝いします。読本から見事に転向しましょう」

「文章と挿絵の研究から錦絵へ、かい？」

「そういうわけです」

「そうか、それはありがたい。君は写楽について何か知っているかね」

「いいえ。江戸の文献には阿波藩の能役者だったと書き残されていることと、日本ではそれらの文献は信用できないと考える人たちが多くて、当時も現在も真相は分からないという歴史の上のミステリー、正体は別の誰かだと主張する別人説が流行っていること、くらいですね。それから、三代豊国を襲名する国貞が写楽の大ファンで、四世松本幸四郎の似顔を模写したということ……国貞の証言によると写楽は武家方の人らしいですよ」

「何だって！」

「写楽の役者絵が江戸で売り出された頃、国貞はまだ、七、八歳？　子供の目で見た絵でしたから、いっそう印象が強かったのだと思います。違うでしょうか」

文句なしだね、と作家は答えた。

キャロラインさんはそこで突然、恥ずかしそうに顔を赤らめた。初めの、狼の群れを前にした「仔羊ちゃん」のような、あの臆病な感じが再び戻ってきた。

静かな低い声で「よろしくお願いします」をいい、彼女が会場を出ていった後、見るからに厳めしい男連中は——僕を除く——互いの表情をうかがい合った。

「いまの彼女、宇宙人役のオーディションだと教えたら、どんな顔になったでしょうね」

といまさらのように口にする企画担当者。

「そいつは大喜びでしょう。江戸に現れた宇宙人になりきることができるんだから」

こともなげに監督はいってのける。

「江戸に現れて、浮世絵を描くことになる宇宙人の役です」

例によって深遠な調子でアメリカ人作家が真実を説いた。

二

クランクインは年が明けて、平成二十二年の一月末からだったが、その一週間前、脚本の読み合わせと衣装合わせのため、都内の映画撮影所に主だった出演者が集められた。脚本の変更に備えて僕も呼び出され、出演者たちによる読み合わせに立ち会った。

上映予定時間は三十分程度。以前の撮影現場で共演済みの出演者が多かったから、読み合わせそのものは大過なく終わった。時間がかかるのはその後の衣装合わせだ。

「やあ。こちらにいらしたか」

喫茶室で脚本の台詞をチェックしているところへ、歌川豊春役の俳優が現れた。テレビ時代劇の全盛期を支えた大御所の一人である。

この時の彼は放ち十徳[*2]を小袖の上からまとい、入道に頭を丸めた文人隠士風の装い。劇中で演じる豊春は浮世絵師で、江戸浮世絵の最大勢力となる歌川派の創始者だ。劇中設定の寛政六（一七九四）年、史実の豊春は数え年で六十歳だから、役者の実年齢は役をかなり上まわっている。加齢に伴って肉がかなり落ちたが、まだまだ背筋はしゃんと伸びて矍鑠《かくしゃく》としていた。

「似合いますね。鬘《かつら》はおやめになったのですか？」

「まさか。こちらの頭が鬘ですよ」

つるつるの頭を叩きながら大御所は笑ってみせる。御無沙汰しています、と丁重に頭を下げてテーブルの向かい側に彼は腰を下ろした。

「監督は？」

「女優に付きっ切りですよ。映画の本当の主役はあちらですからね」

従業員を呼び止め、大御所は紅茶を注文した。

「写楽の映画で主演させてもらえるというので、脚本が送られてくるまで、てっきり写楽は僕なのかと決め込んでいました。いざ蓋を開けたら、大外れでしたが」

「それは申し訳ない」頭を下げて謝る僕。「写楽を演じてみたかったのですか？」

「というより、写楽の正体に豊春という絵師を持ってくるのは巧《うま》いな、と。年始めに芝の版元から役者絵を売り出した豊国の大成功に触発されて、日本橋の蔦屋が写楽を起用したという経緯でしょう。歌川豊春は豊国の師匠です。当時は版画の出版からは手を引き、肉筆浮世絵の制作にもっぱら力をそそいでいたという話ですが、一番弟子の仕事ぶりと評判を近くで見ていて、自分だったらこう描く、と心が動いたとしてもおかしくない」

「まあ、考えられる話ですね」

「そんなことを考えて、予習するつもりで自宅の本棚を探してみたら、面白い本が出てきたのですよ」

大御所はそういって、手提げ鞄から一冊の本を取り出した。

彼から手渡された本はB5判型、表紙右上に縦書きで《幻の絵師写楽展》と題字がかかげられている。展覧会の図録だった。発行元は東京渋谷の太田記念美術館。

「あれ？　この表紙の絵は……」

写楽が描いたものではない。図録の表紙を飾っているのは歌麿風の美人画だった。

「寛政三美人の一人、高島おひさの立ち姿を栄松斎長喜という浮世絵師が描いた柱絵ですよ。ほら、ここのうちわを見てください。写楽の似顔が描き込まれているでしょう？　四世松本幸四郎が演じた肴屋五郎兵衛」

「ええ、写楽本ではよく見かけますね。いろんな論者が長喜の意図をさまざまに読み解いています……それはいいとして、写楽の展覧会なのに長喜のこの絵がどうして表紙に？」

「写楽の模写をうちわに描いたこの絵が、実際に展覧会の呼び物だったからですよ。

この柱絵もよく売れたらしくて、異版……増刷がかかった際に細部に変更が加えられ

高島おひさ（一部）（栄松斎長喜／1794年）

四代目松本幸四郎の山谷の肴屋五郎兵衛（東洲斎写楽／1794年）

たり、版木を補修したため違いが生じたりといったことがよくあるのですが、そうしたふた通りの高島おひさを並べて公開していました」

「企画する側もいろいろ考えるものですね」

承諾をもらい、僕は図録を開いた。

巻頭には当時の館長による〈ごあいさつ〉。浮世絵六大絵師の一人、ベラスケスやレンブラントと並ぶ肖像画家、国際的に評価は高く、知名度に反して実像が知られていない謎の浮世絵師——といったような、定型的だが、世間の認識としてひと通りの写楽の定評が並べられている。文末の日付は昭和五十七（一九八二）年四月一日。

一九八〇年代の展覧会の図録だから、カラー図版の掲載は少ない。三十年近くが経ち、いまどきの図録や画集を見慣れた目には物足らなく映る。掲載の図版は九十点余り。変わったところではユリウス・クルト著『SHARAKU』のドイツ語原書が展示物として掲載されていた。一九一〇年、単独の主題に東洲斎写楽を据えた世界最初の個人伝記として刊行されたもので、現在にいたるまでの写楽研究の嚆矢《こうし》となったことはよく知られている。

そろそろ巻末に近いページに差しかかったところで、僕の手が止まった。

「ここ、ここを見てください」

テーブルの向こう側から大御所が身体を乗り出してきた。右側のページ全面をまるまる占める形で掲載された役者大首絵の、図版の下のキャプションを指先で示す。

歌舞伎役者は写楽や豊国も似顔を描いた三世市川高麗蔵で、演目は『助六』。

浮世絵師の名前は――〈（水府《すいふ》）*3豊春〉。

「原作者はよく調べています。この助六の存在をどこかで知って、歌川豊春と写楽を結びつけるアイデアを得たのでしょう」

大御所は十徳の肩をわずかに竦めた。

「水戸浮世絵、ですか。同じ寛政年間に水戸でも豊春の画号を持つ絵師が錦絵を出版していて、写楽そっくりの歌舞伎役者の似顔を描いたなんてことは知らなかった。いや、《幻の絵師写楽展》の会場で見たはずですが、覚えてもいませんでしたね」

右肩の後ろに和傘をかざした三世高麗蔵の助六の大首絵。左側のページには、歌舞妓堂艶鏡、歌川豊国の両人が描いた大首絵の図版があったが、彼らの作に比較しても写楽の画風にずっと似ていた。独特な表情の生々しさが共通しているのだ。

「歌川豊春とは別人、とここにありますね」

解説中の一文に気づいて僕は指差した。

「同一人物にせよ、同じ画号の別人にせよ、どちらにしても驚かされました。浮世絵といえば江戸錦絵の印象ばかりが強くて、地方のものは上方、長崎、せいぜい名古屋くらいまで。この年齢になっても、知らないでいることの方がまだまだ多い。現代人の関心が向かないだけで、地方にはあっと驚くような絵描きたちが大勢埋もれているのでしょうね」

「御謙遜を。僕なんかの目から見ると充分に浮世絵にお詳しいですよ」

「時代劇映画の仕事が若い時分は多かったものですからね。江戸時代や明治の風俗をイメージする上で役に立つんです。だから、安物ばかりを選んで買い漁っていましたよ」

　僕はページをめくった。〈写楽研究当面の焦点〉と題して、昭和五十七年当時の研究状況がわずか二ページの文章量に要約されている。

　さらに後ろには演目ごとに整理された写楽版画の作品リスト、そして、明治十六（一八八三）年以降に発表された写楽文献がリスト化されており、こちらは九ページにわたって掲載されていた。画集や研究書のたぐいはもとより、雑誌、新聞掲載の記事まで網羅されているのだから感心した。〈主要写楽文献目録〉の最後の年次は昭和五十六年。

「ありがとうございました」

　図録を返そうと差し出したら、大御所は制止するように片手を持ち上げた。

「撮影の打ち上げまではお預けしますよ。あなたはお話を作る側、わたしは脚本をいただいて演じる側。そのうちに参考にすることが出てくるかもしれない」

彼はティーカップを持ち上げ、時間をかけて紅茶を味わった。

「写楽の正体は僕の豊春なのかと張り切っていましたが……なかなかどうして、こちらが期待する通りの展開にはなりませんな」

「洋風版画のジャンルを開拓した豊春でしたら、海辺に漂着したブロンド美女を匿い、江戸に連れ帰ってしまうという役どころには適任だと見込まれたのですよ」

「どうかなあ」

笑いながらティーカップをテーブルの上に戻したところで、大御所は痩せた首をいっぱいに伸ばし、入口の方を向いた。

「お、噂をすれば何とやら……宇宙の美女がやってきましたよ」

振り向くと、喫茶室の入口からキャロラインさんが現れたところだった。

彼女の衣装は時代劇映画の登場人物らしからぬ、紺色のサテンのジャンプスーツ。ボディラインがくっきり強調されており、SF映画風のパイロットスーツのように見えないこともない。僕たちの姿を認めると、恥じらいながら、彼女は小さく片手を振ってみせた。

「衣装合わせは終わったの？」

「いいえ。ゲイシャ役の方たちはまだ時間がかかるようですから……」

僕たちのテーブルまでやってきて、キャロラインさんは空いた椅子に腰かけた。

オーディションの当日とは違い、撮影の本番と同じようにメイクをきちんとした彼女は見惚れるほどに美しかった。唯一、普段のままの丸縁眼鏡にかえって違和感がある。

「別れの場面を演じるのが、いまから辛くなってきました」と大御所のコメント。「この娘《こ》なら、なるほど、危険を冒してでも自分の家に連れて帰りたくなります」

物語の結末はＵＦＯが迎えにやってきて、キャロラインさん演じるヒロインを星空の彼方へ連れ去ってしまうというもの。原作そのままの展開なのだから、仕方がない。

「先日のオーディションではお世話になりました」

キャロラインさんは僕に向かって頭を下げ、再び起こすと、くすりと笑った。白い歯がまぶしい。

「浮世絵師が出てくる映画だとはお聞きしましたが、まさか写楽になって絵を描くことになるなんて考えもしませんでした。おまけに宇宙人なんですね、わたしの役」

「ですが、あなた好みのストーリーではないのですか？　お話の下敷きは……」

「曲亭馬琴の『兎園小説《とえんしょうせつ》』でしょうか」

「ああ、やっぱりお気づきでしたか」

僕は大御所に向かい、ヒロイン役のヤンキー娘を改めて紹介した。日本の私立大学に通っていて、専攻は近世文学史、研究のテーマは江戸の読本で、主に『児雷也豪傑譚』。

「才媛ではないですか。いよいよ撮影が楽しみになってきました」

愉快げに笑い、大御所は共演者の方に身体ごと向き直った。何だか鼻の下が長い。

「あなたは写楽の正体をどう考えます？　映画の中ではなくて、現実の議論としては」

「写楽の正体、ですか」

キャロラインさんは困ったように眼鏡のつるに人差し指をかけた。

「同じ江戸の出版物とはいっても、一枚摺りの錦絵は本格的に調べたわけではないですから。ただ、わたし個人の考えでしたら、別人説というのは成り立たないように思えます」

「ほう。それはどうして？」

「当時の江戸の出版制度に従うなら、どこの誰なのか作者が分からないものは市販できなかったはずなんです。版画の場合も、書物や草双紙《くさぞうし》*5に準ずる扱いでした。写楽の版画は事前に行事《ぎょうじ》改《あらため》*6を通して、極印《きわめいん》*7をもらった上で売り出されていますから……」

「おや、そんなルールがあったのですか。学問の上の議論というやつは、テレビの歴史バラエティー番組やフィクションのようにはいきませんな」

残念そうに大御所は短い吐息を洩らし、それから、僕の方に顔を向けた。

「浮世絵の専門家の間では正体探しの議論は決着がついた形なのでしょう？　江戸の文献で名前が挙がっている、阿波藩公お抱えの能役者」

「ええ……写楽別人説はもともと、斎藤十郎兵衛という能役者の名前が確かな史料からは確認できず、実在すら疑わしかったところから出てきたものでした。だから、文献は信用がならない、写楽の正体は別の誰かではないかという話になってしまった。ところが、現在では補強史料の発見が続いたことで、当の十郎兵衛の実在どころか、家族構成や年収、生歿年、八丁堀地蔵橋に転居した時期、近所の住人まで突き止められているんです」

「積極的に疑いをかける理由がなくなってしまった、ということですか」

「当時の文献の間に明らかな矛盾が見られるなら話は別ですが、ぜんぜん浮世絵とは関わりがない大名お抱えの能役者が、何かの間違いで無縁の絵師の正体に仕立てられて、訂正もされずに市中に噂が広まったままという想定の方がよほど現実味を欠きますもの」

「それでも、別人説はいまも支持があるでしょう。テレビといい、出版物といい、相変わらず謎の絵師だという取り上げ方で、写楽の正体はまだ判明していないことになっている」

「世界の三大肖像画家に数えられるほどの偉大な芸術が、著名な文化人とも職業画家ともいえない市井の一個人の、束の間の内職で描いたものだったことになると評価と実体が釣り合わない、世界中が認めた肖像画の巨匠としては体裁が悪い、くらいの発想なのだと思いますよ。そんなことをいったら浮世絵自体、現代でいえば商業イラストのたぐいの消耗品で、芸術品扱いされるようになるのは海外の人気が逆輸入されてからの話だったのに」

「ははは。人間は大きな成果に対して、それに見合うだけの立派な背景や過程をどうしても期待してしまいますからな」

大御所は顎をつまみ、そのまま宙を見据えるように考え込んだ。

「写楽の素性はいいとして……しかし、それで全てが明らかになったとはいえませんな」

「と、おっしゃるのは？」

「写楽がどうやって絵描きの経験を積んだのか、そして、版元の蔦屋がどこで写楽の絵を目に留めて起用にいたったのか、ということですよ。絵描きの経験は浮世絵とは限らないにせよ、無名時代の習作のようなものはどこからも見つかっていないのでしたね？」

「ええ。版本《はんぽん》*8の挿絵を描いたといった形跡もないようですから……」

「そうでしょう、そうでしょう。ここのところを上手に説明できない限り、文献の上での結論は動かなくても、世の中に対しては説得力を持ちませんよ。ほとんどの人間は理屈で考えるのではなし、感覚で物事を判断するのですからね」

「……ごもっとも」

ちらりと横をうかがうと、キャロラインさんは頭を傾け、妙に浮かない表情だった。

そろそろ失礼、といって大御所が立ち上がる。唇の前に指を二本立てて、煙草を吸う仕草をしてみせた。僕たちは軽く頭を下げて、外へ出ていく主演俳優の姿を見送った。

「ところで、出演が決まってから写楽のことは調べたの？　読本の研究から転向してみせると話していましたね」

二人きりになったことを幸い、僕の方から話しかける。この時は会話のきっかけをつかむ程度の考えで、それ以上の何かを期待したわけではなかった。

「その写楽のことなんですが……」

アメリカ娘はいいかけて、口ごもった。

「うん？」

「いまのお話の中でセンセイ、世界の三大肖像画家だって、写楽の評価が海外でも高いことを説明していましたね」

「写楽について書いたものなら、どんな本にでも載っていますよ。レンブラントとベラスケスに匹敵する世界三大肖像画家の一人だといって、ユリウス・クルトというドイツの研究家が著書の中で絶賛しているんです。『SHARAKU』の出版は一九一〇年でしたから……ああ、今年でちょうど百年になるんだ」

「その評価ですが――世界三大肖像画家のことですが――誰もその話をしていないのはおかしいと思いませんか？」

「どういう意味です、誰もその話をしていない、というのは？」

「わたしは浮世絵にそう詳しくないので、調べる必要ができた時はオランダのホテイ出版社が二〇〇五年に出版した『The Hotei Encyclopedia of Japanese Woodblock Prints』――日本の版画の百科事典を頼ることにしています。世界中の浮世絵研究の成果がカバーされていますからね。ところが、ホテイの事典でも、日本国内の浮世絵文献では最も情報が確かな、国際浮世絵学会の『浮世絵大事典』でも、写楽だけではなくてクルトにも独立した項目が立てられていましたが、世界三大肖像画家の評判にはひと言も触れていなかったんです」

「きっと、必要がないと判断したのでしょう。後世の評価によって、浮世絵師の画業や伝記そのものが書き換えられるわけではありませんから」

「ええ、でも、もっとおかしなことがあるんです。一九九四年に『SHARAKU』の日本語訳が初めて出版されたことは御存じでしょうか？　一九九四年、ですよ。これは初版ではなくて、一九二二年刊行の改訂第二版の翻訳でしたが、わたしはドイツ語が読めないので、原書の代わりにこの本でクルトの説を確かめてみました。そう、クルトによる序文も本文も日本語の文章にちゃんと翻訳されていましたが、世界の三大肖像画家という直接的な表現どころか、レンブラントとベラスケスの名前すら一度も出てこなかったんです」

「何だって⁉」

僕は仰天した。

「そうなんです、驚いたでしょう」

「本当か！」

「まったくの本当です」

「僕はクルトの本の中で三大肖像画家だと持ち上げているとばかり思っていたなあ」

「そう、いろいろな写楽の本の説明ではそうなっています。でも、それは、クルトの本に書いてあるという通説を簡単に紹介するばかりで、引用――つまり、その、世界三大肖像画家の一人に認定したというクルトの文章そのものの引用や、原書のどのページにそんな記述が存在するのかという索引のたぐいは一つもなかったんです」

「けれども、そうだ、一九九四年の本は改訂版の翻訳だったのでしょう？　初版では存在したはずの文章が、著者の考えが変わり、改訂の際に削られたのですよ。きっとそれだ」

「その可能性をわたしも疑いました。だから、この三日間、世界三大肖像画家という語句の使用例を探して、わたしは一九一〇年代の日本国内の写楽に関係する論文、随筆とかそういったようなものをひっくり返していたんです。永井荷風さん、中井宗太郎さん、井上和雄さん、野口米次郎さん……それから、芥川龍之介さんもこの頃に写楽の評論を書いていました」

「誰か、見つかったの？」

「一人もいないんです」

「一人も？」

「そんな顔をしてわたしを見ないでください。わたしの責任じゃありません」

「意味が分からない。ヨーロッパの研究書の中で西洋絵画の巨匠たちに並ぶ高い評価を与えられているという事実を彼らが紹介しなかった、というのはどんな理由からなんです？」

「理由はただ一ついえます。そんなことをクルトは書かなかった、という理由です」

――沈黙。その間、僕たち二人はじっと見つめ合っていた。

「しかし……ちょっと待ってくださいよ。展覧会の図録には載っていました」

僕は大御所から預かった《幻の絵師写楽展》の図録を手に取り、その箇所を繰った。

「太田記念美術館の館長の〈ごあいさつ〉に言及があったはずだ。不審な点はないんです。レンブラントとベラスケスの名前が並べられていました」

「それはクルトが、一九一〇年に著書の中で書いたことになっているんですか？」

「ちょっと待って。ああ、ここだ」僕はざっと読み下した。「〈近年ではスペインのベラスケスや、オランダのレンブラントと並ぶ肖像画家として、その評価は、正に国際的な感があります〉……」

突然、僕は自分がいま、口にしたことの意味を悟った。

「そう……近年では、だ」

「しかし……しかし、その図録は……」

「昭和五十七年……つまり、一九八二年の展覧会です」

「わたしはまだ生まれていませんでしたが、一九八二年の時点から見て近年ということでしたら、一九七〇年代、もう少し幅を取っても、せいぜい一九六〇年代に広まった評判のようですね。ただ、そうすると『SHARAKU』の初版からは半世紀以上が経つことに……」

キャロラインさんはオレンジジュースのグラスを探り、いったんは取り上げたが、すぐにまたテーブルの上に戻してしまった。

「四十年間の写楽の議論が全部間違っているはずがない」

「そうでしょうか？」

「いや、間違っているはずがない！」

強い調子で僕は繰り返した。

「写楽の正体といえば、邪馬台国の所在地や本能寺の変の真相と並んで、歴史上の大きな謎ということで議論のテーマになってきたのですよ。テレビの番組しかり、出版物しかり、日本中が目の色を変えて、写楽の情報を追いかけまわしていたといっていいでしょう。それなのに三大肖像画家の記述がクルトの本になかったのなら、写楽本の著者たちもメディアも、真実を追究するどころか、写楽の評価に箔をつけ、売り物にするために平気でデマを流していたことになってしまう。議論の前提から大間違いだった？　いや、そんな、それはナンセンスだ。僕らが見落としている、もっとはっきりした理由があるに違いない」

「例えば、どんな？」

「さあ。まだ考えている暇がない」

「わたしは三日間考えていたんですよ」

「つまり、確かな証拠は一つもなかった、というわけなんだ？」

「そうなりますね」

「美術史家も評論家もその他大勢の論者も写楽のネームバリューに目を曇らせ、威勢がいい放言を並べ立てていただけとおっしゃるのですか。まさか、そんなこと……」

「わたしもそう考えていたんですが、最近ではそれほど確信が持てなくなりました」

キャロラインさんはいったん言葉を切ると、オレンジジュースをひと口含んだ。

「『増補浮世絵類考』という文献を知っていますか？　江戸の考証家、斎藤月岑という人が書いたものですが」

突然、アメリカ娘は話題を変えた。

「写楽に関心がある人なら、誰だって知っていますよ。長い間、能役者説の唯一の根拠だといわれてきたものです。ユリウス・クルトもこの文献の記述に従って、写楽の正体を斎藤十郎兵衛だと考えたのでしょう？」

「いいえ。そんなはずはないんです。斎藤月岑の自筆稿本はイングランドのケンブリッジ大学に所蔵されていて、一九六〇年代までは存在を知られていなかったんです」

「一九六〇年代……？」僕は思わず耳を疑った。「でしたら、別人説はとっくに広まっていますよ。斎藤十郎兵衛の存在は見向きもされなくなっている」

「明治、大正の間はもちろん、斎藤十郎兵衛の記述は信用できないとなって、別人説への関心が持ち上がった当時の日本の浮世絵研究者ですら、ケンブリッジ大学の『増補浮世絵類考』の存在を知らなかったんです。斎藤十郎兵衛説が否定された理由の一つは、日本国内の文献をいくら探しても、幕末ぎりぎりの慶応四（一八六八）年に編纂された龍田舎《たつたのや》秋錦《しゅうきん》の『新増浮世絵類考』までしかその頃はさかのぼることができなかったからなんです」

「僕はてっきり、月岑の本の信用が失われたから、斎藤十郎兵衛は間違いだというのが通説になったと思っていましたよ」

「逆なんです。一九六〇年代には斎藤十郎兵衛は間違いだというのが通説でしたから、まともに検討されないまま月岑の本は信用できないと決めつけられたんです。新しい文献が出てきて、それまでの通説がひっくり返るのは研究ではよくあることなのに」

「でしたら、クルトの根拠が『増補浮世絵類考』だというのは誤解なんだ？」

「いまのわたしたちは月岑の本の存在を知っていますから、百年前のドイツのクルトや、明治、大正の日本の研究者もやはり知っていたはずだと決め込んでしまうんです」

「なるほど」僕は考え込みながらいった。「問題の要点は、俗説が広まる以前からの研究者たちがみんな、この話は俗説だと知っていながら、しかも、それを否定していない、ということですね。いまとなってはもう取り返しがつかない。この話は俗説だと知っている連中が黙って見ている間に、そのまったくの嘘っぱちが通説になるまでに膨れ上がってしまったんだ」

「歴史はこうして作られるんですね。ねえ、センセイ。あなたとわたしとでこの問題をまったくの第一歩からやり直しませんか。結局、何事によらず、真実というのは、専門家にはない自由な発想や、畑違いの知識、類推力、想像力、人生経験、見識、予断、希望的観測、天才の閃きの中にはないんです。確かな事実の積み重ねの中にあるんです。『増補浮世絵類考』の〈俗称斎藤十郎兵衛〉が写楽の出版から五十年経っているというだけで嘘だと決めてかかる人たちは大勢いらっしゃるんですから、わたしたちが、クルトの本の出版から五十年経って広まった評判を疑ったらいけないという理由はないはずでしょう」

その時、喫茶室の入口から、

「いた、いた。こちらでしたか、キャロラインさん！」

こちらも出演者の新人くんが首を突き出し、声をかけてきた。

劇中で新人くんが演じるのは歌川派の新人浮世絵師国政。正確にはまだ国政を名乗る前の、紺屋[*9]職人甚助の役だ。やはり劇中の甚助と同じくこの時の彼は、紺色の半纏に股引という職人姿にまんじゅう笠をかぶり、竹を編んだ背負子に大量のうちわを差しかけたものを担いでいた。

「監督がお呼びですよ。ゲイシャさんたちの衣装合わせが終わったので、いまから四ツ目屋のシーンのリハーサルを」

「ハイ！　すぐに行きます」

「お願いしますよ。それじゃ」

新人くんは僕に向かって頭を下げると、

「ほんしぶうちは、うちは、更紗うちは、ほぐうちは。ほんしぶうちは、うちは、更紗うちは、ほぐうちは……」

物売りの声に節まわしを利かせて張り上げ、喫茶室から去った。うちわ売りの練習がてら、こうして撮影所の中を歩きまわっていたらしい。うちわは一本ずつテープで背負子に固定されているものの、これを担ぎ、バランスを保って歩くのはなかなか困難なようだ。

共演者の姿を見送りながら、キャロラインさんが首を捻って訊いてきた。

「歌舞伎役者の似顔を国政がうちわやお面に描いて売っていたことは文献に残っていますが、現存しているのでしょうか？」

「国政のうちわ絵でしたら、画集で見たことがありますよ。役者の似顔ではなくて、こよりを燃やして蚊を追っている女性の姿が描かれていましたが。お面はどうなのかな」

「おもちゃみたいなものですからね。破れたら、捨ててしまってそれっきり」

納得顔で頷きつつ、キャロラインさんはポーチから財布を取り出した。

「かまいませんよ」と制する僕。「お勘定くらいは払っておきますから。それでさっきの相談――クルトの本にはない評価の話、白黒つけるべきだというのは僕も大賛成なので、どこから手をつけるか、後で連絡してかまわないですか？」

「よろしいんですか？　お願いします」

日本人のようにぺこりと頭を下げると、冬の午後の薄い陽光の中へ彼女は出ていった。

光沢のあるジャンプスーツに包まれて、その細身で、溌剌《はつらつ》とした後ろ姿は以前の「仔羊ちゃん」の印象が影をひそめ、未知の世界に旅立つ宇宙飛行士を見るようだった。

三

帰宅してから僕が真っ先にやったことはパソコンを起ち上げ、インターネット上の通信販売のウェブサイトを開いてみることだった。

目的の本はすぐに見つかった。定村忠士、蒲生潤二郎共訳『写楽　SHARAKU』。アダチ版画研究所から平成六（一九九四）年に刊行されていた。

出版から十五年が経ち、取り扱いはすでに古書のみ。一番安値の出品を選んで購入することにした。キャロラインさんの調査を疑うわけではなかったが、実際にクルトの著書を読んでみないことには確かなことがいえない。

遅い夕食と入浴を終えて、僕はベッドに横たわり、半ばうとうととしていた。その時だった。僕の心の中で、誰かの声がこういったのだ。

——テキスト全体に検索をかけてみたら？

おかげで、僕ははっと目を覚ましてしまった。そして、もう一度、パソコンを起ち上げた。我ながら間の抜けた話だが、直接邦訳書を購入して目を通すより、ずっと簡便にクルトの文章を確かめる方法があるかもしれないと思いいたったのである。

そうだ。《Googleブックス》のサービスが利用できるのではないか。

このサービスはGoogle社と世界各地の提携図書館が紙媒体をスキャンし、デジタルデータ化された登録書籍について、その全文を対象に単語の検索ができるというもの。登録書籍数は二〇一〇年時点で千二百万冊以上。早速、《Googleブックス》上で検索をかけてみたところ、期待通りに『SHARAKU』のドイツ語原書が登録されていた。おまけに都合よく、一九一〇年の初版、一九二二年の改訂第二版のふた通りが揃っている。

僕はまず、初版に対して単語の検索をかけてみた。〈Velázquez〉も〈Rembrandt〉もヒットしない。

改訂第二版に対しても同じ手順で試みたが、こちらも結果は同じで〈一致する情報は見つかりませんでした〉。

こうして結論はあっけなく出てしまった。

いままでの写楽本に書かれていることは全て伝聞でしかないのだ。著者たちは自分が書いたことを真実だと自分で信じ込んでいるだけで、それを除くと、何の値打ちもないのである。誤訳やこじつけの解釈ですらない、歴史の捏造――偽史だった。僕の小さい姪っ子たちなら、「ひでえいんちき」と呼んでいるところだ。おまけに出典をじかに確かめた人間はいなかった。僕は胸がむかむかしてきた。通俗書の孫引き[*10]と思い込みが論拠の真実なんぞはどこかへおっぽり投げてやるべきなのである。そして、僕は明朝から改めて、ブロンドのヤンキー娘といっしょに第一歩を踏み出すのだ。

――ところで、レンブラントとベラスケスに日本の写楽を並べてみせるという評価自体は、いったいぜんたい、いつの頃までさかのぼることができるのだろうか？

僕は思いつき、今度は《Googleブックス》の登録書籍全体に対して〈Velázquez〉〈Rembrandt〉に〈Sharaku〉を加えて検索をかけてみた。

海外文献ばかりがヒットした。次に検索結果を日付順に並べ替える。美術品や美術書のリストの中に三人の名前が揃って出てくるもの、同じ書籍の中の別々の箇所で彼らの話題が採り上げられているものも多かったが、過去のものから順番に三点、レンブラント、ベラスケスと同等の肖像画家として写楽が紹介されている文献を特定することができた。

『The Floating World』James Albert Michener 1954
『Contemporary Japan』24（1-3）Foreign Affairs Association of Japan　1956
『A treasury of the world's great prints』Stephen Longstreet　1961

インターネット上で調べた限り、一番目のミッチェナー、三番目のロングストリートの著書は日本では未翻訳。直接原書を調べるしかない。

二番目の文献は、正しくは『Contemporary Japan : a review of Japanese Affairs』といって、こちらは日本外事協会という日本国内の団体が戦前から発行していた英字の季刊誌である。「現代日本、極東情勢の時評」――海外向けの広報誌といったところなのか。

続いて〈ベラスケス〉〈レンブラント〉〈写楽〉で検索をかける。

今度は国内文献ばかりがヒット。カナ表記が〈ヴェラスケス〉だったり〈レムブラント〉だったり、〈写楽〉も旧字体の〈寫樂〉だったりで、表記の揺れが多い。読み取り時の誤変換も頻繁だ。どうにかこうにか、こちらも古いものから三点まで絞り込む。

『浮世絵』近藤市太郎　一九五九年
『新修浮世絵二百五十年』高橋誠一郎　一九六一年
『日本の美術22　江戸の浮世絵師』高橋誠一郎　一九六四年

高橋誠一郎という人物の著書が重複してしまった。

これでは意味がないので、同じ人物による著作は一点に限り、別の著者の書籍を代わりに繰り上げる。

『浮世絵』近藤市太郎　一九五九年
『新修浮世絵二百五十年』高橋誠一郎　一九六一年
『写楽――まぼろしの天才』榎本雄斎　一九六九年

海外文献、国内文献からこれで三点ずつ、写楽評の通説の早い事例を選定できた。

いまや僕は少なからぬ事実を知ったので、《幻の絵師写楽展》の〈ごあいさつ〉をもう一度読んでみることにした。〈近年ではスペインのベラスケスや、オランダのレンブラントと並ぶ肖像画家として〉――この評価をせいぜい一九六〇年代に広まったものと判断したキャロラインさんの説を、今度ははっきり、妥当な解釈だと肯定することができた。

僕は、たったいま突き止めた六点の文献の著者とタイトルを書きつづり、キャロラインさんから教えてもらったメールアドレスに宛てて送信した。ひと通りの作業が終わった頃にはすでに深夜になっていた。

翌朝、やや遅い時間帯に起床してパソコンを起動させると、キャロラインさんからの返信のEメールがもう届いていた。彼女の文面は簡潔だった。海外文献は自分が調べてみるから、日本国内の文献の調査は僕に頼みたいというのである。

こうして、僕とキャロラインさんの写楽の探究は本格的にスタートしたのだった。

四

「御存じですか？　一九一〇年にクルトが上梓した研究書は、例の世界三大肖像画家の格付けには触れていないんですよ。この謳い文句は一九六〇年代になって広まったんです」

撮影が始まってから、僕は大御所に打ち明けた。

「本当ですか？　そりゃあおかしいですね」

「実におかしいですよ。何故だかお分かりになりますか？」

「きっと視聴者の関心を惹こうとしたのでしょうな。そのキャッチコピーを最初に考えついた業界人は日活映画のファンだったと思いますよ。いや、関係者かもしれない」

「どうして日活のせいになるんですか」

「世界の三大早撃ちを御存じでない？　アラン・ラッド、オーディ・マーフィ、宍戸錠。世界早撃ち第三位、〇・六五秒というコピーで映画会社は宍戸さんを売り出したのです」

「本当だったのですか？」

「宣伝部のでっち上げですよ。宍戸さん自身が笑い話にしていますし、その証拠にほら、オーディ・マーフィがしょっちゅうゲーリー・クーパーに差し替えられている」

そして、この人物はいつものように気さくな様子で行ってしまった。

監督はさらに直接的な悩みを抱えていた。彼は律儀に謹聴してはくれたものの、最後にはこんな風にいったのだ——「わたしが君だったら、そんなことは考証の専門家に訊いてみるよ。撮影の現場で考えることが他にいくらでもあるのだからな」。

次、主催新聞社の担当者。

「面白いとは思いますがね、その、何というか、理屈に合わんですなあ」

どこから見ても安住しきって、無神経そのものだった。

うちわ売りの練習中の新人くんの場合。

「それはきっと何か理由があるんですよ、ねえ。ほんしぶうちは、うちは、更紗うちは、ほぐうちは……」

こうした話題に一番食いついてくれそうな知り合いはゲイシャ役の女優の前島さんだったが、クランクイン初日で彼女が出演するシーンは全て撮影が終わってしまい、以降、撮影所にもロケ先にもやってくることはない。よって、出演者からの応援は得られず。

ちょうど訪日中だった原作者の感想は実に明快だった。いわく、

「今日の作家たちは大衆の期待する通りの型にはめて書いているのだ」

彼の日本語の物言いは例によって真実らしさを強調する素晴らしい効果があった。

「この世には生まれてくる人間が多過ぎるのです。そして、発信される言葉も多過ぎる。大衆が何かの言葉を受け入れるという判断には、その言葉の正しさではなく、彼らが抱く期待と願望が常に反映されるのです」

「いままで写楽の本を書いてきた著者たちも同じだと？　大学教授だったり、文学賞の受賞者だったり、日本では第一級の知識人として通っている方々も大勢加わっていましたよ」

「わたし、アラン・グラントの知る限り、偉大な知性の持ち主くらい、世に愚かしく、無批判な存在はないのである」

　グラント大尉の訪日に同伴していた細君の、ローラという品のいい女性だけが、僕の胸をいっぱいにしているこのおかしな問題に関心を抱いてくれた。これまた深遠な夫の通訳を介して、彼女は僕を慰めてくれた。

「おかしなことですけれど、あなたが誰かに神話の真相を教えてやるとすると、その人は神話を伝えた人のことは怒らないで、あなたのことを怒るんですのね。誰しも自分の考えていることをひっくり返されるのは嫌なんですね。何となく不安な気持ちになるので、それで怒るんでしょう。そこで、みんな、それを撥ねつけ、考えてみるのも嫌がります。たんに無関心というのなら、それはそれで当然だし、納得できます。でも、それ以上のものがあるのね、それ以上に強い、積極的な心理が。人々は悩んでしまうんです。とてもおかしいですねえ？」

……よろしい。たとえ一般大衆はいとも粗雑な、無頓着な態度で好き勝手を並べ立てていようとも、少なくとも僕には若きヤンキー娘が味方についているのだ。

　こうした次第で、浮世絵師東洲斎写楽の実像の探究、否、世界三大肖像画家という虚像の探究は、僕とキャロラインさんの二人きりで進められることになったのだった。

　とはいうものの、こちらは他にも仕事を抱える身の上で、撮影所をそう頻繁に訪れるわけではない。キャロラインさんにしたところで、たいていは朝から夜まで撮影に拘束されていて、撮影現場で顔を合わせたところで悠長に情報を交換するほどの時間はなかった。

ここはポジティブに考えようではないか。

話し合いができる時間に恵まれないなら、そうした機会ができるまで、自分の受け持ちの調査を粛々と進めていったらいいのだ。

さて、僕の受け持ちは国内文献が三点――

『浮世絵』近藤市太郎　一九五九年
『新修浮世絵二百五十年』高橋誠一郎　一九六一年
『写楽――まぼろしの天才』榎本雄斎　一九六九年

丸一日、予定が空いたので、この日を使って僕は永田町へ出かけた。

行き先は国立国会図書館。所蔵資料のデジタルデータ化がすでに進められていたから、デジタル化済みの資料については、東京本館、関西館を問わず、館内の端末からデジタルコレクションの利用が可能だ。受け持ちの文献の中には未デジタル化の資料もあったが、幸いに東京本館に所蔵のものばかり。おかげで一ヶ所で全ての文献の調べがつく。

端末の前に座って、最初は昭和三十四年の『浮世絵』の確認から。著者の近藤市太郎という人物は同書の刊行当時、東京国立博物館に資料課長として在職していた。

この本を当たってみると、確かにこんなことが書いてある。一〇四ページを見よ！


勝川春章によって開眼された写実の眼は、東洲斎写楽によって更に数歩前進した。写楽の価値を発見したドイツの美術史家クルトは、写楽はレンブラントやベラスケスにも匹敵する偉大な肖像画家であるとまで激賞した。


例の「世界三大肖像画家」という謳い文句はここではまだ用いられていない。

僕は『浮世絵』からさかのぼって、近藤が手がけた著作の中から写楽関連のものを追ってみた。雑誌掲載の記事が三点。画集の解説。昭和三十三年の毎日新聞社主催《写楽名品展》の図録の解説。レンブラントとベラスケスの名前はいっこうに見つからない。

昭和三十年、「講談社版アート・ブックス」というシリーズ中の一冊として刊行された編著書『写楽』。表紙の図版は「化粧坂少将実はしのぶ」を演じる女形の松本米三郎だ。

これは八〇ページ程度の薄い書籍で、巻頭に〈写楽の謎〉と題した近藤の論文が掲載されている。文献の上の斎藤十郎兵衛説がすでに空説扱いの一方で、キャロラインさんから教えられた通り、斎藤月岑の『増補浮世絵類考』の存在はまだ知られていなかった。〈ところが写楽在世時より75年を経た慶応4年に到って龍田舎秋錦なる人が、この写楽の伝記に極めて重要な一行を書き加えた〉〈しかしこの記事が75年後の記事であってみれば根本資料ということは出来ず、そのまゝ信用してよいかどうかは問題であろう〉……何だか既視感がある文章ばかりだ。下劣な、口の減らない、あてこすりやの悪党じじいめ！

さらに読み進めていくとクルトの名前が出てきた。

浮世絵界はもとより、一般美術鑑賞家や研究家の殆んどすべての人々が、彼を顧みなかった時に、一躍彼を世界的な画家として喧伝したのは日本人ではなかった。それはドイツ人、ユリウス・クルトであった。ミュンヘンの一書肆から1910年に出版された「*SHARAKU*」によって、彼はレンブラントやベラスケスにも比肩すべき世界的肖像画家の栄誉を与えられたのである。著者クルトによれば、写楽は蜂須賀侯の庇護のもとに能役者として美しい阿波の自然にかこまれて成長した。

――レンブラントやベラスケスにも比肩すべき世界的肖像画家の栄誉を与えられた！いいぞ。僕は手応えを覚えて、参考文献が記載されたページを探した。近藤はどこからこの情報を得たのだろうか。最後のページの奥付の上にそれは七点、かかげられていた。

Kurth ,Dr. Julius, Sharaku 1910
Fritz, Rumpf, Sharaku 1932
Harold G. Henderson and Louis V. Ledoux, The surviving works of Sharaku 1939
写楽　仲田勝之助著　アルス刊　1925
東洲斎写楽　野口米次郎著　誠文堂新光社　1931
写楽　井上和雄著　アトリエ社刊　1940
東洲斎写楽　吉田暎二著　北光書房　1943

一九一〇年のクルトのドイツ語原書にそんな記述がなかったことなら、《Googleブックス》ですでに確認済みである。一九三二年のルンプの著書、一九三九年のヘンダーソンとレデューの共著書は、日本語訳が未刊行。帰宅してから《Googleブックス》を当たってみよう。

問題は後半の四点の国内文献とその著者たちだった。仲田勝之助。野口米次郎。井上和雄。吉田暎二。刊行の早い順に僕は、大正十四（一九二五）年の仲田勝之助の著作、アルス美術叢書の第八編として出版された『写楽』から調べ始めた。

一九一〇年、即ち明治四十三年——寫樂が制作をした寛政から約一世紀を經、本國に於てはまだ殆ど顧られなかつた時、クルト（Julius Kurth）は、彼の詳しい研究〝SHARAKU〟をミユンヘンの一書肆から公刊した（※注釈：一九二二年に改訂再版が出てゐる。）。それ以來である、寫樂が一躍レムブランドやベラスクエスにさへ比肩すべき世界的大肖像畫家たる榮譽を負ふに至つたのは。

——寫樂が一躍レムブランドやベラスクエスにさへ比肩すべき世界的大肖像畫家たる榮譽を負ふに至つた！

いきなり大当たりを引き当てた。疑問の余地はない。大正十四年の仲田勝之助の筆になる麗々しい文飾を、ちょうど三十年の歳月を隔てた昭和三十年の近藤市太郎は、一九一〇年のドイツ人クルトの著作からの引用だと取り違えて紹介してしまったのだ。

こうして結論はあっけなく出てしまった。

念のため、近藤が巻末に挙げた文献の残り、野口、井上、吉田の本にもざっと目を通してみる。誰もその話をしていない。レンブラント、ベラスケスに比肩するという世界的肖像画家の栄誉に、戦前の浮世絵研究家たちはいちように関心を持たなかったようである。

大正十四年の書籍からさかのぼり、過去の仲田の写楽評を確かめておく。幸いに手元には《幻の絵師写楽展》の図録がある。写楽文献リストに挙がった仲田の著作は雑誌掲載の記事が二つきり、『美術画報』大正九年六月号と『美術写真画報』大正九年八月号だ。

……調べておいてよかった。前述の『写楽』よりも五年早く、『美術画報』の記事の時点で仲田勝之助はレンブラントとベラスケスに写楽を並べることを始めていた。


彼の筆を振つた寛政以後百餘年間、歐洲の浮世繪愛好家に見出され、一躍レムブランドやベラスケスにさへ比肩すべき世界的肖像畫家として認識さるゝに至つた迄、わが浮世繪版畫史上に彼の爲に割かれた頁は僅々數行に過ぎないとは全く虚言のやうである。


僕は三度、名調子といいたいこの文章を読み返した。

レンブラントとベラスケスに比肩するという評価が、世界美術史上における肖像画家としての資質や画格を差したものか、ヨーロッパの美術市場における人気の程度なのか、前後の文脈からはどちらとも判断がつかない。いや、これは単純に考えて、海外では写楽の評価がとても高いということを日本の読者に対して強調するため、当時の日本でも比較的知られていた西洋人画家の名前が二つ、引き合いに出されただけの話ではないだろうか。げんに仲田はこれを別の誰かの主張だとは断っていないのだから。

いずれにせよ、レンブラント、ベラスケス、写楽という人選は、大正九年すなわち一九二〇年の仲田勝之助の論文以前にまでさかのぼることは望めそうにない。ドイツ人クルトの研究の内容とは無関係に、日本国内の読者を喜ばせるために作られた評判だと結論するしかないようだった。

受け持ちの文献はまだ二点ある。そちらの調査結果もいちおう報告しておこう。

高橋誠一郎は第一次吉田茂内閣改造後の文部大臣で、昭和三十七年発足の第三次日本浮世絵協会の初代会長、日本有数の大物美術コレクターとしても著名だった人物。面白いことに彼の場合は近藤市太郎とはあべこべで、レンブラント、ベラスケスに写楽を並べて「世界三大肖像画家」の一人だとは持ち上げても、これをクルトが選んだとまでは書いていない。「世界三大肖像画家」だといわれている、という書き方をしている。

過去の著作物をさかのぼって調べてみて、驚いた。高橋誠一郎はよほどにこのフレーズがお気に入りだったらしい。戦前から戦後、高度経済成長の昭和四十年代までの約三十年間、写楽の話題に言及するたびに「世界三大肖像画家」の修辞を繰り返し持ち出していたのだ。直接調べがついた限りでも、昭和十三（一九三八）年の『浮世絵二百五十年』から始まり、『浮世絵講話』『随筆うきよ絵』『新修浮世絵二百五十年』『日本の美術22　江戸の浮世絵師』『浮世絵随想』……昭和三十九年開催の《高橋コレクション／浮世絵二百五十年展》の図録中でも自ら解説を手がけ、〈春章に始まる俳優の個性表現をもっとも極端に行なったものが「世界三大肖像画家の一人」とまで称されているかれ写楽である〉と書いている。

高橋誠一郎が仲田勝之助の写楽評を引き継いだことは疑いない。では、「世界三大肖像画家」の最初の命名者は彼だったのか？

ここが判断の難しい点で、後で《幻の絵師写楽展》の文献リストを頼りに詳しく調べたところ、高橋の著作以前に一例、「世界三大肖像画家」の使用例を僕は見つけ出している。『浮世絵芸術』昭和十年二月号掲載の〈寫楽の特異性に就て〉という論文で、執筆者は光岡康亟。

我々は、よく寫樂の名を世界三大肖像畫家のうちの一人に數えられてゐる事實と、その鼓吹者の人（外国人ではあるが）の名を聞かされる。これは甚だ結構な事であり、

彼の爲めに喜ぶ可き謳歌の事實ではあるが、それと同時に悲しむべき事實でもある。

外国人の鼓吹《こすい》者とは何者なのか、執筆者の光岡はどこにも書いていない。世界三大肖像画家に写楽と共に数えられるはずの二人の画家の名前すら挙げていない。ただ断定的に、そうした事実がある、と主張している。

仮にこのまま、昭和十年の光岡論文をさかのぼる使用例が見つからなかったら、「世界三大肖像画家」の評はどうやら出所不明の風説だったという決着を避けがたい。高橋誠一郎が特定の提唱者を挙げなかったのも、案外、こうした文章をどこかで目にして気に入っただけで、「世界三大肖像画家」の出典は確証を持てなかったからではないだろうか。

第三の文献、榎本雄斎著『写楽——まぼろしの天才』は昭和四十四年八月の刊行。いわゆる写楽別人説の一つ、蔦屋重三郎説を考証した労作である。

結論から述べると、高橋誠一郎の礼賛と近藤市太郎の誤認は、実に榎本のこの著書にいたってようやく合流したようである。

わが浮世絵界の寛政期に、あたかも彗星のような異彩の光芒を放った幻の画客東洲

斎写楽（画業一七九四〜五）は、豊かな抒情の印象主義的筆触をふるったイスパニヤのヴェラスケス（一五九九〜一六六〇）と、名声よりも、自由謳歌に後半生の彩管を託したオランダのレンブラント（一六〇六〜一六六九）とともに、世界三大肖像画家の尊称と栄光を、J・クルトの鑽仰により謳われるようになった。

キャロラインさんの先日の示唆があったから、一九六〇年代の主だった写楽文献——画集、研究書、雑誌記事、新聞記事、展覧会の図録、そういったものはとりわけ注意して調べてみた。浮世絵関係の展覧会には特に大きな期待をかけ、展示図録をはじめ、主催新聞社の記事や広告のたぐいにも念入りに目を通した。だが、榎本雄斎の本の以前に、榎本自身の著述を含め、「世界三大肖像画家」の提唱者をクルトにしてしまった文献の存在を探し当てることは僕の力ではとうとうかなわなかった。

一方で昭和四十四年の秋以降、「世界三大肖像画家」をクルトの賞賛だと説明した例は目立って増えるようになっている。昭和四十四年！　昭和四十四年を境にしてこの説が突然支持を集めたことは間違いないにせよ、はたして榎本の本によって、日本中に誤解が広まったといえるのだろうか？　市販の謎解き本一冊にそれほどの影響力があるものなのか……

いまになって考えると、大御所の経験則が最も正解に近かったかもしれない。

「きっと視聴者の関心を惹こうとしたのでしょうな」

そうだ、テレビだ。

テレビの放送だったら、情報の伝播と拡散という点では書籍一冊の持つ影響力の比ではない。まことしやかにタレント学者や著名人が映像で話していたならなおさらだ。

……とここまで調べたところで、僕は椅子の背に寄りかかり、天井の一角を見上げて、ひとり言のような調子でいった。

「もし、この研究が、将来活字になるようなことがあったら、いままでのマスコミ業界人とトンデモ歴史家の――その中でも特に頭の悪い男は、それは許さるべきことではありませんとか、とうてい無理な相談だとか、頭から湯気を出していきり立つだろうね。そういう低能連中が、徒党を組んで、先輩の説を金科玉条のように崇めたてまつっていたからこそ、写楽論争はこれまで進歩が遅れていたんじゃないのかな？　聖書に太陽が地球のまわりをまわる――などとどこに書いてあるのだろうね」

五

三度目に撮影現場へ出かけた時、キャロラインさんは撮影予定の出演シーンを午前中に撮り終えてしまい、撮り直しや追加シーンの撮影に備えて、その日いっぱいは映画撮影所の中でおとなしく待機という状況だった。

　スタジオで僕を見つけた彼女の顔は、ほっとしたような、喜びを隠し切れないといった気色すら覗かせた。この時の衣装は例のジャンプスーツではなく、江戸の豊春の家に匿われた場面なので町娘らしい装い。ブロンドで丸縁眼鏡の町娘姿はなかなかシュールだ。

「『SHARAKU』の日本語版を何日かかけて読んでみたのですが——キャロラインさんもおっしゃる通り、あれは間違いないと思いましたね。これからは人に会うたびに、三大肖像画家の格付けは日本で勝手に始めた宣伝コピーなんだと説明してやるつもりでいます」

　と僕の方から声をかけた。アメリカ娘は細い身体を揺すって笑った。

「センセイ、文献の調査は進みましたか？」

「ええ、出典は自分で直接当たらないことにはダメですね。ＴＶ番組や出版物でもっともらしく吹聴していたからといって、そのまま鵜呑みにはとてもできない。おかげでレンブラントとベラスケスに並ぶという評価がどこから出てきたかは判明しました」

「そう？　どこからなんです？」

「どこか落ち着ける場所で詳しくお話しますよ。キャロラインさん、あなたの方は？」

「発見した——ギリシャ語のユウレカ。あんまり奇妙な仮説なんで、これを最初から持ち出したんじゃ、誰だって……え、ええと……えーっと……」

「気取ったたいいまわしはやめにしましょう」

僕たちはスタジオをいったん離れて、スタッフルーム棟の喫茶室へ移動した。

「さて、調査の報告はどちらから始めます？」

「センセイからお願いします。どうも日本の国内から広まった評判のようですから」

おやすい御用。ショルダーバッグから取り出した資料の数々をテーブルの上に並べ、いままでの調査で突き止めることができた事実を僕は一つずつ説明した。

キャロラインさんはグリーンの瞳を輝かせて、僕の話に聞き入っていた。初めのうちは興味津々と、途中から彼女の表情は目に見えて昂奮が色濃くなっていった。

「日本の仲田勝之助が書いた文章がどうして一人歩きを始めて、ドイツのクルトが唱えたという話に誤解されてしまったのか。あれこれと文献をひっくり返して、とうとう、これが原因ではないかというものを探し当てることができました。まあ、見てください」

テーブルの上に僕は一枚のコピーを置いた。向かいの席から細い首を伸ばしてキャロラインさんが覗き込んでくる。

「これは何です？」

「仲田勝之助の著書の広告。アルス美術叢書のシリーズは巻末に既刊書の広告が掲載されていて、続刊を当たってみたら、仲田の『写楽』もやっぱり広告が載っていました。こいつが『写楽』の本文に輪をかけて、読者を誤解させるような文章だったんです」

浮世繪史上の重鎮として獨逸のクルト博士の詳しい研究により寫樂が一躍レンヴラントやベラスクエスさへ比肩すべき世界的一大肖像畫家たる榮譽を負ふに至つた。

「〈世界的一大肖像畫家〉という表現は仲田の本文中にはなかったものです。世界三大肖像画家のいいまわしがここから出てきたことは容易に想像がつくでしょう」

「出版社で本を売るために作ったコピーだったのですか！　そうか、どこかでこの広告を見かけただけなら、クルトの研究でレンブラントとベラスケスの名前が挙がったような印象が残りますね。そう、それが語り手だったの！」

キャロラインさんが口笛を吹けたら、ここでまさに、ピーと吹いたことだろう。

「そう、こいつが語り手だったのさ。賞賛にせよ、批判にせよ、外国人はこういっている、という話に僕たち日本人はどうも弱いようです。外からの目線だといわれると、客観的に思えて、何となく正しい評価のように受け止めてしまうのでしょう。魅力的な寓話なんです。ですが、本当に外国の人たちがそんなことをいっているかとなると怪しいですよ。日本の誰かの創作かもしれない。きちんと出典を確かめなくては」

と長い報告を僕は締めくくった。

「次はわたしの番ですね」

キャロラインさんは張り切った様子で、自分の資料を取り出した。

こちらはクリアファイルに数枚のコピーが挟んであるだけ。一枚目は僕からのメールをプリントアウトしたもので、彼女の受け持ちの海外文献に蛍光ペンでアンダーラインが引いてあった。

『The Floating World』James Albert Michener 1954
『Contemporary Japan』24（1-3）Foreign Affairs Association of Japan　1956
『A treasury of the world's great prints』Stephen Longstreet　1961

「最初の文献はベストセラー作家のジェームズ・アルバート・ミッチェナーが書いた浮世絵の解説書で、題名は、浮く、世界、浮世の直訳ですね。この本の中でミッチェナーさんは、レンブラント、ベリーニ、ベラスケス、ホルバインの傑作に匹敵する肖像画を描いてみせた偉大な画家として、写楽を紹介していました」

「ベリーニにホルバイン……？」

「はい。こちらの説が定着していたら、世界の三大肖像画家ではなくて、五大肖像画家になっていたでしょう」

「ええと、誰がそんな風に評価したの？」

「ミッチェナーさんですよ。クルトが選んだとは書いていなかったはずです」

「レンブラントとベラスケスの名前が挙がっているのは偶然なのかな」

「この本を書く前にミッチェナーさんは日本を訪れています。最初の来日は一九五〇年の秋、それから一九五二年にも……日本国内の写楽の評判をこの時に教えてもらったのかも」

「ああ、そうか。ジェームズ・ミッチェナーといえば、朝鮮戦争当時の日本が舞台の『サヨナラ』の原作者でしたね。マーロン・ブランドの主演で映画化もされている」

腑に落ちて僕は頷いた。『サヨナラ』の取材は二度の来日の際に行われたのに違いない。

「次は『Contemporary Japan』――こちらは季刊の雑誌で、一九五六年の第一号に写楽の話題が見つかりました」

ここでキャロラインさんはくすりと笑い、含みのある目つきで、僕の表情をうかがうように手元の資料から顔を上げた。

「調べてみたら、新刊書のレビューのページだったんです。バーモント州のチャールズ・E・タトル出版から、前年に刊行された二冊、北斎と写楽の本が取り上げられていました。レンブラントとベラスケスの名前は写楽の本のレビューの中に」

「へえ。どんな本だったんですか？」

「きっと驚きますよ」

キャロラインさんはクリアファイルから新たに一枚、コピーを抜き取り、僕の側に向ける形でテーブルの上に置いた。

ひと目見て、途端に僕は絶句した。見覚えがある本だったからだ。

表紙の図版は写楽の作で、『敵討乗合話《かたきうちのりあいばなし》』より松本米三郎の「化粧坂少将《けわいざかしょうしょう》実はしのぶ」。

タイトルは『写楽』改め『Sharaku』。

もとの本では「講談社版アート・ブックス」というシリーズ名称だったはずが、こちらは「LIBRARY OF JAPANESE ART」に変わっている。

「え？　この本は、まさか……」

「講談社版アート・ブックスのシリーズは、やはりC・E・タトル出版から英語訳が順次刊行されていたんです。写楽の本もその中の一冊。原書は一九五五年の近藤市太郎さんの本で、ポール・C・ブルームという方が英語の訳を手がけています」

キャロラインさんはさらに二枚、英語の文章をコピーしたものを取り出してみせる。

僕は慌てて自分のファイルを開け、付箋を頼りに日本語の原文のコピーを探した。双方の文章を突き合わせる。原文ではやや曖昧だった『SHARAKU』の公刊と、レンブラント、ベラスケスに比肩するという評価の繋がりが、明晰な英文によって書き直されていた。

それはドイツ人、ユリウス・クルトであった。ミュンヘンの一書肆から１９１０年に出版された「SHARAKU」によって、彼はレンブラントやベラスケスにも比肩すべき世界的肖像画家の栄誉を与えられたのである。著者クルトによれば、写楽は蜂須賀侯の庇護のもとに能役者として美しい阿波の自然にかこまれて成長した。

Julius Kurth of Germany, to be the first to recognize Sharaku as a master in the world of art. In his book ***Sharaku,*** published at Munich in 1910, Kurth called Sharaku a portrait artist of world stature, ranking with Rembrandt and Velásquez, and he related how Sharaku grew up in the beautiful province of the Awa clan and became a Noh actor under the protection of Lord Hachisuka.

「三番目、ステファン・ロングストリートの一九六一年の著書でも、クルトの本がレンブラントとベラスケスの同列に写楽を割り当てた、という内容の記述が出てきます。実際にはドイツ語のクルトの原書は読まず、六年前の近藤さんの本の英訳版を参考にしたのでしょうね。英語訳の出版が契機になって、近藤さんの本の説明が、一九六〇年頃には海の向こうで広まっていたんです。実際のクルトの本の中にはどこにもないはずの説明が」

「ああ……そんなことが……」

僕は茫然となって、アメリカ娘の説明を聞いていた。

「一九七〇年頃になって、どうして日本の人たちが近藤さんの勘違いをすっかり信用してしまい、そのまま通説として定着したのか、これで説明がついたと思いませんか？」

キャロラインさんはコーラを口に含み、僕の理解を待つように短い間を空けた。

「本当に外国人がいっていたからなんです。こんなことをドイツのクルトが本に書いたんだって。海外の、特に英語圏に情報が広まって、浮世絵の関係者の間で信用されていた説だったから、日本の知識人もメディアも疑いを持たずに従ったのではないでしょうか。外国人はこういっている、というお話に日本人は弱いのでしたね。ですが、本当に外国の人たちが何かをいっていたからといって、その内容が正しいという保証にはならないですよ」

「日本から海外へ伝わったものが、海の向こうから逆輸入されてきたわけですか。最初に写楽の評価が日本で高くなった時と同じように……」

溜め息を吐きながら僕は何度も頷いた。

確かに海外の専門家から海外の評判を教えられたなら、たいていの日本人はおとなしく信用するだろう。まさか彼らが信用する情報が、もともとは日本国内の出版物の中にあった誤解にもとづく記述で、英訳書の刊行によって海外へ拡散されたものだったとは考えもつかない。

「東京とバーモント州の間のほんのひとすじの細い流れがあったんですね」

「東京とバーモント州の間のほんのひとすじの細い流れがあったんです」

「何だか恐いな。テレビ番組や出版物が、きちんと内容をチェックせず、初歩的な間違いをそのまま通してしまったら……こういうことが起こってしまうんですか」

「世界はこうして騙されたのです」

キャロラインさんが短く結論づけた。

携帯電話が着信のメロディを奏でる。『必殺！』のメインテーマだ。

キャロラインさんが携帯に出ると、撮影現場からの呼び出しだった。これから追加シーンを撮影するのですぐに戻ってこい、との指示である。

「ごめんなさい。これからオシゴトに出かけないと」

キャロラインさんはテーブルの上に手を伸ばし、自分の分の資料をクリアファイルに戻した。それから、長身を折り曲げる感じで、これもテーブルの上に置いたままの《幻の絵師写楽展》の図録に顔を近づけた。

「そこで待っていてください」うちわの中に模写された写楽の役者似顔絵に向かい、彼女は語りかけた。「あなたを正しい研究にお返ししてみせますから」

僕の方を振り返り、キャロラインさんは晴れ晴れと笑いかけた。以前に比べて、ますます美しさに磨きがかかったように見えた。

「センセイ、このことで本をお書きになる気ですか？」

「本！　とんでもない、どうして？」

「わたしが書きたいと思うからです。『メディアはでたらめ』とつけます。でも、書き始める前に、もっといろいろと読んだり、調べたりしなくては」

六

映画撮影所のスタジオを使った撮影は二月の前半には終わり、その後は茨城県水戸市の近郊に遠出した野外ロケが数日間。江戸市中の往来だったり、城濠《じょうごう》だったり、オープンセットを必要とする場面は同じ茨城県内のつくばみらい市にあるワープステーション江戸でもっぱら撮影させてもらい、一部のシーンについては栃木県の日光江戸村を利用した。うちわ売りの練習の成果をとうとう披露することになって、国政役の新人くんはきっと張り切って本番に臨んだことだろう。クランクアップを迎えたのは霞ヶ浦の湖畔でのロケ。予定通りの二十日間で撮影スケジュールを終えることができた。

撮影の後半は都内を離れることが多かったので、撮影現場に僕が顔を出すような機会はなかった。監督や主演の大御所、その他の撮影関係者とも顔を合わせていない。グラント大尉と細君は、展覧会の打ち合わせに温泉旅行を終えると帰国してしまった。

クランクアップから数日後、撮影終了の打ち上げが行われた。

場所はいつもの映画撮影所内の大会議室。主要なスタッフ、キャストは八割方が顔を揃えるという。開始の時刻は午後六時からだったが、キャロラインさんとは写楽の件でゆっくり話しておきたかったから、二時間早く、例の喫茶室で落ち合うように連絡を取った。他の出演者とは違い、彼女とはまたいっしょに映像の仕事ができる見込みが薄い。

喫茶室に僕が入った時、アメリカ娘の姿はまだなかった。

いつかと同じ場所が空いていたので、そのテーブルに着いた。彼女の到着を待つ間、僕はショルダーバッグから《幻の絵師写楽展》の展示図録を出して、初めて〈ごあいさつ〉から巻末までをちゃんと読み通した。今日は大御所に図録を返さなくてはならない。

図録を閉じるのと、喫茶室の入口からブロンドの若い女性が現れたのは同時だった。そして、キャロラインさんは入ってきた。

だが、それは、この前別れた彼女とは別人だった。あの時の歓喜は消え失せていた。頼りなく、心が動揺し、希望を失っているように見えた。

彼女がぼんやりしたように、たどたどしい足取りで喫茶室を横切ってくるのを、僕は戸惑いながら見守っていた。

ああ、やれやれと、僕は哲学的に考えた。この仕事、続けている間は楽しかった。どこかに暗礁があるのは当然だ。素人探偵が事件現場に乗り込んできて、捜査の専門家たちを出し抜いて難事件を解決するなどというストーリーは推理小説やサスペンスドラマの中だけの出来事。すると、自分の方が研究者よりも頭がいいなどと、何故思ったのだろう？

「悲しそうですね」

僕はわざと明るく、声をかけた。

「何もかもです」

キャロラインさんは椅子に腰を下ろして、窓の方を見つめた。

「わたし、もう、例の本は書きませんよ」

「どうして？」

「だって、こいつはちっともニュースじゃないんだもの。こんなことは昔から、みんな、知っていたんです」

「知っていた？　何を？」

「世界三大肖像画家なんてクルトは書かなかったとか、そういったようなこと、全部」

「みんなが知っていたって？」

「クルトの本に記述がなかったということは、みんな、とっくに知ってたんです、何十年、何百年も前から――」

「その泣き声はやめて、ちゃんと話してください。その……その間違いが分かったのはいつのことです？」

「分かった？　ああ、日本語の翻訳が出版された途端でした」

だぶだぶのコートのポケットにそれまで筒状に丸めて突っ込まれていた雑誌を一冊、アメリカ娘はひっつかみ、叩きつけるようにして僕の方に寄越した。

僕は狼狽しつつ、乱暴に手渡された雑誌の表紙を見下ろした。

「……『キネマ旬報』？」

僕たちにとってはお馴染みの老舗映画雑誌。『キネマ旬報』一九九五年二月上旬号

巻頭特集　写楽
対談　フランキー堺×泡坂妻夫
篠田正浩監督、真田広之インタビュー

平成七年公開の日本映画『写楽』の特集号である。この映画の存在自体は僕も知っている。レンタルビデオで見た記憶もある。面食らわされつつ、僕は付箋が貼られたページを開くと記事の見出しを確かめた。

〈ユリウス・クルト著『SHARAKU』にみる写楽論――映画「写楽」に至るまで〉

寄稿者の名前は〈定村忠士〉とある。

――定村忠士？　どこかで見覚えがある名前だ。

記事の本文に僕は当惑の目を走らせた。


写楽登場二〇〇年にあたって、この本の完訳を最初に企画したのは、ずっと私も一緒に浮世絵に取り組んできたブンユー社の山口卓治氏です。彼は、写楽、いや浮世絵研究には欠かせぬ存在といっていい現代の版元アダチ版画研究所と、浮世絵研究家の

山口桂三郎氏（日本浮世絵協会理事長）に呼びかけて、この三者の協力で出版が実現することになったわけです。ドイツ語の専門家蒲生潤二郎さんがまず翻訳作業に着手し、浮世絵と写楽について、幾らか知識があるということで私が加わりました。

クルトの翻訳をして驚いたことが幾つかあります。たとえば、クルトが写楽を「ベラスケスやレンブラントと並ぶ世界の三大肖像画家である」と、この本のなかで述べているという伝説。実際に翻訳をしてみると、これがどこにも書かれていないのです。

「まいったな……」

僕は溜め息を吐き出した。どうして思いいたらなかったのか。素人の僕たちだって、日本語の全訳を一回読んだらベラスケスとレンブラントの名前が出てこないことは判断できたのだから、当の翻訳者自身が気づかなかったはずはないのだ。

「聞いてください。この人だけではなかったんです。同志社大学の教授センセイの御著書でちゃんと言及がありましたし、国際浮世絵学会の『浮世絵芸術』一五六号には〈こういう文章はクルトの著作には存在せず、後世の粉飾の気配がある〉と書いてあります。『東洲斎写楽はもういない』の共著者だった方もエッセイでこの問題を検証しています。仲田勝之助さんはもう名指しされていました！　みんな、みんな、根拠のない俗説だってことはとっくに知っていたんです。ただ、テレビや新聞のようなメディアが正しい情報を伝えてこなかったから、世間一般の人たちには知られていないというだけだったんですよ！」

泣き声でキャロラインさんが訴えた。

彼女の話を聞いて、浮世絵研究の専門家がどうしてこの話題を語らないでいるのか、理由の一端がうかがえた気がした。十五年前にすでに否定された俗説について、すでに否定されたということを改めて説明しても彼らの業績にはならないからだ。

「……待った。一般に知られていないなら、それは知らないままでいる人間の方が多いということでしょう。彼らにとっては新事実と同じだ。みんなが知っていることにはならないですよ」

「それは問題が違いますよ。新発見ということにはなりませんよ！」

彼女はこの言葉をうんと強調していった。シ・ン・ハ・ッ・ケ・ン。

「困ったな」僕は苦笑してみせた。「僕はともかく、あなたの方は、もっと純粋な動機から写楽の問題に取り組んでいると思っていたのに」

「動機？　何のことです？」

「正しい研究に写楽を連れ戻すのでしょう？　日本語全訳の出版から十五年が経ったいまでも、世の中の自称研究者や自称評論家は真実を明らかにするとうそぶきながら、世界的巨匠の地位にひれ伏せといわんばかりにクルトの格付け吹聴することをやめず、その一方では江戸の文人たちが書いた文献は嘘っぱちだと声高に決めつけて、アカデミズムの写楽研究を文献至上主義、実証主義、先人の説に固執するばかりの保守主義だといまだに識者気取りであげつらって悦に入っているではありませんか。そして、自分たちでは文献や先行研究を調べようともせず、心地がよいというだけの理由で、そんなものを大喜びで信用したがる素人はまだまだ大勢いるのです」

アメリカ娘の表情から空虚さが消えた。たったいま、憑きものが落ちたとでもいうように途端に勢いづいた。

「あんなくだらない権威主義は他にありませんからね！」

「写楽一人の研究を正しい方向に引き戻すだけではないですよ。ユリウス・クルトを、彼の本を読んでもいない連中に名前ばかりを利用されて、彼自身は一度も主張していない宣伝コピーの発明者に担がれ続けるという不幸から救い出さないと」

「でも、クルトの本の翻訳者や大学教授のような人たちにもできなかったのに、わたしに何ができるでしょう？」

「焼け石に水、という古い諺《ことわざ》が日本にはあります」

「そこは点滴石をうがつといってください」

それでもキャロラインさんの気分はずいぶん落ち着いたようで、僕の向かいの椅子にようやく腰かけると、従業員に声をかけてサンドイッチとコーラを注文した。

「やっぱり、わたしはあの本を書いた方がよさそうですね」

「必ず書いてください。世間の通説をくつがえして、真実を明らかにする必要がある。誤解は日本の中だけではなく、いまや世界中に広まっているのですよ」

　僕はテーブルから《幻の絵師写楽展》の図録を取って、差し出した。

「あなたに見ていただきたいものがあったんです。ひょっとすると写楽の謎の正体をつかんだかもしれない、と考えたので」

「謎、ですか？」

「ええ、ほら、以前にここで大御所が話していらしたでしょう？　写楽がどうやって絵描きの経験を積んだのか、ここのところを上手に説明できない限り、文献の上で写楽の正体は動かなくても、大衆には説得力を持たないんだって」

「斎藤十郎兵衛――写楽がどこで絵の経験を積んだのか、説明がつくんですか？」

　驚きに目を大きくして、キャロラインさんは図録の表紙を見下ろした。

「どこのページを開いたらいいんです？」

「どこも。表紙の絵を見てください」

「表紙の絵……？　でも、女の人がうちわを持っているだけですよ。だいいち、この絵は写楽が描いたものではありません。栄松斎長喜の美人画でしょう」

「そうですよ。ところで、今回の映画に甚助の名前で歌川国政が出てきましたね。劇中の彼は錦絵を売り出してもらう前、どうやって生計を立てていました？」

「紺屋で職人として働きながら、役者さんたちの似顔をうちわに描いて……あ！」

キャロラインさんは呼吸を止めると、もう一度、今度はほとんど食い入るようにして、高島おひさが持つうちわの中に描かれた写楽の役者絵をじっと見つめた。

「十返舎一九が書いた『初登山手習方帖《しょとうざんてならいじょう》』という黄表紙を知っていますか？」

「はい、写楽の本にはよく出てきますから。東洲斎写楽のサイン入りの『暫《しばらく》』を描いた凧が、挿絵の中に描かれているのでしょう」

「どんな意図があって長喜や一九が写楽の絵を自作の中に描いたのか、写楽本の著者たちはいろいろとアクロバティックな解釈を試みていますね。ですが、この場合はそのままに受け取っていいと思います。歌舞伎役者の似顔を写楽が描いたうちわ絵や、それから立ち姿を描いた凧絵が、当時の江戸で実際に売り出されていたのでしょう」

「錦絵から切り抜いて、うちわや凧に貼りつけたとは考えられませんか？」

「まず、有り得ないですね」僕は首を横に振った。「大判錦絵とうちわ絵ではサイズがぜんぜん合わないんです。うちわ絵は、間判のサイズよりもやや小さいくらい」

「でしたら、最初からうちわ絵として描かれたものだったと……」

「そういうことです」

正面からキャロラインさんの目を見つめ、僕はさらに話を繋いだ。

「どうして写楽は謎のままなのか、実像はいつまでも解明されていないことになってしまうのか、今回の調査を通して、僕にはその理由が理解できたように思えるんです」

「どうしてでしょうか？」

「だから、世界の三大肖像画家、ですよ。過去四十年間の日本国内における写楽の議論は全て、ここが出発点になっていました。真実を解明する、謎を解くといいながら、その実、三大肖像画家の評価に踊らされて、美術史上の偉大な巨匠という地位と権威に見合った物語を写楽に与えることが目的になってしまった」

「けれども、それはクルトの本には存在しない、日本で作られた評判でしたから……」

「いままでの写楽研究の方法論ではその程度の事実すら突き止める役には立ちませんでした。出典や、昭和四十四年以前の国内の写楽研究を調べてもいなかった。史料批判や推理の以前にスタート地点が誤りだったから、迷走を続けることを繰り返してきた。写楽の名声が煙幕になって、虚実の区別を見失い、かえって真実を遠ざけていたのです。けれども、虚像に手を合わせて拝んでいる限り、実像は見えてきませんよ。後世の評価に合わせて写楽の伝記を書き換えるのではなく、まず、江戸の浮世絵師の一人として写楽を捉えて、彼の画業を考える必要があったのです」

「江戸の浮世絵師の一人――だから、写楽だって、江戸の子供たちに楽しんでもらえるような、うちわや凧の絵を描いたとしてもおかしくないと？」

「下積み時代にそうした仕事を手がけて、チャンスをつかんだとされる浮世絵師は少なくないんです。たいていは実物は現存していなくて、エピソードだけが伝わっている。彼らの場合と同じで、子供のおもちゃみたいな、うちわや凧の絵を写楽はそれまで描いていた。いいえ、子供相手のおもちゃのような絵こそが、写楽のホームグラウンドだったのですよ。独特の大首絵の描き方は、うちわに描いた時の見栄えから工夫されたものだったように思えます。そんなうちわや凧や、もしかするとお面なんかにも描かれた歌舞伎役者の似顔を蔦屋がどこかで目に留めて、立派な錦絵に仕立てさせたら面白くなる、と売り出すことに決めた。写楽が起用された経緯はざっとこんなところでは。大盤振舞いのように数十点という数の錦絵を一度に売り出したのだって、オリジナルの新作ばかりではなく、もともとはうちわや凧のために描いた絵を職人たちで手分けして、錦絵のサイズに描き直させたのかもしれない」

「おもちゃ、子供のおもちゃ……ああ、だから、国貞は写楽に憧れたのですよ！」

ぱちん、と小気味いい音を立ててキャロラインさんは指を鳴らした。

「ほら、江戸で写楽の錦絵が売り出された時、国貞はまだ小さな子供でした。だから、うちわや、凧や、子供の身近にあるようなものに描かれた絵が好きで、そうした絵をたくさん描いた写楽という絵師のことも大好きだった。すっかり説明が繋がりました！」

「世界三大肖像画家という架空の賞賛と別人説があれほど信じ込まれていなかったら、写楽問題はもっと早くに解決していたかもしれませんね。といっても……うちわ絵や夙絵の実在が確かめられないうちは、いまの解釈だって、根拠を欠いた素人考えでしかありませんけれど」

「そんなことはないですよ。ほら、証拠でしたら、最初からわたしたちの目の前にこうして。同じ時代を生きた同業者が、写楽の仕事をここに描き残してくれています」

手元の図録の表紙を僕の方に向け、キャロラインさんは顔の高さにかかげてみせた。

浮世絵師栄松斎長喜描く、寛政三美人の一人、高島おひさの姿絵。彼女が手にしたうちわの中には見違えるはずもない、東洲斎写楽のあの役者大首絵が描き込まれている。

「センセイ、わたしはがんばりますね。まずは海の向こうから、間違いをやめさせます」

「その調子！　楽しみに写楽の本をお待ちしていますよ」

僕たちは笑い合い、握手を交わした。

平成二十二年の二月末。太陽が落ちるのは早く、窓の外はすでに暗くなっていた。

七

平成二十二年七月から開催された〈アラン・グラント浮世絵名品コレクション展〉は、全国四会場をまわって、同年十二月、好評のうちに全ての日程を終了した。

これと同じ時期、ヒロイン役のキャロラインさんも日本留学を終え、星空の彼方ではなく、太平洋の向こう側へ帰っていった。グラント大尉は彼女をえらく気に入り、帰国後は自分の事務所で働かないかと熱心に誘っていたが、実現したかどうかは知らない。

それから半年近くが経ち、平成二十三年五月下旬の某日。

その日は朝から上野へ出かける用事があり、案外に早くに片づいたから、僕は思いついて東京国立博物館を訪ねた。同じ月の一日から《特別展『写楽』》が開催中だったからだ。会期中は連日の盛況で、後日の発表によると、最終的には二十二万人以上の来場者を集めたと聞いている。

展覧会については多くを語る必要はないだろう。

個人的に最も感銘を受けたのは、例の水府豊春という謎の浮世絵師が描いた三世市川高麗蔵の『助六』を実見できたことだった。太田記念美術館の別人説とは違い、こちらの展覧会では歌川豊春との同一人物説が採用されていた。
ミュージアムショップで税込二千五百円の展示図録を購入し、博物館を出る。帰りは鶯谷駅を利用することにして、駅から近い食堂で僕は遅い昼食を注文した。
料理を待つ間、僕は買ったばかりの分厚い図録を開いた。最初に〈ごあいさつ〉が目に留まったので、早速読んでみた。

東洲斎写楽は、寛政6年（１７９４）5月、江戸三座の役者を個性豊かに描いた大判雲母摺りの豪華な大首絵28図を一度に出版するという鮮烈なデビューを果たします。その後約10カ月の間に１４０余図の作品を描きましたが、写楽はなぜかその翌年正月、忽然と姿を消してしまいます。このミステリー性が話題となり、写楽は「謎の絵師」として注目を浴びますが、本来、写楽の魅力はその正体探しにあるのではなく、彼が生みだした独特の世界にこそあるはずです。ドイツの美術研究家ユリウス・クルトは、すでに１００年前、写楽をベラスケスやレンブラントとならぶ世界三大肖像画家として評価しています。特に、後世の人々をも熱狂させる個性的な似顔表現は、現代に生きる我々の目にも新鮮に映ります。

この誇らしげな記述に僕は目を疑った。そこには僕とキャロラインさんが夢中になって追いかけたあの俗説が、はっきりと文字にされていた。おそらくとか、もしとかいう言葉はなかった。注釈も疑問もなしに、断定形で書いてあるのだ。大間違いだ。風説だ。未確認情報だ。日本の恥だ。世界中の笑いものだ。こんな所行をいつまで繰り返すつもりでいるのか。たとえ嘘っぱちの評判ではあっても、写楽の宣伝に役立つならかまわないのか。いったいぜんたい、この責任を誰が負うというのか。現実には外国の文献の中に存在しない虚構の賛辞をまるで事実のように押し通してよしとするのが、この国の、文化や教養というものの値打ちなのだろうか。

僕は……諦めた。美術とは、僕にはとうてい理解の及ばない代物だ。

僕は撮影所へ帰ろう。あそこではフィクションはフィクションとして扱われ、いくら事実を逸脱して、脚色や曲解を加えたところで初めから絵空事なのだからかまわないのだ。

そして、僕は分厚い図録をそっと閉じた。

本作では右の作品中の文章・セリフ等を一部改変して流用しております。
『時の娘』ジョセフィン・ティ著　小泉喜美子訳／ハヤカワ文庫（一九七七）
『改稿新版　邪馬台国の秘密』高木彬光著／角川文庫（一九七九）

『贋作　時のヤンキー娘』注釈

1合巻　絵入りの読み物の中でも、数冊を一冊にまとめた長編。
2放ち十徳　帯は締めず、小袖の上から十徳（羽織に似た男性用の上着）を羽織っただけの格好。
3水府　水戸の異称。
4一枚摺り　版本ではなく、単独での鑑賞を目的とした錦絵。
5草双紙　江戸時代に流行した挿絵入り仮名書き小説の総称。
6行事改　地本問屋仲間による当番制の自主的な検閲。寛政の改革で義務化された。
7極印　行事改によって許可が出た本に対して押された印。
8版本　木版によって印刷された本。
9紺屋　染物屋。
10孫引き　引用する際、原典にあたることなく、他の本に引用された文章をそのまま用いること。

阿波徳島伝東洲斎

過去の芸術における一人の偉人に迫るには、――たとえいかに才気に満ち、そして興味を引かれる対象であったとしても――もっぱら美的見地からのみ評価するだけではもはや十分ではないということを、今では我々はきわめて正確にわかっている。歴史的研究が不可能な場合は、当座しのぎの策としてそれで満足せざるを得ないが、多くの芸術的評価を歴史的事実の確固たる骨格の中に入れなければ、確かなことは得られない。この骨格を組み立てることを好ましく、また面白いことであると主張することは、私にはできない。

――ユリウス・クルト『写楽　SHARAKU』

「コレクションの中から面白いものが出てきたのです。御覧いただけますか？」

正午の空砲がドーンと響いたその直後。休憩の誘いに顔を覗かせた坂本《さかもと》がそんなことをいって、紙袋をかかげてみせた。

鷹揚にコートが頷いてみせると、

「見覚えはございませんか、領事閣下」

紙袋の口を開けて、坂本は一枚の版画を引っ張り出した。

かなり色褪せた錦絵である。歌舞伎の舞台の一場景が、紙の上にそっくり切り出されたかのよう。時代がかった衣装をまとい、前かがみに見得を切る役者の姿形に躍動感があって、舞台化粧を巧みに誇張した表情がユーモラスだ。

「書き込みが裏にあります。ポルトガル語の文章を読める者がいないのですが……署名はおそらく、領事閣下のものではないかと」

「ほう」

コートは版画を手に取ると、再度念入りに絵を眺め、これを裏返した。

ポルトガル語の文章が走り書きされている。異国の風景に引っかけて女性の美しさを褒めちぎっているだけの、他愛もない内容の詩だ。出来はよくない。だが、ペドロ・ヴィセンテ・ド・コートという署名は、確かに彼のものに違いなかった。

「おお！　これはおヨネさんに贈ったものです。間違いない。モラエスの妻になる、少し前のことでした」

「そうでしたか」

「すると、モラエスはこの絵をずっと手許に……無理もない。おヨネさんの形見ということになるのだから」

コートは立ち上がると、窓外の明かりに版画を透かした。ひと昔前の神戸の風景がそこに浮かんでくるような気がした。

ヨネは美しい女性だった。黒めがちの大きな目に素晴らしく整った顔の造作。いまから振り返ってもコートが出会った日本人女性の中で美しいということでは群を抜いていた。

初めて彼女を知った頃、ヨネは花街《かがい》で芸者をしていた。芸者は芸を見せるだけで、遊女と違って客は取らない。それでも飛びきりの美貌のおかげで、神戸居留の西洋人たちの間で彼女の人気は高かった。とりわけ熱烈に惚れ込んだのが友人のモラエスだった。やがてヨネが健康を損ない、故郷の徳島へ帰ってしまったことを知ると、ただちに徳島まで追いかけていき、彼女を探し当てて求婚した。彼らの結婚は、明治三十三（一九〇〇）年の十一月だったから、すでに三十年近くも昔ということになる。モラエス、四十六歳。ヨネ、二十五歳。日本の作法に従って式を挙げた。黒紋付の羽織袴に白扇を差した大男のモラエスと、純白の花嫁衣裳に細身を包んだヨネの姿が、昨日の出来事のようにコートの目に浮かぶ。まるで童話の中の一場面を見るようだった。

「美術商でたまたま見つけて、わたしよりも、おヨネさんが興味を持ったのです。彼女が教えてくれましたよ。これを描いた画家は、自分と同じで徳島の人間なのだって。とても嬉しそうでした。そんなことでもなかったら、たぶん、買いはしなかったでしょう」

思い出しつつ、コートは経緯を語った。

外国人相手の美術商が神戸には多い。中でもエキゾチックな錦絵は、割合に安価ということもあって、土産物に喜ばれた。当時から領事館勤務のコートは購入を頼まれることがよくあった。そうはいっても、日本の絵の知識はさっぱりで、何がいいかもよく分からない。そこでヨネに相談して、しばしば買い物についてきてもらったのである。

「何といったかな。この画家の名前は」

「東洲斎写楽です。ここには〈写楽画〉としか、落款《らっかん》がありませんが」

「そう、シャラクだ。そんな名前だった」

「三十年前ということでしたら……なるほど、国内ではさして知られていなかった時分ですか。安い買い物をなさいました」

「いまは違うのですか？」

コートは、版画から坂本へ視線を移した。

「御存じでないのですか？」

かえって坂本の方が驚いた。

「一九一〇年――ちょうど二十年前ですか、ドイツのミュンヘンで写楽の評伝が出版されました。あちらの研究家が書いたものでしたが、何しろ海の向こうの画壇で認められたというでしょう。これを境に評価がすっかり一変してしまい、無名の絵師が、春章、豊国らを飛び越して、いまでは世界に誇る大芸術家の扱い。浮世絵がどんなものかを知らない者たちまで、写楽は凄い、日本一の名画だと口にするくらいです」

「ほう。それで高値がつくように」

「何しろ寛政年間――十八世紀末の画家ですからね。ただでさえ古くて、そう数が残っていない。海外に流出したものも多くて、いまでは入手しようとしてもなかなか……」

「面白い話です。やがて世界から注目される偉大な芸術が、この土地から出たなんて」

コートは窓の外へ目をやった。緑、緑、緑、ただ緑ばかりが多い城下町の風景。

ここは四国、徳島県。

かつては阿波の国といった。

維新から六十年余りが経ったが、開発のめざましい東京や神戸とは違い、この徳島は侍の町のたたずまいを残している。

世を拗ねて友人が引き籠り、生涯を終えた同じ土地から、世界的画家が出現したという話はコートをとても愉快な気持ちにさせた。

「さて、実際のところはどうなのでしょう」

学者らしい思案顔になって坂本は語る。

「なるほど写楽は俗称を斎藤十郎兵衛といって、阿波藩公お抱えの能役者だということになっている。古い文献にはそう書いてあります。ところが、この斎藤十郎兵衛という人がよく分からない。世界の大肖像画家になってからというもの、ずいぶん多くの方々が徳島を訪れ、写楽と斎藤十郎兵衛について調べていきましたが、どこを探しても、それらしい痕跡が見つからないのです。だから、いまでは同じ能役者で、日蓮宗の東光寺に墓がある春藤又左衛門《しゅんどうまたざえもん》という人が江戸へ行って名前を改め、斎藤十郎兵衛を名乗ったのだろうといわれていますし、この徳島の出身の鳥居龍蔵《とりいりゅうぞう》先生は、いいや、そうではない、春藤は春藤でも春藤次左衛門《じざえもん》という人が写楽になったのだと主張しておいでです」

「百三十年か、そこいらの昔の話がもう分からなくなっているのだと？」

「確かな史料が見つからないうちは研究の進めようがないでしょう。近頃は阿波藩も能役者も何かの誤り、勘違いで、役者絵を描いた写楽は別人だという説も出てきたとか。おそらくは他の画家の変名ではなかったかと」

「そんな話まで。おヨネさんが知ったら、きっとがっかりする」

「しかし……昔の文献をまるまる信用できないと決めてかかったら、そこから先は想像で何とでもものをいえますから」

坂本は苦笑いすると、この話題を打ち切るように顔の前で片手を振った。

浮世絵師東洲斎写楽の実像について、阿波藩士斎藤十郎兵衛説が根拠を欠くとして斥《しりぞ》けられ、代わっていわゆる別人説が主流になるのは二十世紀後半になってからである。

穿った見方をするなら、江戸の浮世絵の実態を直接知る者たちが絶えてなくなり、大正の震災、昭和の戦災を経て、新しい史料の発見がほとんど期待できなくなったことで、写楽別人説は全国民的な求心力を獲得したといえるかもしれない。

「ありがとう。懐かしいものを見せていただいた」

コートは礼を述べると、坂本に版画を返そうとした。

「よろしいのですか？　もとは領事閣下がお買いになられたものでしょう」

モラエスとヨネの形見ではないか、と言外に確かめている。

「御厚意だけでけっこう。わたしはすでにこれを手放した。おヨネさんに贈り、その後はモラエスの手に渡ったもの。コレクションはこの図書館に寄贈するという、友人の遺志を尊重したい。だいいち……もとはこの国の人たちの楽しみだった絵なのですから」

コートは穏やかに答えて、坂本を促した。

「御配慮に感謝いたします」

慎重な手つきで坂本はもとの紙袋に版画を納めた。


太平洋の東向こうからは〝暗黒の木曜日《ブラック・サーズデイ》〟以来の空前の恐慌が海を越えて飛び火して、たちまちに国土の隅々まで燃え広がり、いまや火の海も変わらないありさま。一方ではユーラシア大陸を横断した西向こうの、東西五ヶ国の代表がロンドンに集まった海軍軍縮会議の帰趨《きすう》を朝野挙げて注視していたこの頃——昭和五（一九三〇）年一月。

在日神戸ブラジル領事ペドロ・ヴィセンテ・ド・コートは、やや長めの休暇を取得すると瀬戸内海を渡って、四国の徳島を訪れた。

かつての在日神戸ポルトガル領事、ヴェンセスラウ・デ・モラエスがこの世を去って、すでに半年余りが経つ。

日本在住三十年余、公職の傍ら、祖国ポルトガルへ向けて、極東の島国日本の政治、経済、外交、歴史、風俗、信仰、自然、芸術、将来の展望、その他さまざまの見聞を発信し続け、文学者として、近代日本の紹介者として国際的な名声を得たモラエスは、国王暗殺から共和国革命にいたる祖国の政変とその後の混乱、時期を同じくする妻ヨネの病歿《びょうぼつ》にすっかり打ちひしがれて、公職を退くと、ヨネの親類を頼って徳島に移り住んだ。晩年は不遇で、飼い猫とこれも飼っている蛇と、時々遊びにやってくる近所の子供たちだけが慰めの、寂しい生活だったという。昭和四年七月一日歿、享年七十五。住居の壁の貼り紙には「ワタクシハモシモシニマシタラワタクシノカラダヲトクシマデヤイテクダサレ」と書き残されていた。

異国の市井に埋もれるように孤独と失意のうちに死んでいった元ポルトガル領事を、当時の新聞各紙はセンセーショナルに報じた。遺体の状況に不審があったことからさらに拍車がかかり、自殺説、事故説に加えて他殺説まで持ち上がり、報道競争は過熱した。予想外に大きな騒ぎに地元の住人たちはいちように驚き、日頃「西洋乞食」と陰口をいっていた変わり者の薄汚い西洋人が、元領事の前歴にまして、海外では有数の日本通として名高い文学者だったという事実をほとんど初めて知った。

生前、モラエスは遺言状を作成しており、遺産の処分方法について詳細な指示を残していた。銀行に預けた財産は二万三千五百円。平成日本の貨幣価値では二億円を超える。それほどの財産がありながら、何故貧窮の生活を続けたのか、皆が首を傾げたという。この財産は遺言に従って相続人たちに分配されたが、これとは別に彼の蔵書や、日本刀、掛け軸、版画などのコレクションは、徳島県立光慶図書館へ寄贈するように指示があった。極端な識者嫌い、名士嫌いで、県内の知識人層とはまったく没交渉のモラエスだったが、唯一、同図書館の坂本章三《しょうぞう》館長には心を許していたためである。モラエスの業績と学識の深さを同じ徳島にいて理解する者は、彼の生前、坂本を含め、数えるほどしかいなかった。

ヨーロッパ人の外交官兼文学者に相応しく、モラエスの蔵書は複数の言語にまたがるものだった。英語、フランス語、ポルトガル語。英語やフランス語は問題ない。しかし、ポルトガル語となると話は別だ。地方都市の徳島では修得者はおいそれと見つからない。生前に親交があるだけに坂本は悩み、神戸のポルトガル領事館に相談を持ちかけた。幕末以来の国際貿易港で、神戸には外国人居住者が多い。外交官、貿易商、宣教師、技術者、労働者、ジャーナリスト、船乗り等々、国籍も職種もさまざまな人々が集まっている。規模は小さいながら、ポルトガル人のコミュニティも形成されていた。

在日神戸ブラジル領事のコートは、マカオ生まれのポルトガル人二世で、モラエスとは三十年来の親友だった。蔵書選別の相談を聞きつけると、他人の手に委ねるくらいならばと自ら手を挙げた。もっとも、さすがに公務をおろそかにはできず、ようやく徳島行きが実現するのは年が明けてからになった。

こうしてコートは徳島に滞在して、亡き友人の蔵書の整理に日々を過ごした。

一日の作業を終えて光慶図書館を出た後、まっすぐは宿に戻らず、いくらか遠まわりをして徳島の町を散策することが滞在の間のコートの日課になっていた。モラエスが最後の十六年間を過ごした土地をじっくり見ておきたかったからだ。

その日の帰り道は、徳島の玄関口ともいえる中洲港に足を向けた。

運河の支流が集まった港は喧騒と活気に満ちて、荷船が行き来し、海に陸に、男たちの喚声がひっきりなしに飛び交っている。船着場を取り巻くように軒を連ねる酒場や安宿のたたずまい。南国の徳島には、芭蕉や椰子の木、サボテンのたぐいがあちらこちらに見られた。コートの目にそうした風景は、いまは遠い、生まれ故郷のマカオの記憶を思い起こさせた。

郷愁の情に誘われながら船着場を歩きまわっていたコートだったが、ふと前方に人影を認め、その足を止めた。

奇妙に人目を惹く、まわりから浮いた感じがする二人連れの姿があった。

そのうちの一人は、十四、五といった年頃、坊主頭に秀でた額、彫りの深い、くっきりと濃い顔立ちの少年で、地肌は浅黒く、がっちりした体形に学生服を着込んでいる。一見すると、凛々しい、精悍といえる風貌の持ち主だが、再見すると両目も口も虚ろに開いたままで、何だか放心した様子で立ち尽くしているのだった。

もう一人は同じ年頃らしい少女で、連れの少年とは違い、見るからに簡素な、たったいま野山歩きから戻ったような絣《かすり》の着物を身につけている。こちらは好奇心をあらわに、きょろきょろ付近に視線を走らせていた。

実のところ、コートが目を奪われたのは少女の方だ。その横顔をひと目見て、思わず彼は呼びかけていた。

「コハルちゃん……！」

少女の動きがぴたりと止まる。コートを見返した顔はきょとんとして、そのまま横倒しに首が傾いた。

「あ、あの、君は……」

コートは走り寄り、彼女たちの数歩手前で立ち止まった。

「あたしは、ツル」と少女が名乗った。「異人のおじさん。コハルなんて人は知らないよ」

「ああ……そうだろうね。分かっている。よく分かっているさ」

コートは片手を胸に当てて、動揺を押さえた。

「驚かせて悪かった。申し訳ない。昔の知り合いによく似ていたから」

謝罪しつつ、コートは近くから少女の顔をまじまじと見た。

それほど美形とはいえないが、よく陽に焼けた顔は、勝気な目つきに唇をへの字にきゅっと結んで、生気と活力に富んでいる。

細部の造作はもちろん違う。それでも少女の姿形は初めて知り合った頃の、初々しく、溌剌としたコハルによく似ていた。ただ、連れの少年にまして濃厚な野性味は、町娘のコハルには見られなかったものだ。

コハルはヨネの姪である。ヨネが死んだ年、彼女は十九歳の若さだった。ヨネを失ってモラエスが徳島に移り住んだ後、彼の身のまわりの世話をするため、コハルは住み込みで働くことになった。彼女がモラエスと関係を持ち、事実上、後添いの妻の立場に収まるまでにそう長い時間はかからなかった。

二十年……いや、せめて十年でもコハルが生き長らえたなら、モラエスの晩年はずっと潤いのあるものになっただろう。

最初の子の死産と、ちょうど同じ年の世界大戦の勃発がコハルを変えた。日本はどこの国からも侵略されたわけではない。日英同盟を口実に参戦を決定、火事場泥棒も同然にドイツに宣戦を布告したのだが、そうした経緯は国民の大半には分からないし、分かったところで、ドイツ人なのかそうでないのか、西洋人の区別がつかない。まるで道理が通らないが、戦時中の日本人たちの敵意は西洋人全体に向かったのである。執拗な迫害、排斥が始まった。外国人居住の歴史が長い神戸でさえ困難が絶えなかったのだから、旧慣がいまだ色濃い徳島の場合はなおのこと深刻だった。西洋人の愛人ということでコハルも周囲から白い目で見られた。この頃からコハルは健康と若さを目に見えて失い、結核を病んで、蝋燭の火が消えるように死んでしまった。まだ二十三歳だった……

「おツルさん、といったね」

コートは親しみをこめて語りかけた。コハルにどこか似た少女を前にして、いっぺんに好意を抱いてしまったのである。

「どうしたんだい？　こんなところで」

「さあ？」

ツルという少女はまた首を倒した。

「あたし、セツ兄についてきただけだから」

そういって、傍らの少年を振り返る。少年はまだぼんやりした表情だった。

「この町の子ではないようだね。どこから来たの？」

「勝幡《しょばた》のセブリ」

「知らないな。どの辺り？」

「尾張だよ」

「オワリ？」

コートは首を捻った。それが旧制下の国名の一つで、愛知県の西半、名古屋の辺りだというくらいは何となく覚えがあった。

「遠くから来たんだね。いったい、何のために？」

「会いたい人がいるんだって。佐々木味津三《ささきみつぞう》という人」

「君たちの親類かい？」

「違う、違う。異人さんは知らないの？　天下御免の向こう傷、でございます」

「何だい、それは」

「物書きさんなの。セツ兄の学校の先輩」

コートは、佐々木味津三という大衆小説家の名前を知らなかったが、少年少女が楽しみに読むような物語の書き手らしいことだけは何となく想像できた。

「どこへ行ったら、物語の書きさんに会えるの？」

期待をこめて少女が訊く。

「その佐々木という人は徳島に住んでいるのかい？」

コートは逆に訊いた。

「セツ兄、どうなの」

少女が少年の背中を叩いた。

「え、何だって？」

それまで放心の体《てい》でいた少年は、初めて我に返ったように頓狂な声を上げた。

「船を下りたよ。考えごとに夢中になって、また、まわりが見えてなかったんだ」

「ご、ごめん。うわのそらだった……ところで、ここはどこ？　東京に着いたのかい？」

「東京じゃなくて、四国だよ。阿波の国の徳島」

「徳島だって！」少年が目を剥いて叫んだ。「待ってくれ。どうして僕たちはそんなところに。東京へ行くはずだったんだよ」

「知らないよ。どこへどう行くのも、セツ兄任せだったもの」

拗ねた顔で少女が睨みつける。

「何てことだ。僕は、ただ佐々木味津三先生に会いたくて町を出たはずなのに」

少年は両手で頭を抱えるとその場にしゃがみ込んだ。

「事情がいま一つ呑み込めないのだが……つまり、君たちはどこかで行き先を間違えて、徳島までうっかりやってきたということなのかい？」

コートが口を挟んだ。

「そうなるかな？　僕にもよく分からないんです」

「それは困ったな」

コートは両腕を組んで考えた。夢見がちな、何かの熱に浮かされた子供なら、そんなこともあるかもしれない。警察に連れていった方がいいだろうか。

「ところで、いったいどんな理由でその佐々木という人に会いたいんだい？」

「僕は作家になりたいんです。佐々木味津三先生のような」

頭を上げると、少年は真摯な面持ちで語った。

「それなのに……おかしいな。東京と徳島とではまるきり方向が反対だ」

「どんな考えごとに気を取られたかは知らないが、まず、第一に自分の家に帰ることを考えた方がいいんじゃないか？　いまから帰りの船便を探さないといけないな」

コートが諭すようにいった。

「いえ……」

少年は頭を横に振った。深呼吸を一つして、

「四国に来てしまったものは仕方がない。せっかく海を渡ってきたんです。この際、見物したい場所がいくつかあります。徳島といったら、剣山がありましたね。それから金峰山というのも。阿波の国の一の宮は、確か、鳴門の方だったかな。ついでに渦潮もこの目で見ておきたい」

気持ちの切り替えが早い。すっくと彼は立ち上がった。

「待ちたまえ。君たち、いったい宿はどうするんだい？　お金もろくにないだろう」

「野宿くらいはどうということもないですよ。野山を歩くだけなら、お金もかからない。何とかなるでしょう。いざとなったら、セブリバを探して世話になったらいい」

「それがいい、それがいい」

少女がはしゃいで、両手を打ち鳴らした。

「おやおや。たくましい子供たちだ」

コートは深い息を吐いた。少年たちの奇妙な確信と余裕がどこから来るものかはよく分からないが、警察を頼る必要はないように思えた。

「何かあったら、その時はわたしに相談してくれたらいい。しばらくはこの町にいるからね。一番大きな公園にある図書館を訪ねて、コートはいるかと呼んでくれたら、たいがいは会えるだろう」

「異人さん、コートとおっしゃるんですか。もしかすると学者センセイ？」

「いいや。ブラジルという国の領事だよ」

「へええ」

一国の領事と聞かされても、少年といい、少女といい、ぴんとこないようだった。

「念のため、名前を聞いておこうか」

少年の目を見つめてコートが訊いた。

「矢留《やどめ》、です」少し胸を張るように少年は名乗った。「矢留節夫《せつお》といいます……」

これは後年の話になるが、結局、矢留少年は佐々木味津三に会うことはできなかった。四年後、佐々木が三十七歳の若さで急逝したためである。しかし、もう一つの願い、作家になりたいという夢の方は実現した。

だから、読者の便宜もあるだろうから、この物語では彼を本名の矢留節夫ではなく、やがて作家になってからの彼のペンネームで呼ぶことにしたい。

——すなわち、八切止夫《やぎりとめお》。

二

八切止夫、本名矢留節夫の出自には謎が多い。

大正三（一九一四）年十二月、名古屋の生まれというのがいちおうの実説だが、八切自身は横浜生まれを称したし、生年についても本によってまちまちである。

幼少期は恵まれたものでなかったようだ。

八切自身の回想によると、両親は不仲で、殊《こと》に生母のふさは身勝手な振舞いが多く、幼い八切を邪険に扱い、虐待を繰り返した。これを見かねたのが祖母のさだで、彼女は伝手《つて》を頼って尾張山窩《さんか》の長に話をつけ、名古屋の西の郊外、日光川下流の蟹江の辺りをねぐらにする山窩一家のセブリに孫を預けることにした。

山窩――山家、散家、箕家とも書く。これは中世以来の漂泊浮浪の民で、通則として一所に定住せず、山と野をさすらい、セブリという移動天幕をもっぱら住居に用いた。狩猟、採集、川漁から糧を得て、時に里や町に出ると、竹細工の箕や桶やささら[*1]を行商することはあったが、土着する者は少なく、季節の移ろいのうちにたいていは逃げ水のように流れ去ってしまう。同族内の団結はすこぶる固く、独自の言語と習俗と秩序を守り、外界からは隔絶された彼らのみの共同体を形成したとされる。これの発祥について柳田国男《やなぎたくにお》は『山人考』を講演し、〈上古史上の国津神《くにつかみ》が末二つに分かれ、大半は里に下って常民に混同し、残りは山に入りまたは山に留まって、山人と呼ばれた〉と述べて、古代大和朝廷の征服の過程に起源を求めた。

八切は、六、七歳からの約三年間を、この山窩の家族と共に過ごした。まるきり伝奇小説のような展開だが、大正から昭和の初期にかけ、こうした漂泊の人々は常民の日常のすぐ近くにまだ見られたということなのだろう。

後年、もう一度八切は山窩の集団の中で生活することになる。

昭和五年の一月、十五歳の八切少年は家出をした。当時の人気作家佐々木味津三に弟子入りするというのが当初の目的だったはずだが、何故か山窩を頼って、そのままあちらこちらを放浪したらしい。たいていはツルという娘と行動を共にした。この時の山窩生活は短い間で、二月の末には名古屋に戻ったということである。

愛知一中を卒業後、上京した八切は、日本大学在学中に菊池寛《きくちかん》の知遇を得る。本格的に小説を書くようになるのはこの頃からで、耶止説夫《やしせつぷ》名義を用い、『新青年』誌を中心に短編小説をぽつりぽつりと発表している。

転機が訪れるのは昭和十七年。菊池寛の口添えで満州に移住すると、大東亜出版社を自ら立ち上げて経営する傍ら、探偵小説、海洋小説、SF小説を量産した。戦後帰国してからも創作の意欲は旺盛で、自らが編集、発行したカストリ雑誌[*2]にさまざまのペンネームを使い分けて作品を掲載したのだった。

一時期は消火器販売の事業を手がけ、事実上、執筆活動からは手を引くことになったのだが、昭和三十九年、第三回「小説現代」新人賞の受賞を機に作家活動を再開。耶止説夫に代えて、以後、八切止夫名義に統一する。

そして、昭和四十二年。

書き下ろし刊行の一長編がたいへんなセンセーションを巻き起こしたことで、一躍、八切は時の人になる――『信長殺し、光秀ではない』である。

藤本正行《ふじもとまさゆき》、鈴木眞哉《すずきしんや》両氏はその共著において、八切の著作を左のように批評する。


かつては光秀の単独犯行として誰も疑わなかった〈信長殺し〉だが、戦後になると

異説が現れた。光秀とは別に真犯人がいたとか、光秀を陰で操って本能寺の変を起こした者がいたとかいうのである。つまり本能寺の変には、背後に謀略があったというわけである。

こうした説の火付け役は、作家の八切止夫《やぎりとめお》氏である。氏が一九六七年に発表した『信長殺し、光秀ではない』（講談社）は、人目を引く書名、独特の史料操作、史論とも小説ともつかぬ文章、読者を煙に巻くほど確信に満ちた主張で当時ベストセラーになった。

歴史研究の専門家はともかく、一般の読者はその主張をけっこう信用したのである。勢いづいた八切氏は、続編や続々編を書いたばかりか、上杉謙信は女だったとか、光秀は斎藤道三の子だったなどといった奇想天外な作品を書きまくったため、当然、信用度も急降下した。それでも、八切氏のお陰で、事件の背後には謀略があったとする研究や時代小説などが解禁状態になり、以後、様々な謀略説が発表された。

歴史小説の大家、津本陽《つもとよう》は書く。

戦後の大きなエンターテインメント小説の流れを形づくる歴史小説と推理小説の接点で、最初に生まれた作品が、あえていえば史実も論理性も無視した荒唐無稽《むけい》なこうした作品だったことはいささか寂しいが、この八切氏の『信長殺し、光秀ではない』は奇説を歓迎する一部の読者に大いに受け入れられるとともに、歴史小説に推理小説の手法を導入した作品を生み出す端緒となった。また歴史研究書と称しつつ、実は歴史推理に過ぎない出版物も、こののち頻出することになる。

すなわち、野心か、怨恨か、それともある種の精神疾患のせいか、謀反人明智光秀の心理において見解の相違はあるにせよ、およそ光秀が自らの意思で決断し、自らの力で遂行した謀反であることはそれまで誰も疑いを持たなかった本能寺の変の解釈に、黒幕説、陰謀論、謀略史観といった視点を逸早《いちはや》く持ち込んで新機軸を打ち立てたのが、誰あろう、八切止夫その人なのである。

歴史家や考証家からは、殊更に奇を衒《てら》った虚妄の説だと一蹴されたが、八切が説くところの「真実」は読者の支持を集めた。メディアも跳びついた。八切以後、謎解きや隠された真相を謳い文句に、謀反の裏に黒幕の存在があり、織田信長抹殺の謀略があったとする言説が雨後の筍、柳の下の泥鰌《どじょう》のように続出して、いまや大勢を占めるにいたった現状を思えば、日本人の歴史認識に八切止夫がもたらした影響たるや、吉川英治《よしかわえいじ》、海音寺潮五郎《かいおんじちょうごろう》、司馬遼太郎《しばりょうたろう》らの、いわゆる国民的作家たちを大きく上まわるとすらいえるかもしれない。

ともあれ、『信長殺し、光秀ではない』の上梓で成功をつかんだ八切止夫は、たちまち文壇の寵児に駆け上がり、メディアと読者の要請によく応え、最盛期には年間二十三点を刊行する脅威のペースで歴史の「真実」を解き明かしていく。

八切自らが「意外史」を謳い、「裏がえ史」とも呼んだ著作群について詳述は控えたい。主な著書のタイトルのみを以下にかかげると、『徳川家康は二人だった』『上杉謙信は女だった』『利休殺しの雨がふる』『柳沢吉保《やなぎさわよしやす》――赤穂浪士討入りの黒幕』『天皇アラブ渡来説』『源は元チンギスカン』『日本原住民史』エトセトラエトセトラ。

まさに八切止夫こそは、歴史にまつわる奇矯かつ突飛な珍説は商売になる、という風潮を世の中に定着させた一大戦犯――否、歴史ブームの大功績者に他ならないのである。

ところで、ここで一つの疑問が生じる。

八切自身はいったい、自らが唱えた説をどのくらい本気にしていたのだろうか？

興味深い資料がある。自著の巻末に広告代わりに掲載した自選ベストテンならぬ、八切自身の〈読んで頂きたい順〉というものだ。これを見ると『天の古代史研究』『日本古代史入門』と古代史関連の著作が上位を占め、以下、『野史辞典』『庶民史辞典』『不可思議な国』『日本人の血脈』『同和地域被差別の歴史』等々に、山窩の歴史と習俗について書いたものが続いている。

武家の嘘を武略といい、仏の嘘を方便という。明智光秀の言葉として伝わるものだ。ひょっとすると……ひょっとすると八切止夫が本当に論じたかった話題は、この日本という国と民族の成り立ちで、織田信長は陰謀で殺されたとか、徳川家光は家康と春日局の間に生まれたとかのたぐいの醜聞は、ひとまず読者の関心を集めることが狙いの、八切一流の武略、方便ではなかったか？　作者にはそんな風に思えてならない。

三

初めて知り合った日から後、八切少年と山窩のツルという少女は、たびたび光慶図書館にコートを訪ねてやってくるようになった。

コートも日中は、モラエスが残したポルトガル語文献の整理で忙しい。閉館の時刻まで待たせて、行きつけの洋食店へ連れていくことが多かった。少年たちは地方都市ではまだ珍しい西洋料理を喜んで食べた。

少年は外国の話、とりわけ大航海時代の出来事と世界情勢を聞きたがった。

いまはヨーロッパの一弱小国でしかないが、大航海時代と謳われた十五世紀から十七世紀半ばにかけて往時のポルトガルは有数の海洋大国で、世界中の海をポルトガル船が駆けめぐった。東の果ての日本にもやってきて、最新兵器の鉄砲を伝え、キリスト教を伝え、戦国末期の名だたる武将たちとの間に交渉を持ったものである。コートの口から語られる「世界史」に少年は熱心に聞き入った。『信長殺し、光秀ではない』『上杉謙信は女だった』その他の萌芽は実にこの時に植えつけられたといえるが……もちろん、そんなことをコートは知らない。

コートもまたこの少年たちが、日本版のジプシーのような山窩の一族だと知って、強く心を惹かれたのだった。

そんなある日――

「明日の行き先はもう決めたのかい？」

数日ぶりに図書館に現れた少年たちに向かい、コートが訊いた。

「さあ」少女は首を捻って、「異人のおじさんがそんなことをどうして訊くの？」

「何でも東京から有名な歴史家がやってきて、高等小学校で講演するという話なんだ。わたしも詳しい話は知らないが、ここの館長が教えてくれた。この徳島に立ち寄るというんで、地元の教育会が講演を頼んだらしい。郷土研究会からも手伝いで人手を出さないといけなくなったから、おかげで朝から慌ただしいよ。落ち着いて本の整理もできない」

図書館長の坂本は郷土史研究に熱心で、以前から地元の郷土史家たちを集め、連携と組織化を進めている。いずれは考古博物館を開設したいというのが坂本の構想だった。

「君たちなら、もしかすると興味を持つかと思ったんだがね」

「学者さんのお話なんて、難しくて眠たくなっちゃう」

唇を尖らせて少女が訴える。

「セツ兄はどうする？」

少女は横を向くと、傍らの少年に訊ねた。

返事はない。質問の内容はおろか、声をかけられたことすら気づかなかったように
少年はきょとんとしている。

「異人さんのお話はちゃんと聞こえていたの？」

彼の背中を少女が思いきり引っ叩いたから、わっと叫んで少年が跳び上がった。

「いきなり何だい、驚くじゃないか。何があったの？」

「ほおーら、やっぱり聞こえてなかった」

けらけらと笑いながら、少女はコートの方に顔を戻した。

「いつだってセツ兄はこんな調子。空想が始まるとそのことだけで頭の中がいっぱい
になるせいで、まわりでどんなことがあっても、まるで気づかずにぼおーっとしてい
るの」

「どうやらそのようだね」初対面の日の経緯をコートは思い返した。「そんなことが

頻繁に起こるようだとおツルちゃんも困らされてばかりだろう。危なっかしくてかなわない」

「だから、セツ兄からは目が離せないの。あたしがついてなくちゃ」

頼もしいことをいってのけた少女の声はからっと明るい。傍らの少年の空想癖を危ぶむというより、気楽に面白がっている。

「ごめん、ごめん……ちょっと気がかりがあったから」

さすがに気後れがした様子で、指先で頬を引っ掻きながら少年は謝った。

「それで、ええと、どんなお話でしたっけ？」

「明日は朝から、東京の歴史家の講演会があるんだ」

やれやれと呆れた顔で、それでもコートはさっきの話を繰り返した。

「四国の歴史の話かな？　学校の授業で教わる程度の当たり障りがない内容だったら、わざわざ話を聞きに行くこともありませんが……」

やはり気乗りがしない様子で、少年は返事を濁してしまう。

「それはそうと――領事閣下、僕の発見を聞いていただけませんか」

「発見？　この徳島の話かい？」

はい、と少年はコートの目を見て頷く。

「ここ数日、現地をこの目で見てまわったことで、ひょっとすると僕は歴史のとんでもない真実に気づいてしまったかもしれない。そのことをずっと考えていたのです。それで誰か、大人の意見をうかがいたくて……」

「それは面白そうだ」

例によってコートは、図書館を出た後、少年たちを伴って新町橋の洋食店へ向かった。

三階建ての立派な洋風建築の店内は、それなりの客の入りだった。

コートと少年たちは二階の、やや奥まったテーブルへ案内された。手前の席には、丸刈り頭のいかつい顔に丸い眼鏡の、旅行者らしい男が一人座って、ナイフとフォークを動かし、黙々とステーキを口に運んでいた。

当たり障りのない雑談を交わすうちにコートたちのテーブルへ料理が運ばれてきた。

「さて……とんでもない発見があると話していたね。日本の歴史については素人だが、楽しい話なら大歓迎さ。ここなら何を話しても邪魔は入らない」

目尻に皺を寄せてコートが促す。

「そうですね」

こくんと首を縦に振った後、思案をまとめるように少年は少しの間を置いた。

「初めにお訊ねしますが、領事閣下は、邪馬台国というものを御存じでしょうか？」

「ヤマタイコク？　ええと、確か、大昔の日本にあったらしい国の名前だね。支那の古い歴史書に出てくる――」

「『魏志倭人伝《ぎしわじんでん》』ですね。正しくは『魏書』のうちの、東夷伝《とういでん》、倭人の条ですが」

「日本のどこにあるのか、はっきりしないという話も聞いたが」

「そうです、そうです。昔から議論があるんですよ」

コートの答えに嬉しそうに首を上下させると少年は詳しい経緯を語った。

日本史上で『魏書』の記事が採り上げられた最古の事例は『魏書』の成立に遅れること約四百五十年、八世紀前半の『日本書紀』においてである。第九巻、神功《じんぐう》皇后三十九年の条に、卑弥呼という女王が魏国に入貢《にゅうこう》*3した記事を引いて、神功皇后がすなわち卑弥呼であり、邪馬台国は畿内の大和にあったように説いている。『神皇正統記』の著者北畠親房《きたばたけちかふさ》もこの記述に従い、神功皇后と卑弥呼を同一人物と見做して大和説を採用した。

江戸時代に入って、儒学者新井白石《あらいはくせき》もやはり大和説を支持。

従来の定説といえる邪馬台国大和説に異を唱え、初めて九州説を打ち出したのは国学者の本居宣長《もとおりのりなが》である。『古事記』研究で名高い宣長の説くところ、日本国こそは世界の中心であり、天地開闢以来の万国の宗主なのであって、かつて異国の王朝に臣従したなどという不祥事はあるはずがない。南九州の熊襲《くまそ》族の女酋長が、神功皇后を騙《かた》り、魏国に誼《よしみ》を通じたのだろうと結論づけた。

さらに時代は下って、明治四十三（一九一〇）年。京都帝大の内藤湖南《ないとうこなん》教授が大和説を結論とする論文を発表すると、同じ年、東京帝大の白鳥庫吉《しらとりくらきち》教授がこれに反駁《はんばく》を加える形で九州説を主張、邪馬台国の所在を筑後の国の山門《やまと》郡に求めた。

これから後、大和説対九州説の論争は、もっぱら京都帝大対東京帝大の学閥上の争いといった様相を呈して、京大系の学者は大和説に従い、東大系の学者は九州説を採り、在野の歴史家たちは、両派の主張を共に批判し、第三の立場から邪馬台国の新しい候補地を提唱するという、まさに百家争鳴、いわゆる邪馬台国論争が盛んになるのだった。

明治四十三年の内藤湖南対白鳥庫吉の論争からちょうど二十年、大正期を経て、昭和五年のこの時点でも、邪馬台国研究をめぐる状況はそれほど変わっていない。

「これぞ真の女王国――という候補地はそれこそ歴史家の人数と同じくらいあるようですが、大勢の見解ということでしたら、大和か、そうでないなら九州のどこか、やはりこの二派に絞られるでしょうね」

「だが、大和の国といったら、いまの奈良県だろう？　大阪の東向こうのはずだ。奈良と九州とでは大違いだよ。何だって、そんなおかしな議論になるんだい？」

「『魏書』の記述が不確かなんです……いえ、〈倭人は帯方《たいほう》の東南の大海《たいかい》の中に在り〉から始まって、その先の道筋にあったらしい国々が、方角、距離といっしょに、細々と書き並べられてはいるんですよ。ところが、記述の通りに進んでいくと、邪馬台国は九州よりもずっと南の海の上、それこそいまの沖縄付近にあったことになってしまうらしくて。だから、もともと日本の国の地理をろくに知らない支那人が書いたものだし、魏の国の使者が女王の都へやってきたのは本当だとしても、まるきり信用はならない、記述のどこかに誤りがあるのだろうということに」

「おやおや」

「例えば大和説の場合、原文では不弥国《ふみこく》の南に投馬国《とうまこく》があり、さらに南が邪馬台国、〈女王の都する所なり〉だと書いてあるのにこれでは方角がおかしいといって、当時の支那人は南と東を取り違えていたことにしてしまう。あべこべに九州の中に収めたい場合、こちらは原文に〈陸行一月〉とあるのは誤りだと決めてかかって、陸行一日に読み替えるといった按配《あんばい》ですね」

「なるほどね。いちおうの理屈は通るか。しかし……それは他の何らかの根拠から結論を導き出せる場合の、後づけの理屈ではないかな。文献の中から自分の説に都合のいい部分だけを持ち出して、都合の悪い部分を好きに差し替えたり、知らない顔を決め込んだりができるなら、どこだろうと結論を持っていける」

「そうですね。それでは空想と変わらない」

「邪馬台国の謎についてはひとまず分かったが……それで君がいう、とんでもない発見とは何なのかね？」

「そう、その発見です」

少年は唇を緩める。ちらっと白い歯を覗かせて、

「聞いてください。邪馬台国は阿波の国に――この徳島にあったと、僕は思うんです」

がちゃん、と食器が鋭い音を立てた。

隣りのテーブルの客が手元を誤ったのだ。

コートには声もない。横を見ると、山窩の少女もぽかんとした顔だった。

「愉快なことを考えるね」コートは慎重に口を開いた。「そうすると、帝国大学の学者たちは西も東も間違いで、邪馬台国はここにあったと主張するのかい」

「空想だとお思いですか？」

「さて、どうだろう。わたしには判断がつかないな。もちろん、何らかの根拠があってそんなことをいっているのだろうね？」

「ええ。それをいまから話します」

少年は顔の前に指を一本立てた。

「初めに一つ……これは邪馬台国というより、日本という国の歴史を論じる上での、大切な前提だとお考えください。学校の授業では、日本は昔から一つの民族だったように教えています。これは大きな誤りなのです。一つの民族どころか、有史以来、こ

の国はほとんど二つに分かれて争ってきたのですから」

「何だって？」

「白と黒の対決です」

人差し指を鼻先で振り立て、少年はなおもいいつのる。

「あるいは神信仰と仏信仰の対決。白は神徒で、黒は仏徒。日本の歴史は白黒二色のせめぎ合いのようなものなのです。土着の国津神と外来の天津神、原住民と征服者に置き換えていただいてもかまわない。お疑いでしたら、『古事記』『日本書紀』に目を通してみてください。蝦夷《えみし》、熊襲、国栖《くず》、土蜘蛛《つちぐも》、八束脛《やつかはぎ》……白の勢力の名残り、征服された原住民たちがさまざまな呼び名で出てきます」

「何だか話が大きくなってきたな」

「そして、幻の邪馬台国について述べるとこれは明らかに白の勢力、神信仰の陣営に属していると考えられるのです」

少年は両のてのひらを上に向けた。

「『日本書紀』は『魏書』の記事を引き、女王卑弥呼に神功皇后を結びつけますが……この解釈はとても成り立ちません。だって、卑弥呼が死んだ時、塚を築いて、百人を超える奴隷をいっしょに埋めてしまったんですよ？　元禄の頃の松下見林《まつしたけんりん》という学者がすでに指摘した通り、神功皇后よりも昔、垂仁《すいにん》天皇の御世に殉葬の風習はとりやめになったはずですからね。この一点を見ても、神功皇后が卑弥呼のはずはない。もし『魏書』に古代の朝廷の存在が言及されていたとしても、それは邪馬台国にあらず、見込みがあるのはむしろ敵対する狗奴国《くぬこく》ではなかったでしょうか」

「………」

「『魏書』には卑弥呼が、鬼道に仕えて衆を惑わしたと書いてあるんです。この鬼道というのが謎の祭祀で、宿曜道のような東洋流の占星術だと解釈する人もいれば、後漢末期に流行した道教の一派の五斗米道《ごとべいどう》という神仙術ではないかと論じる人もいるようですね。けれども、そうした論議は難しく考え過ぎで、鬼道とはたんに古い形の神道、仏信仰が入ってくる前の神信仰を差していたのではないでしょうか。日本において鬼と神とはもともと同じもの。魏の国の学者たち、使者たちは蔑視もあって、神道ではなく、あえて鬼道と呼んだのですよ」

「興味深い解釈だが……しかし、神の信仰ということなら、この国の皇族だって同じではないのかね。君たちの陛下の権威のよりどころは、太陽神の子孫、神話の時代までさかのぼる家系だという点にあるのだろう？」

コートが疑問を指摘した。

「それが征服者の――おかみの手口ですよ。祟りを恐れて、自分たちの歴史と制度に取り込んでしまう。仰々しく祀り上げたなら神になり、忌避して遠ざけたなら鬼になる。神功皇后にかこつけて卑弥呼の事跡を奪ったことと根っこは何ら変わらない」

「だが、廃仏毀釈だったかな、明治の初め頃に仏教は弾圧されたと聞いているが……」

「それこそおかみの都合次第だという見本でしょう。文明開化、西洋の進んだ文明を取り入れるために古びた仏信仰はもはや役立たずでしかなかった。大昔は逆さまでした。百済《くだら》伝来の仏信仰をありがたがって、全国に寺を建て、仏信仰を下々に強いたのは他でもない古代のおかみがやったことなのですよ」

　古代の習俗と信仰を色濃く伝える山窩の共同体に親しく交流したこの少年は、近代日本の宗教政策と国家神道に、強い違和感、反発を覚えているようだった。

「眩暈がするような話だが……よろしい。大昔の日本に神の信仰と仏の信仰、原住民と征服者の争いがあったという見方はいちおう認めよう。それはいいとして、すると、邪馬台国がこの徳島にあったという話にはどう繋がるんだい？」

「だから、阿波です。領事閣下は神代の昔の、イザナギ、イザナミの国生みの故事を御存じでしょうか？」

「どんどん話が古くなるね。男女の創造神が、日本の島という島を生み出したのだっけ」

「ええ、そうです。この国生みの経緯が、実に奇妙なのですよ。イザナギとイザナミの間の最初の子は、ヒルコと名づけられました。ところが、イザナギとイザナミはヒルコを嫌い、葦船に押し込め、海に流してしまうんです。それから、次に生まれた子を淡島《あわしま》といいます。『古事記』には〈こも子の例に入らず〉とあって、こちらもやっぱり失敗扱い」

「淡島……アワの島？」

コートの喉から唸りが洩れた。

「結局、仕切り直しの後の最初の成功例が、淡道《あわじ》の穂の狭別《さわけ》の島――いまの淡路島だったというんです。そのまま解釈するなら、阿波の国へ向かう道筋、入り口というくらいの意味。まだ阿波の国は存在しないはずなのにおかしな命名です。それから、次に伊予の二名《ふたな》の島――四国が生まれます。これも『古事記』に〈この島は身一つにして面《おも》四つあり〉と書かれていて、伊予、讃岐、阿波、土佐、それぞれに神さまとしての名前がついている。阿波の国にはオオゲツヒメの名前があって、これは穀霊、農耕の女神のようです」

「すると阿波は、女神の国なのか」

「おそらく……この故事は阿波が、仏信仰以前の、神信仰の本場だった記憶の名残りではないでしょうか。卑弥呼はヒルコなのですよ。すでに淡島――アワの国が存在したのに、淡路島を作り、四国のうちの一国に新しく阿波と名づけて、古いアワの記憶を封じ込んでしまったのです。そうそう、同じ四国に伊予の国があり、土地の女神をエヒメと呼んでいますが、これは卑弥呼の後継者の、壱与《いよ》に由来するものでしょう。国生みの故事を別にすると『古事記』『日本書紀』に四国はまるで出てこない。それもこれも、神信仰の女王国、邪馬台国が阿波にあった事実を隠蔽するためだったのでは」

　ほとんどひと息に少年は持論を語った。

「四国の山々をこの足で歩くことができたのは幸運でした。古い山の道々、山上の集落をじかに確かめることができましたからね」

「………」

「僕の見込みでは、女王の都があったのはおそらく名西《みょうざい》郡の神山町神領の辺り、女王の陵墓は矢野神山ではなかったかと。天石門《あまのいわと》別《わけ》八倉《やくら》比売《ひめ》神社の奥の院に古代の祭祀跡らしい石壇があるのを見てきました。五角形の、星の形をかたどった祭壇でした。それから、『伊予国風土記』にいっとき聖徳太子が四国に行啓したという記事があるんです。『日本書紀』は不思議に伏せているようですがね。『古語拾遺《こごしゅうい》』に忌部《いんべ》氏*4の祖が阿波の国に入ったとあるのも、邪馬台国が阿波にあって、かつて神信仰の本場だったことに関わりあるように思えます。けれども……これらの事実はおかみの思惑ですっかり覆い隠されてしまいました。後々の世に伝わったのは事実の断片ばかり。八十八ヶ所の霊場巡礼を弘法大師が定めたことなんかも、あるいは神信仰の本場の四国を、仏信仰の結界によって封印しようという意図ではなかったでしょうか。それこそ、死者の国——死国として」

「よくもあれこれと見つけてきたものだ」

コートは溜め息を吐き出した。正直なところ、少年の話は半分も理解が追いつかなかったが、それでも奇妙に感心させられたというのが偽らない実感だった。

「他にも気がかりがあるんですよ。阿波徳島藩から、東洲斎写楽という絵描きが出たことは御存じですか？」

話題が、突然、古代からほんの百四十年ばかり昔の寛政年間に飛んだ。

「海外でもたいへんな評判だという話ですが、僕にはこの写楽の画風が、邪馬台国——阿波の国のお国柄に由来するように思えてならないんです」

「おかしなことを考えつくな。いったい、君の話はどこへ向かうんだい」

「東洲斎写楽という浮世絵師は、本来は能役者だったのですよ」

「そういう話だったな」

坂本の話を思い返してコートは頷いた。

「『風姿花伝』を書いた世阿弥《ぜあみ》は、能楽、または申楽ともいいますが、この起源について三つの説話を紹介しています」

「…………」

「一つ、神代の始まり。天の岩戸に伊勢の大神がお隠れになり、地上が闇に覆われた時、天の香具山に八百万の神々が集まって、神楽を奏したという故事ですね。二つ、天竺国は仏在所の始まり。これは祇園精舎で釈迦牟尼《しゃかむに》が説法する際、一万人の異教徒が集まってきて騒いだので、弟子たちに芸を演じさせて静かにさせたという故事。〈阿難《あなん》の才覚、舎利弗の知恵、富楼那《フルナ》の弁舌にて、六十六番の物まねをし給へば、外道、笛・鼓の音を聞きて、後戸に集まり、これを見て静まりぬ〉とあります。それから、三つ――日本国の申楽の始まり。聖徳太子がここに出てきます。秦河勝《はたのかわかつ》に太子が命じて、神代、仏在所の吉例に倣い、六十六番の面と演目を作らせたとあるんです。この秦河勝という人は、秦の始皇帝の生まれ変わりだとか、赤ん坊の頃に壺に入って、洪水で流されてきたとか、不思議な話がいろいろと伝わっています。最後は〈化人《けにん》跡を留《と》めぬ〉といって、うつぼ舟に乗り込んで海に出て、播磨の国に漂着すると神さまになったのだとか。大いに荒れると書いて、大荒《おおさけ》大明神と呼んでいます。本当に秦の国の王族だったかは疑問ですが、大陸から渡ってきた移民の出自なのは確かでしょう。だいいち、聖徳太子の側近ということでしたら、これはまぎれもない仏信仰の一派です」

「途方もない話だな」

思いも寄らない能楽の起源を聞かされてコートは目を丸くした。

「世阿弥はこうも書いています。聖徳太子が神楽を申楽に改めたのは、神の一字から偏を除いて旁《つくり》を残したのだと。意味ありげだとは思いませんか？　時代が下って古典芸能の一つに成り下がりましたが、もともと能楽は、神信仰と仏信仰のうちの、仏信仰に属するものでした。げんに能楽の演目といったら、死霊、地霊、総じて古い神霊が出てくるものが大半ですからね。世阿弥は神の演技について〈およそ、この物まねは、鬼がかりなり〉と説き、鬼の演技については〈これ、殊《こと》さら、大和《やまと》の物なり〉と書いています。神の演技は鬼がかり、鬼の演技は大和のもの——能楽というのは、本来、古い神信仰を、神と鬼を封じ込めるために行われた儀式なのですよ」

「能の始まりはよく分かったが、ところで、いまの話がどうやったら写楽の絵に繫がるんだい？」

「写楽がもっぱら描いた歌舞伎の舞台は、能楽とは違い、こちらは本来、神信仰に属する芸能だったのです」

「おや、そうなのか」

「いったい歌舞伎という芸能は、出雲巫女の出自の、阿国《おくに》という女性が始めた歌舞伎踊りがもとになっているのですから、これは疑いなく神信仰の一派といえるでしょう。風紀を乱すといって幕府が禁止したので、形を変えて、若衆歌舞伎になり、野郎歌舞伎という形式に落ち着いたわけです。歌舞伎の演目は荒事《あらごと》と和事《わごと》に大きく分けられますが、これには神信仰の、荒魂《あらみたま》*6と和魂《にぎみたま》*7という考え方がそれぞれ反映されているようです……」

「歌舞伎が神の信仰に連なる演劇で……しかし、写楽は……」

「歌舞伎役者を描いたといっても、それは余技に絵筆を振るったまでの話。東洲斎写楽は……本名斎藤十郎兵衛は、あくまで能役者なのです。それもただの能役者ではない。他でもない阿波の国、かつて邪馬台国があった神信仰の本場で、仏信仰の能楽を相伝した人でした。神道、鬼道についてもひと通りの知識はあったはず。同じ能役者でも他国の同業者とは違い、神や鬼との対決という、古い、原初の能楽の形態を色濃く継承していたと見てよろしいのでは」

「すると……どうなるんだい？」

「ただの絵描きが歌舞伎の舞台をいくら巧みに写したところで、それは見たままを、小手先の器用さで描いたというだけの話。歌舞伎を知らない外国の人たちの心を打つにはいたらないでしょう。ところが、写楽一人は違いました。能役者の目で――聖徳太子以来、秦河勝以来の仏信仰という目で、神信仰の舞台を見ていた。だから、従来の役者絵にはない真に迫った姿形を、歌舞伎役者の本質を鋭く捉えた肖像画を描くことができたのです」

短く息を継ぎ、少年はぐるりと首をめぐらした。

「西洋の芸術の歴史について僕はよく知らないのですが……絵画にしろ彫刻にしろ、キリスト教の教会と結びついたことで価値を認められ、大きな発展を遂げたという話を聞いたことがあります。有名な画家の多くが宗教画を手がけ、それによって地位を得たのでしたね。写楽の絵が日本よりもヨーロッパで評判になったのは、宗門の違いはあるにせよ、伝統的に絵画の持つ宗教性にずっと敏感だったためではないでしょうか？」

「セツ兄、凄い！　すっかり説明がついちゃった！」

少女が歓声を上げる。照れた仕草で少年は眉根を撫で、両の頬を緩めた。

「領事閣下。僕の発見はいかがでしたか？」

上目遣いで少年はコートをうかがった。

「さて……」

コートは両腕を組み、いままでの少年の話を振り返った。

邪馬台国。国生みの神話。能楽の発祥。歌舞伎の原点。そして、写楽が描いた肖像画。

それぞれの話題をばらばらに眺めるのではなく、ひと続きの、それこそ千年を超える歴史という巨大な骨格の中に収めてみせる。面白い試みだった。ユーラシア大陸の反対側の画壇で高い評価を得た写楽の傑作群を、画家一人の資質で片づけないで、それらを支える精神的土壌によくもここまで想像をめぐらしてみせたと感心に思う。なるほど、そうだったかと納得したくもなる。しかし、再考すると、出来事の一断片を取り出し、曲解し、まことしやかに繋いだなら、どのような「真実」を描くことも可能だろう。コートはその点に気づいて一抹の危うさを覚えた。

「あの……お気に召されませんでしたか？」

沈黙を続けるコートに少年の表情が翳った。

「そんなことはない。この国の人間でないわたしにはいささか難しかったというだけさ」

左右の肩を軽く持ち上げるとコートははぐらかした。

「君の話を聞くことができて光栄だったよ。たいへん興味深かった。いずれそのうち、世間に発表するだけの値打ちはあるんじゃないかな」

そういって、コートは拍手を送った。つられて少女も両手を叩く。ところが、この時、彼らにまして高らかに鳴った拍手の音が、隣のテーブルから投げ込まれてきた。

「素晴らしい。いや、素晴らしい御高説を聞かせてもらった！」

そちらを見ると、笑い声と拍手の主は、丸刈り頭、丸い眼鏡の男だった。さっきから少年の話に聞き耳を立てていたらしい。

「少年よ、君はなかなか見どころがあるぞ。いやはや、まったく、帝国大学に巣食う愚か者どもに爪の垢を煎じて呑ませたいくらいだ！」

丸い眼鏡の男は立ち上がると、自分の椅子を引きずり、コートたちのテーブルまでやってきた。唖然となっているコートや少年たちに断りもしないで、そのまま椅子に腰かけ、尊大な仕草で踏ん反り返る。

「しかし、少年よ、まことに残念だ」

彼はくつくつと喉を鳴らした。

「目のつけどころは悪くなかったが、結局、帝国大学の連中と同じ間違いに陥ってしまったな。もっとも、それは勇み足、若気のいたりだと、好意的に受け取っておこう」

「……おじさん、誰なの？」

怪しむように山窩の少女が訊く。だが、相手が何かをいう前に、

「僕の発見の、どこが間違いなのですか？」

さすがにむっとした顔で少年が質した。

「それはもちろん、何もかもが間違いばかりさ。しかし、どれか一つ、根っこのところの一番大きな間違いを挙げろというなら……」

どこか得意げに胸を張ると、丸い眼鏡の男はぴしゃりといってのけたのだった。

「邪馬台国は、四国になどないのだよ!」

四

コートは両目を見開き、思いがけない闖入者《ちんにゅうしゃ》を見返した。

皮膚に張りがあって、油を塗ったように色が黒くて、むやみに精力的な風貌の所有者だった。外見からは年齢の判別が難しい。しかし、丸眼鏡の奥の目尻には細かい皺が畳まれており、案外に年配のようにも見えた。

「何故ですか? どうしてそんなことが断言できるのです?」

初々しい頬を赤くして少年が噛みつく。

「どうしても何も、方角がまるきり違うではないか」

丸い眼鏡の男はいっそう笑みを深くした。

「奴国から東へ陸行百里、不弥国……ここまではまずよしとしよう。しかし、その先の投馬国は南に向かって水行二十日の旅程だし、邪馬台国はさらに南、水行十日と陸行一月の旅路の彼方なのだぞ。いくら大昔の船でも、瀬戸内海を南北に行き来するのに十日はかからんよ。少年よ、君の考えた通り、邪馬台国がこの徳島にあったなら、そうすると不弥国や投馬国や、その他、途中の道程の国々はいったいどこに消えてしまったのだね？」

「それは地図の東と南を取り違えて……」

「瀬戸内海を東へ進んできたといいたいのかね」

丸い眼鏡の男はやれやれと頭を横に振った。芝居がかった身振りだった。

「南は東の誤りだと決めつけ、あるいは〈陸行一月〉は陸行一日の書き違いであると勝手に修正する――それでは帝国大学の連中の手口と何ら違わんよ。自分たちが固執する目的地に魏の国の使節を連れていくため、史書の記述を改竄《かいざん》し、方角や道程を書き換え、不自然な解釈をこじつけておるだけだ。牽強付会の論だ。こんなことが許されるなら、邪馬台国はどこにあってもかまわないことになる。真っ当な考証とはとてもいえない」

「……ですが、『魏書』の記述に間違いがないなら、沖縄か台湾か、いずれにしても使節一行は海の上へ出ていってしまいますよ」

少年が食い下がる。すると、丸い眼鏡の男は我が意を得たりと大きく頷いて、

「まさにその通りだ。ここに重大な錯覚がある。出発点からして間違っておるのだよ」

いっそう声を張り上げ、両腕を広げた。

「ほう、錯覚とは？」

興味を惹かれてコートが訊ねる。

「九州の福岡へ行かれたことは？」

丸い眼鏡の男が逆に訊いた。コートが頷くのを見ると、

「あの福岡は、昔から福岡といったわけではない。徳川時代の国替えで移ってきた黒田氏が、一族の故地、備前の国の福岡を偲んで、新しく築いた城と町を福岡と名づけたのが地名の始まりだ。少なくとも、史書の上ではそうなっておる」

「……………」

「これは福岡だけの話ではない。似たようなことは他の大名たちもやっておる。海の向こうでも事情は同じで、大西洋を越えて新大陸に渡った入植者たちは、故国の地名をしばしば採用したのではなかったか。地名は移り変わるものなのだ。支配者、あるいは民族の移動に伴い、地名もまた一ヶ所に留まらないで移動する。『魏書』に対馬国とあり、一大国とあるからといって、これがそのまま現在の対馬、現在の壱岐と同じ場所を指しておるとは限らないだろう。この当たり前の理屈が、愚か者どもにはどうやら難しいのだよ。連中ときたら、『魏書』の地名を近頃の日本の地図に探し求め、それらしいものがあるといって、千年以上を隔てた地理地名に合わせて史書の記述を改変してしまう。おや、何やら疑わしいといった顔だが、これにはれっきとした証拠があるのだぞ。『魏書』には海を渡った使節は末盧国《まつろこく》に上陸し、東南に陸行五百里、

伊都国《いとこく》にいたるとある。この末盧国、伊都国は、いまの九州の松浦半島と糸島半島だと簡単に片づけられておるが、そんなはずがあるものか、松浦半島から糸島半島はどう見ても東北の方角ではないか。こんなものを考証だとうそぶくのだから、いやはや、我が国の史学界の頑迷さはここに極まれり……」

「なるほど……では、『魏書』の国々はいったいどこに?」

明快な論理に引き込まれてコートが訊いた。少年たちもいまは神妙な顔つきで耳を傾けている。

「よろしい。魏の国の使節に倣って、そもそもの出発点から始めるとしようか。『魏書』に〈倭人は帯方の東南の大海の中に在り〉とあるが、この帯方郡《たいほう》がいまの朝鮮半島にあり、倭人国がいまの日本列島にあったものと早合点してはならない」

丸い眼鏡の男は深呼吸を一つした。

「わたしの合理的かつ精密無比で一分の隙もない考察は長くなるからやめにして、いまは結論だけを簡潔に述べよう。帯方とは、すなわちケルト――いまのドイツやフランスの方面だったのだ!」

「……え?」

法外な答えを聞いて、コートと少年たちはきょとんと目を瞬いた。

「魏、呉、蜀の三国は、東アジアなどではなく、古代ヨーロッパの覇権をかけて戦っ

たのだよ。そして、このうちの魏の国と古代倭人国の間に通行があった。古代ケルト

の帯方郡――いまのヴェネツィア付近を出発した後、韓国すなわちガリア地方を経て、

使節一行は海を渡って倭人国を目指したのだ」

　丸い眼鏡の男に、聞き手の反応を気にかける素振りは見られない。諄々と説いた。

「ここからは何ら困難はない、『魏書』の記述に従い、素直に道中を進んでいったら

いいだけさ。地中海一円の地図を思い描きたまえ。対馬国すなわちコルフ島から瀚海《かんかい》

すなわちギリシャ西岸のアンブラギア湾を南下し、一大国《いきこく》すなわちリューキ島を経て、

末盧国すなわちペロポネソス半島に上陸する。ここから東南に進んだ伊都国とはすな

わち、イツ神の信仰が盛んなマンティネイア地方。以降、奴国すなわちアルゴス、不

弥国すなわちハーミオネ、南へ水行二十日の投馬国すなわちクレタ島だ。さらにクレ

タ島から南へ水行十日、陸行一月と進んでいくのだから、女王の都は、おお、ちょう

どナイル川河畔の地にアレキサンドリアがあるではないか！　どうだね？　南を東に、

一月を一日に書き替えるといったたぐいの、小賢しい細工は何ら必要ない。『魏書』

の方角や道程を歪曲しないでも、ちゃんと女王の都に到達がかなったろう」

「すると……邪馬台国は……」

「さよう、古代エジプトにあったのだ」

　揺るぎない確信を持って彼は結論づけた。

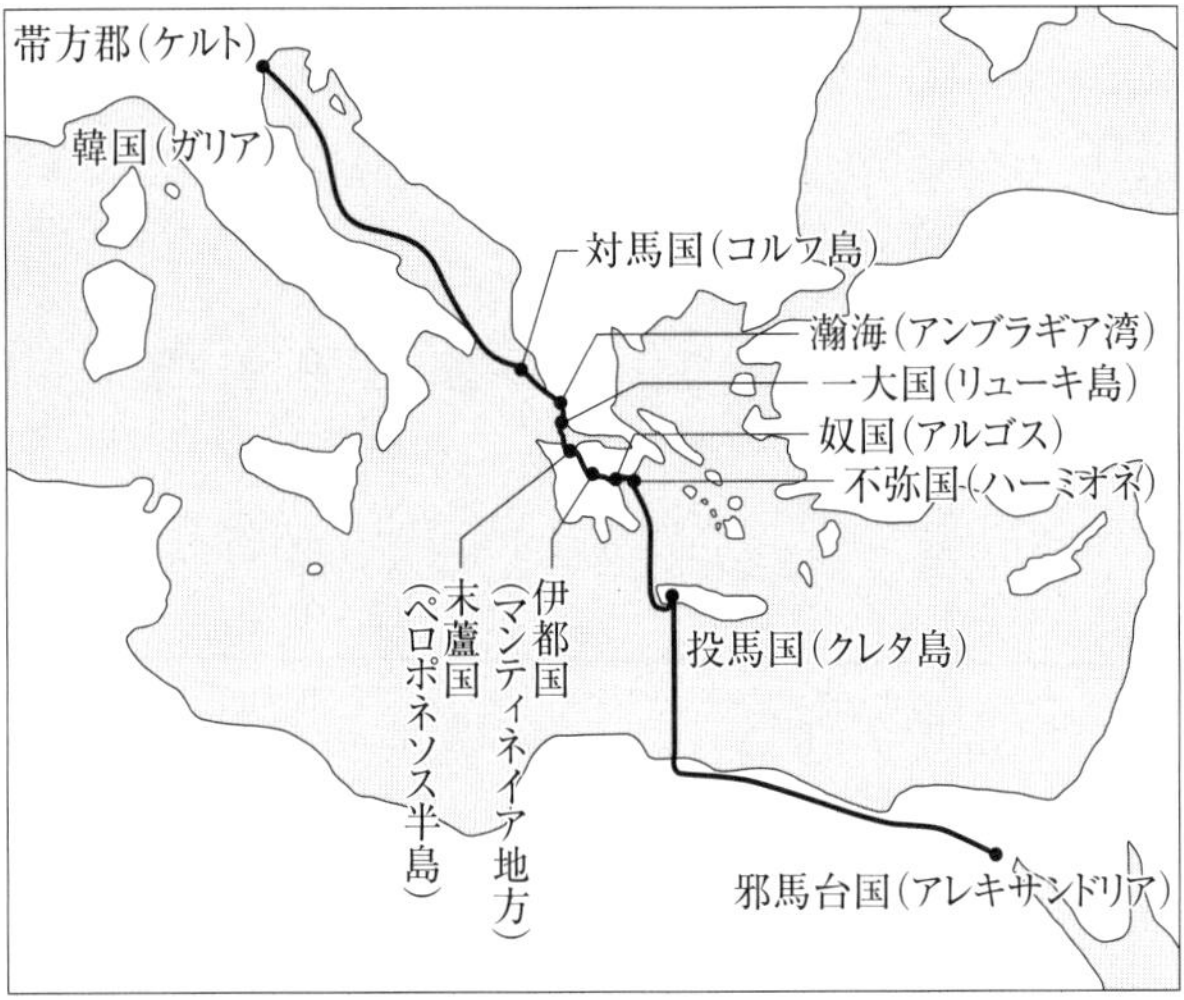

邪馬台国古代エジプト説

「いくつか付言しておこう。古代エジプトの女王卑弥呼は、本朝の史書では神功皇后の尊称で伝わっており、朝鮮半島遠征の故事には地中海を北上してエトルリア人[*8]の都市国家を征服した史実が反映されておる。なお、陵墓の所在地はギリシャ北西岸のエピルスのカシオペアだ。土地の者しか知らないような、どこぞの奥山の石壇何ぞでは断じてないぞ。それから後継者の壱与は、古代エジプトの女王イオ、これがやがて神格化されてイシス女神となったわけだな。その他、『魏書』に見られる邪馬台国の信仰や風俗のいちいちが、古代エジプトのそれにぴたりと合致する……いかがかな？」

そんな馬鹿な、という言葉をコートはかろうじて喉の奥に飲み込んだ。

何故だろうか。この時のコートの胸中には、西洋史の知識においても、言語学の上の知識においても、目の前の奇妙な日本人に自分はとうていかなわないのではないかという強烈な予感があった。それは確信といってよかった。

ちらりと目の端でうかがうと、少年たちはすっかり黙り込んでいる。山窩の少女は理解が追いつかないようで宙に目を泳がせるばかりだが、片や少年は両目を見開き、顔面いっぱいの筋肉を強張らせていた。両の頬がだんだん紅潮してきたようだった。

「それでは邪馬台国は……いいえ、古代の日本はエジプトにあったのだと……」

「エジプトばかりではないぞ。もともと日本民族は地中海に住んでおったのだよ」

「え？」

「日本民族の祖先は、長い、長い年月をかけてユーラシア大陸を東に移動し、アラビア、ペルシャ、インド、チベット、支那を経て、極東の列島に遂に到達したのだ。ギリシャもローマもバビロニアも、等しく古代の日本に他ならない。そう、日本民族はヤペテ人[*9]であり、アーリア人[*10]であり、フェニキア人[*11]であり、キンメリ人[*12]であり、イオニア人[*13]であり、エジプト人なのだ。これには一点の疑問もない」

丸い眼鏡の男は拳を振りまわして力説した。

「日本の歴史を、東アジアの一島国の、狭小な地域の出来事だと勘違いするな。これは民族の移動に伴い、ヨーロッパから東アジアにまたがるユーラシア大陸の歴史が、いずれかの時、おそらくは意外に新しい年代に現在の日本列島に移写せられたものなのだからな。いまの国史学は誤謬《ごびゅう》ばかり、嘘ばかり。知識を世界に求めざる、幼稚な研究態度だ。世界史的見地から日本を研究せずして何とする。全世界の思想、哲学、宗教の源泉は日本民族である。旧来の年表なんぞはさっさと捨てて、日本民族の大移動の跡を追い、箱庭歴史、箱庭地理を、全世界の規模に放大還元しないでは真に日本民族に相応しい歴史を獲得することはかなわない……」

いよいよ意気高く、口角泡を飛ばして訴える。同じテーブルを囲んだ三人は唖然となって声もなかった。

「そうそう……ついさっき、面白いことをいっておったな。能楽の発祥がどうこうと」

丸い眼鏡の男がふと話題を変えた。

「『風姿花伝』に世阿弥はいろいろの説を挙げておるが、能楽というやつは、直接には古代ギリシャの仮面演劇から出たものだろう」

「能が、ギリシャ起源……？」

「あるいは古代ローマかもしれんな。世阿弥は能楽の始祖として秦河勝の名前を挙げた。秦一族の出自はローマにあるのだ。その証拠に——漢代の史書にローマ帝国は〈大秦国〉の漢字表記を当てられておるだろう？　これはもちろん始皇帝のかつての秦朝が、他でもない古代ローマに存在したことに由来するものだ。京都の太秦《うずまさ》はやはり大秦、ローマの謂である。ついでに述べれば佐伯《さえき》何某なる学者は秦一族を論じて、景教徒すなわち異端ネストリウス派のキリスト教徒ではなかったかと説いておる。まさにその通り。秦一族はまさしく異端ネストリウス派の教徒である。なお、彼らの東方伝道の本体こそは在原業平《ありわらのなりひら》中将アジア横断東下りの大運動に他ならず、我が国ではそのあらましはいささか変容して『伊勢物語』という物語の形で伝えられておる」

丸い眼鏡の男は四角い顎を撫でて、ショッキングな見解をさらりと口にする。

「もう一つ、傍証を挙げておこうか。大江匡房《おおえまさふさ》という学者が書いたものに『傀儡子《くぐつ》記《き》』があるが、これに傀儡子族、古代中世の下層芸能民の風俗は北狄《ほくてき》*14に似ると書いてある」

「ああ……」

少年の喉が驚嘆に震えた。

傀儡子族といったら、その発祥は定かでないが、もっぱら散楽[15]と雑戯[16]を生業にして、定住をせず、丸天井の天幕を張り、水草を追って移り歩いたとされる遊芸の徒だ。男たちは弓馬に巧みで、狩猟を行う一方、剣を投げ、木偶《でく》を操り、さまざまの幻術によって人々を驚かせた。女たちは唄を歌い、媚びを売り、行きずりの旅人を誘っては一夜の歌垣《かがい》を厭わない。総じて耕作、養蚕を行わず、従って役人の支配を受けることがなかった。音楽と舞踊を好んで、夜は夜で百神を祀って騒ぎ、自由気ままな生活を楽しんだと伝えられる。

この傀儡子族の風俗を、平安王朝期の学者大江匡房は〈頗ル北狄ノ俗ニ類ス〉――北方異民族の亜類と見做したのである。

「ひと口に北狄といっても、突厥《とっけつ》、契丹《きったん》、鮮卑《せんぴ》、匈奴《きょうど》とさまざまあるが、このうちの匈奴族は、古代ギリシャ人がキンメリオイすなわちキンメリ人と呼んだ民族と同一であること疑いない。一考するに傀儡子族は匈奴キンメリ人の末裔であり、ユーラシア大陸を西から東へ、仮面演劇をはじめとする古代ギリシャの芸能を伝えたのは彼らではなかったか」

紀元前七、八世紀頃、南ロシア草原において勢威を振るったキンメリ人は、イラン系の遊牧騎馬民族で、乗馬と騎射の技術に優れ、たびたび古代オリエントに進攻した。

またキンメリ人が往来する辺境地域はキンメリアと呼ばれて、古代ギリシャ人は暗黒と霧に覆われた神秘の国だと伝承したのである。

「ところで、現在の日本列島においてキンメリアの遺風が最も濃厚に残存する地域はこの四国、とりわけ宇和島地方を措いてない。宇和島人は現代のキンメリ人である。四国各地の祭礼や伝承、古謡、方言を仔細に検討してわたしはこのことを確信した」

丸い眼鏡の男は嬉しげに両手を揉み合わせると、さらに突拍子もない事柄を口にした。

「やはり四国の阿波徳島の画家——能役者を本分にする東洲斎写楽が何でヨーロッパの画壇から熱烈に歓迎されたか、最大の理由はここにあるのだよ」

「え？」

「まったく明白ではないか。古代ギリシャの仮面演劇が北狄匈奴族すなわちキンメリ人によって伝えられ、ここから本朝の能楽が出た。本質において両者は同一であると見做してよい。一方で、中世ヨーロッパのルネサンス運動は古代ギリシャや古代ローマの文明に理想を求めた。つまり、古代ギリシャ由来の能楽とも根底で通じておる」

「古代ギリシャの演劇と能楽が同一——」

「さよう。だからこそ、四国キンメリアの仮面演劇者写楽が、古代ギリシャの流儀で描いた肖像画は本朝の他の画家たちの作にまして西洋人種の感性に馴染みやすく、かの地で崇拝を得ることがかなったのだ。なお……写楽が描いた絵画は版画のたぐいを別にして早くから海外への流出が進み、かの地においてはレンブラント、あるいはベラスケスとも呼びならわされて、たいそう珍重されておることを付言しておこう」

力強く断じてみせると丸い眼鏡の男は、長い、奇妙奇天烈な話を締めくくった。

コートは目がくらむ思いがした。実際に両目を閉じて指先で額を押さえたくらいだ。

古代ギリシャが日本の起源であり、古代ギリシャの仮面演劇が能楽の起源であり――そうした古代の関係性が地下水脈さながらに二十世紀ヨーロッパの画壇における東洲斎写楽の高い評価にまで流れ込んでいるとは。

いったい何が明白なのか、と彼はいいたかった。それは実に途方もない、コートの発想と理解を超えた物語だった。

がたん、と大きな音がした。

少年が身体を起こした勢いで、後ろへ椅子が倒れたのだ。

「そ、そ、そうでしたか。あ、あ、あなたは、も、も、もしや……」

棒立ちのまま、喘ぐように喉を震わせて呼びかける。興奮の色を少年は瞳にたたえて、

「あなたはもしやキムタカ先生ではございませんか？」

「おお、わたしを知っていたか。これは感心」

丸い眼鏡の男は腹を揺すって笑い返した。

「いかにも、わたしは木村鷹太郎《きむらたかたろう》だ」


木村鷹太郎、略してキムタカ。愛媛県宇和島出身。昭和五年一月のこの時、五十九歳。

明治学院を経て帝国大学で哲学を修め、思想家、哲学者としては井上哲次郎《いのうえてつじろう》や高山《たかやま》樗牛《ちょぎゅう》らと共に日本主義を主導。翻訳者としては日本に初めてバイロン文学を紹介し、英語版からの重訳ではあるものの、プラトン全集個人完訳を達成したことで名声を得た。文学者の間では顔が広く、与謝野鉄幹《よさのてっかん》、晶子《あきこ》夫妻の媒酌人を務めたのはこの人である。一方で論争を大いに好み、自らの主張に異なる論には容赦なく攻撃を加えて、相手が引き下がるまでやめなかったから、論壇においては狂犬のように恐れられたという。奇矯な言動は多かったにせよ、明治大正期の日本における一等の大知識人、知の巨人とでもいってよい人物だ。

木村は語学の才に恵まれ、哲学者や詩人の著作の翻訳を多数手がけたが、そのうちに奇妙な事実に気づいた。

日本神話とギリシャ神話の間には符合が多い。さらに研究を進めると、聖書や仏典の説話、北欧神話、古代オリエントや古代エジプトの伝承等々、ユーラシア大陸各地に残る神話、歴史、地理、風俗、言語に、これまた日本のものとの類似が多々見られる。ここに木村は日本民族こそが古代文明の共通の創造者であったとの確信を持ち、以降、自らが「新史学」と名づけた真実の歴史の解明に没入していくのだった。

明治四十三年、『読売新聞』紙上に木村は次々に論考を発表。ギリシャ語、ラテン語と日本語が同一起源であることを説き、日本の太古史が世界の太古史と一致することを説き、人類史における日本民族の貢献と偉大さを説いた。

奇しくも同じ年、京都帝大内藤湖南と東京帝大白鳥庫吉の間で大和説対九州説の邪馬台国論争が勃発すると、敢然、木村は両者をいずれも虚妄の説だと斥け、邪馬台国古代エジプト説をかかげた。先に作者は〈在野の歴史家たちは、両派の主張を共に批判し、第三の立場から邪馬台国の新しい候補地を提唱する〉と書いたが、実に古代エジプト説のキムタカこそが先駆者であり、第一号であり、嚆矢であり、ありていにいえば邪馬台国論争の基本パターンの確立者に他ならないのである。

それから後も、木村は学識と精魂の全てを「新史学」に傾け、矢継ぎ早に自らの研究成果を発表する。著作の一部を以下に挙げると、『神武《じんむ》帝の来日歌は緬甸《ビルマ》歌』『在五中将業平秘史』『仁徳《にんとく》帝の埃及《エジプト》難波』『南洋の覇者鎮西八郎為朝』『トマスモア「ユウトピア国」は我が日本津軽』『世界の驚異宇和島の古代毬歌及び童謡俚謡』エトセトラエトセトラ。

　木村鷹太郎一代の大事業「新史学」は、正統史学の立場からは世迷い言の扱いで黙殺されたが、しかし、意外に多くの支持者を集めて、木村が主宰する日本民族協会は一時期満州に支部を持つほどの勢いがあった。支持者の大半は決して狂信的な民族主義者やオカルティストのたぐいではなく、世間一般の、普通の人々だったという。

　人間は時として、学術研究として正確な歴史ではなく、心地よく信じていられる「正しい」歴史を歓迎してしまう。「新史学」の興隆もまたそんな一事例といえようか。

五

　東京からやってきた有名な歴史家——木村鷹太郎の講演が盛況のうちに終わってから数日が経ち、いよいよ一月も終わりという某日。

　八切少年とツルがとうとう名古屋へ帰るというので、コートは時間を割いて、見送りのため中洲港までついていった。

　船便の到着を待つ間、船着場近くの食堂でコートと少年たちは小休止した。

「異人のおじさんとも、これでお別れなんだ」

　山窩の少女が瞳を潤ませて、コートを見つめた。隣の席の少年は眠たげな目をコートの顔に向けたまま、言葉一つない。

「ほら、セツ兄からもちゃんと最後の御挨拶」

いつもの調子で少女が背中を叩いた途端、夢から覚めたように少年ははっとした表情になる。

「え、ええと、名古屋に帰ってきたの？」

「まだ徳島だよ。船を待っているところ」

「ああ……そうだった。四国で見聞きした事柄が多くて、考えごとに耽ってしまって……」

まわりからの呆れた視線に気づいて少年は首を縮め、そのまま項垂れてしまう。

「何とかという小説家に会うのはやめにしたのかい？」

苦笑混じりにコートが訊ねた。

「今回はやめておきましょう。東京を目指したら、また手違いで、どこか遠いところへ行ってしまう気がします」

「それは懸命な選択だね」

「いろいろとよくしていただいて。本当に感謝しています」

ぺこりと少年は頭を下げる。コートは顔の前で片手を振って、

「かまわないさ。君たちといっしょに過ごした時間は楽しかったよ」

「四国は初めてでしたが、とても満足しています。剣山も金峰山も歩いたし、鳴門の大渦潮もこの目で見た。楽しい毎日でした。キムタカ先生の講演を聞くこともできました し」

「ああ、あれか」

コートはわずかばかり眉根を寄せた。

少年たちの付き添いでコートも講演会場に赴いた。当日の木村鷹太郎の講演は、彼らとの一席にまして壮大、奔放、冗長で、もっぱら四国の歴史と習俗を語り、太古の世界文明に照らし合わせて、ギリシャにローマにエジプトに、いかに多くの文明の痕跡を留めているかについて熱弁を振るった。何しろ地元に関わる話題だから、古代ギリシャの仮面演劇に能楽の起源があり、これの表現様式が東洲斎写楽描くところの役者似顔絵に濃厚に反映されているという怪しい解釈もやっぱり持ち出された。正直な話、西洋人のコートには誇大妄想のたぐいとしか思えなかったが、高等小学校の講堂に詰めかけた聴衆は意外に大真面目に聞き入って、講演が終わるや、万雷の拍手が起こったのだった。

「セツ兄。邪馬台国は残念だったね」

団子をかじりながら少女が話しかける。

「仕方がないさ。ここが邪馬台国だと決め込んで、結論を急いでしまったからね。自分たちの歴史を語るというのはなかなか難しい。まだまだ調べ足らないことが分かったよ。それだけでも充分意味はあったと思う」

少年は前向きにいった。

「期待するよ。この国の歴史研究で、いつか君の発見が認められる日があることを」

コートは励ましの言葉を送った。

「失礼」

不意に横合いから声がかかった。そちらを見ると、彼らのテーブルのすぐ横に一人の男が立っていた。

「人違いでしたら、申し訳ない。もしかすると木村鷹太郎氏の講演にいらした方では？」

「ええ。すると、あなたも？」

「すぐ後ろの列にいた者です」

人懐っこい笑顔で男は応じた。

「どこかで見かけた覚えがしたのです。いや、どこかといったら嘘になるな。あの会場であなた方はとても目立つ三人連れでしたから。しかし、奇遇もあるものです。こんなところでごいっしょするなんて」

コートたちに断って、その男は空いている椅子に腰を下ろした。

背広にタイの姿恰好、旅行カバンを提げていて、どうやら旅行者のようである。

目鼻立ちはきりりと整い、体形はよく引き締まって、一見、若々しい風貌だった。何より目に力がある。しかし、再見すると頭髪には灰白《かいはく》のものがちらほら交じって、案外に年配らしいことがうかがえた。

「どちらからおいでで？」

「東京です。この徳島には剣山の調査のために」

コートの問いに、気安い調子で男は答えた。

「剣山なら僕たちも山歩きしましたよ」少年が首を突き出した。「いったい、何を調べていらしたんです？」

「ソロモン王の財宝さ」

洒脱に片目をつむって男はいった。

「ソロモン王……？」

思いがけない名前が出てきて、コートと少年たちは面食らった。

ダビデ王の子、ソロモン。古代イスラエル王国三代の王であり、王国に富と栄華をもたらし、エルサレムに壮麗な神殿を建設した。

ソロモン王の歿後、たちまち王国は衰退に向かい、北朝イスラエルと南朝ユダに分裂して、北朝は紀元前七二二年に、南朝は紀元前五八六年に、それぞれ滅亡の運命を迎えたことは『旧約聖書』に詳述される通りだ。

「四国の剣山にソロモン王の財宝が秘蔵されているという噂があるのです。東京ではちょっとした評判でして。何でも陸海軍の将校方も関心を寄せているらしい」

「しかし……どうして四国にソロモン王の財宝が？」

コートは首を捻った。まったく意味が分からない。

「興味深い記述が『古事記』にありましてね。四国について〈この島は身一つにして面四つあり〉とある。四国の四つの面とは何なのか、結論を要約すると、これはどうやら『ヨハネ黙示録』に描かれた神の栄光を讃える四匹の生き物、獅子、雄牛、人間、鷲に、それぞれ対応するのではないかと。聖書研究家の間からそんな解釈が出てきたのです」

「それで四匹の生き物に囲まれた四国の真ん中に、古代イスラエルの宝があるのだと？」

コートはさらに頭を傾ける。ますます意味が分からなかった。

「キムタカ先生の講演はいかがでしたか？」

少年が訊いた。すると、男の唇に苦笑いが浮いて、

「発想は興味深かったが……実証という点ではいかがなものかな。もともと木村氏は、ギリシャ古典の翻訳を手がけた人でしたからね。思い入れがあるから、どうしてもギリシャやローマの文明に引きずられてしまう。それはアレクサンダー大王の東方遠征のような史実はあるにせよ、日本民族全体が地中海から移動してきたという話はいた

だけない。空想が過ぎるよ」

「空想、ですか」

「日本へやってきたのはユダヤ人でしょう」

まるで自明の物事のように彼は指摘した。

それがあまりに自然な物言いだったから、コートといい、少年たちといい、ああ、そうでしたかと危うく納得してしまうところだった。

「するとあなたは、日本人とユダヤ人は同一民族なのだと……？」

探るようにコートが訊いた。この頃の日本の知識人層――政治家、官僚、軍人、学者たちの間に、日本ユダヤ同祖論が案外に広まっていることは彼も多少聞き知っていた。

前述のように紀元前七二二年、北朝イスラエルがアッシリアの進攻によって滅んだことで、北朝の十部族は国土を追われ、離散し、それきり正史からは消息を絶ってしまうのだが、この失われた十部族[*17]の一部がユーラシア大陸を横断して古代日本へ上陸した、すなわち古代ユダヤ人の末裔が日本民族だというのである。

「かのソロモン王は、古代の航海民族フェニキア人の船団のオーナーで、アフリカ、インド、東アジアとも交易したといわれています。航海を続け、さらに東の日本を目指したということは充分考えられるでしょう？　それから……佐伯好郎《よしろう》博士は、応神《おうじん》帝の御世に来朝した秦一族はユダヤ人景教徒ではなかったかと論じ、これは先日の講演でも多少言及がありましたが、僕はむしろ秦一族はキリスト教以前の、古代ユダヤ教徒、古代ユダヤ人ではなかったかと考えているのです。京都はユダヤ人秦氏が作ったのですよ。げんに秦河勝は、大荒大明神の神号で祀られていますが、オオサケは大辟あるいは大闢とも表記し、支那の景教文献でこれはダビデ王を指しているといいますからね。ダビデ王の子のソロモンと秦一族の伝承はきれいに結びつく」

宙に指先を走らせ、漢字を描きながら、男は熱っぽく語った。

「日本民族の起源になったのは失われた十部族のうちの、主にガド族でしょう。ミカドの尊称は始祖ガドの名に由来するもの。もっとも、他の部族がまったくやってこなかったとはいえませんがね。朝鮮半島の任那《みまな》はそのままマナセ族の土地だと解釈できますし、それにこの四国についていえばエフライム族の入植地だった可能性が高い。何故といって『列代記』にエフライムの子孫たちが住んだ土地の一つとしてアワの地名が挙げられているのですよ。この徳島――阿波の国という呼称は、エフライム族の末裔が遠い祖先の故地を偲んで、同じ地名を採用したものではないでしょうか。そう考えると平仄《ひょうそく》が合う」

「不思議な話をいろいろとお考えだ」

コートは溜め息を洩らした。

「阿波という地名の由来が古代イスラエルにあるなら、そうだ、もう一つ、興味深い話があるのです。これも木村氏の講演で少々触れられていましたが……その昔、阿波徳島藩に東洲斎写楽という画家がいたでしょう？　能役者の手遊《てすさ》びだったともいわれていますが」

「ヨーロッパの画壇では極めて人気が高いと聞いていますよ」

コートが口にすると、満足げに男は頷いた。

「この写楽という画家は日本国内では評価が低くて、ほとんど忘却された存在だったようですね。ところが、西洋人たちからは高い評価を得た。何故か？　このことについて面白い解釈を持ち出した好事家がいるんです。東洲斎写楽は阿波藩の能役者なんかではなく、ひょっとすると近世日本を訪れたヨーロッパ人画家の仮の姿だったかもしれない……」

「そんな説まで？」

コートは呆気に取られた。

「なかなか愉快な話でしょう？　写楽の画号なんかも、シ、ャ、イ、ロ、ッ、ク、だか、シ、ャ、ー、ロ、ッ、ク、だかが、日本語風に訛ったものだというのですよ。そんな無理な曲解をしないでも、写楽はシ、ャ、ラ、ク、他の何者でもないだろうと僕などは思うのですがね」

そして、彼は静かに語を継いだ。

「写楽はユダヤ人か、そうでないなら、古代イスラエルからユダヤ人といっしょにやってきたフェニキア人の末裔ではないでしょうか」

「え?」

「シャラクはいまもアラブで見られる姓なのですよ。アルファベットで表記すると、S、H、A、L、A、Q――SHALAQ。写楽はそのままシャラクだと解釈するのが、シャイロックやシャーロックにこじつけるより、ずっと無理がないでしょう?」

「………」

「きっと写楽は、自らの出自を、長い放浪の果てに極東の島国にやってきた西域人種の血が流れていることを強く意識していたのでしょうね。だから、手遊びに絵を描く時、祖先の姓から敢えて画号を採ったのです。東洲斎写楽――東の島のシャラク、と」

男は口をつぐみ、しばしの間、瞑想するように両目をつむった。古代イスラエルを追われた人々が極東に安住の地を得るまでの長い放浪と航海、それからの二千年という年月の経過に思いを馳せているようだった。

「ああ、いけない。そろそろ船が出る時刻だ」

壁の時計を見て、慌てて男は腰を上げた。

「長話に付き合わせてしまい、申し訳ない。関心事になると年甲斐もなく、ついつい夢中になってしまうのです。まったく悪い癖でしょう。つまらない話でしたか?」

「そんなことはありませんよ！　とても面白いお話で、感動しました！」

満面に興奮と深い讃嘆の色をたたえて八切少年が叫んだ。

「そういってもらえると嬉しいね」

少年の反応に男は破顔した。まるで子供のような笑顔だった。

コートと少女は何だか置いてけぼりにされたような風情で、二人のやり取りをただ眺めるばかりだ。

「あの、よろしければ教えていただけないでしょうか。あなたのお名前を。もしも歴史の本をお書きでしたら、きっと探して、読ませていただきますから」

「いや、いやいや、自慢げに教えるような立派な名前は持っていないさ」

照れ臭そうにいったんは片手を振ったものの、そのすぐ後で男は少年の目を覗き込み、上機嫌に語りかけた。

「けれども、覚えていてくれるというなら名乗ろうか。僕は小谷部全一郎《おやべぜんいちろう》という者だ」

慶応三（一八六七）年出羽の国秋田に生まれ、根っからの冒険家気質で、十六歳にして家を飛び出して日本はおろか世界を放浪、やがてアメリカ合衆国へ渡って学問を修め、滞米十年、三十一歳で帰国してからはアイヌ民族の救済にその身をなげうち、超人的な奮闘によって「アイヌ民族の救世主」と賞賛されながら、後半生は蒙古満州の調査を志して軍属に転身した一代の快男児小谷部全一郎――この時、六十二歳。

しかし、後の世に小谷部の名前は、もっぱら異端の歴史家として記憶されている。

大正十三年十一月、五十六歳の小谷部は、出版社冨山房から一冊の著作を上梓した。これが刊行されるや、当時の読者から熱狂的に歓迎されて、たちどころに再版十回、三十年来未曾有といわれる爆発的な売れ行きを示したのである。

すなわち、『成吉思汗《ジンギスカン》ハ源義経也』。

モンゴル帝国の建国者ジンギスカンが日本の源義経と同一人物であり、それどころかその子孫から清朝の始祖ヌルハチを出したとする、東アジア史を日本中心にすっかり書き換えてしまう「真実」を主張するこの書は、一世を風靡した。小谷部自身の本意とは別にトンデモ歴史商法の草分けに位置づけられる一書といえようか。世論に同書がもたらした衝撃の大きさたるや、出版の翌年二月に『中央史壇』誌は「成吉思汗は源義経にあらず」と題する臨時増刊号を発行し、微に入り細に入って誤謬を論じ尽くして、小谷部説への批判でまるまる一冊を作ってしまったくらいだった。

ところで、これとは別に後半生の小谷部がその追究に精魂を傾けたテーマがある。日本ユダヤ同祖論である。

かつてアイヌ民族救済の同志として小谷部と苦楽を共にしたものの、奇妙な因縁で『成吉思汗ハ源義経也』をめぐって対立の立場にまわった国文学者金田《きんだ》一京助《いちきょうすけ》は、日ユ同祖論を小谷部が確信した経緯について次の証言を残している。

ある時、まだ若かった金田一は小谷部から彼の娘のイサに引き合わされて、こんなことを戯れにいった。

「面白いですね。ヘブライ語ではイサという言葉に娘という意味があるんですよ」

「何だって？　すると、金田一くん、我々が話したり、読み書きしたり、日常的に何とも思わないで使っている日本語の中にはヘブライ語由来の言葉があるのだね！」

「……え？　いいえ、それはただの偶然ではないかと」

「こんな偶然があるものかい！」

当の金田一センセイは「この人は何とものを信じやすいのかと驚いた」と他人事のように往時を振り返っている。

そして、昭和四年——ちょうどこの物語の前年——小谷部全一郎は、厚生閣から『日本及日本國民之起原』を上梓する。

小谷部はここで、日本民族の起源がユダヤ人にあることを説き、言語の類似、風習の類似、その他の類似現象を列挙することで自説の正しさを論証した。はっきりいえば語呂合わせと牽強付会の産物であり、『成吉思汗ハ源義経也』の頃から方法論は何ら変わっていない。しかし、『日本及日本國民之起原』は前書ほどに支持を得られなかった。

おそらくは源義経とジンギスカンの同一人物説の場合とは違い、大多数の日本人読者にとって、愛国心や自尊心、優越感情、そして、それらにまして親近感に訴えかけるテーマではなかったためではあるまいか。

六

小谷部全一郎と少年の八切止夫、山窩少女のツルを海上に見送った後、コートは光慶図書館に戻らず、その足で眉山《びざん》の麓の潮音寺へ向かった。

坂道を上りながら、この半月ばかりの間に出会った日本人たちのことを考える。

彼らと交わした会話の始終が、ぐるぐる、ぐるぐると頭の中をめまぐるしくまわった。彼らはいずれも自らが開陳した歴史解釈を信じ切っているようであり、確信の強さということでは何ら変わらないようだった。それぞれが望み、真実を謳い、まことしやかに語ってみせた理想の歴史物語。いまコートはひとまとめにそれらの説を振返り、知的な興味や感銘にまして、ひどい空しさを覚えた。

東洲斎写楽の絵がどんなものだったか、頭の片隅に思い描こうとする。コート自身が神戸で買い、裏側に下手な詩文を書きつけた絵。ヨネに贈り、彼女からモラエスの手に渡って、光慶図書館で約三十年ぶりに再会することになった絵。しかし、いくら記憶を探っても、それは曖昧で、どうしても像を結んでくれなかった。

モラエスに会いたい。痛切にそう思った。

とにかくモラエスに会って、胸中の思いを吐き出したかった。

潮音寺に着いた。赤土塀で囲われた墓地の一隅に、ヨネとコハル、かつて愛した女たちに並んでモラエスが眠っている。

亡き友の墓の前に、コートは頭を垂れて立ち尽くした。

長い、長い時間、彼はそうして立っていた。

「ねえ、モラエス」

やがて、喉にからんで、ひどくしゃがれた声で語りかけた。

「教えてくれないかい。君が愛したこの国は……ううん、違うな……」

二度三度と首を横に振ってから問い直す。

「この国の歴史は、いったい、どこへ行くのだろうか？」

にわかに風が吹きつけた。墓石の合間を風が走り、びゅうびゅうと音を立てる。何かしら泣きじゃくっているかのようだった。

昭和五年一月末の、昼下がりの、場景。

昭和六年七月十八日、木村鷹太郎歿。享年六十。

昭和十六年三月十二日、小谷部全一郎歿。享年七十三。

同じ年十二月八日、日米開戦。

太平洋戦争と帝国主義日本の終焉を挟み、作家活動の再開から数年後。八切止夫はさるアンソロジーに寄せて、次の一文を残している。


私やあ「シャラク」をね、とても理想にしてるんですよ。いいじゃありませんか何世紀かたって「作品」と「ペンネーム」だけが残って、ご当人は誰だか分からないなんて、ちょっと乙でげしょう。そいつが版元の主人だったにしても、また全然知られていないおひとだって、その作品さえ残りゃ、ちいっとも構やしないじゃありませんか。


稀代の奇説メーカー八切止夫が、日本史上のミステリー、東洲斎写楽の「真実」に手をつけた形跡はない。

理由を、誰も知らない。

『信長は謀略で殺されたのか』鈴木眞哉・藤本正行共著／洋泉社（二〇〇六）
『「本能寺の変」はなぜ起こったか』津本陽著／角川書店（二〇〇七）
『代表作時代小説昭和四十三年度』東京文藝社（一九六八）

『阿波徳島伝東洲斎』注釈

1ささら　竹や細い木を束ねた道具で、主に洗浄や楽器などに用いられる。
2カストリ雑誌　第二次世界大戦後に多数刊行された大衆娯楽雑誌。
3入貢　外国から使節が貢物を持ってくること。
4忌部氏　古代朝廷で祭祀を担ったといわれる古代氏族。
5仏在所　ブッダの地、現在のインド。
6荒魂　神道の「一四霊魂」の一つ。戦闘的であり粗野で勇猛な神霊。
7和魂　神道の「一四霊魂」の一つ。荒魂に対し、穏やかで平和的な神霊。
8エトルリア人　イタリア半島中部の先住民族。
9ヤペテ人　古代オリエント（現在の中東地域）の民族の一つ。
10アーリア人　印欧語族の中でも、特にインドやイランに定住した民族。
11フェニキア人　古代地中海東岸で主に海上交易に従事した民族。
12キンメリ人　北部コーカサス（黒海とカスピ海の間の山脈沿いの地帯）から出現したといわれる遊牧民。
13イオニア人　古代ギリシャ人の一種族。
14北狄　古代中国人が、北に住む異民族を蔑んで呼んだ呼称。
15散楽　物真似、曲芸、幻術、踊りなど娯楽的な芸能の総称。

16雑戯　散楽と同義。

17失われた十部族　旧約聖書に記されたイスラエルの十二の部族のうち、行方が知られていない十の部族。ルベン族、シメオン族、ダン族、ナフタリ族、ガド族、アシェル族、イッサカル族、ゼブルン族、マナセ族、エフライム族。

――『ジパング・ナビ！』平成×△年夏期・原稿募集のお知らせ――

時代を超え、新しい世代へ向けて浪漫と最新情報を発信するエキサイティング歴史絵巻『ジパング・ナビ！』。編集部では、日本史上のミステリーを華麗に読み解く、従来にない視点を広く募集しています。あなたの新説が将来の真説となるかもしれません。ふるって御応募ください。応募要綱は左の通り。

・テーマ／消えた浮世絵師。寛政六（一七九四）年の夏、役者似顔絵の傑作群を引っ下げて登場した東洲斎写楽とは何者だったか？
・原稿枚数規定／投稿の受け付けは、パソコン、ワープロ原稿のみに限定させていただきます。Ａ４サイズの用紙に一行四十字×四十行、十五ページ以上三十ページ以下とします。日本語の縦組みでプリントアウトしてください。写真や図などの添付資料は必要に応じ御同封いただいてかまいません。
・形式／論文・レポート形式、小説形式の原稿のどちらでも投稿が可能です。いずれかの形式をお選びください。
・別紙に題名、原稿枚数、応募者の氏名（本名並びにペンネーム）、住所、連絡先の電話番号（携帯電話可）、メールアドレス（所有者に限り）、生年月日、性別、職業を記載したものを添えてください。
・原稿、添付資料等は返却できませんので、あらかじめ御了承ください。
・賞／金賞［三十万円＋日向空海《ひなたうつみ》直筆署名入り『蓬莱島の写楽』単行本上下巻］
銀賞［十万円＋山河雨三郎《やまがうさぶろう》直筆署名入り『魔戦日本橋』新書単巻］
奨励賞［五万円＋飛雄閣《ひゆうかく》出版特製ポストカードセット］

（以下省略）

浮世絵師の遊戯《ゲーム》

ところが、史料によれば江戸時代から斎藤十郎兵衛が写楽であると書かれているわけです。本当のことをいいますと、この人物の実在が証明されてしまったら、すでに別人説は成立しないんです。言い換えれば、私たちは今や写楽が斎藤十郎兵衛以外の人間だったと疑う論拠をなくしたのではないかということです。

——高橋克彦

ゲームはもう終ったんだよ。

——明石散人

ところで話は別ですが——写楽別人説をよく聞きます。蔦屋説、北斎説等々——しかし私は別人説にはかかわりたくありません。

理由は簡単です——何も好きこのんで他人の画流を、あそこまで追いかけ廻して真似たりする馬鹿がありましょうか？

本人なればこそ、画が駄目になればなる程画筆にしがみついて、精魂をつくしたのではないでしょうか？

そこにむしろ写楽のあわれが汲みとれて、劇的な場面も浮びます。

とまれ写楽は——体力もつき果て、廃人同様、闘いに破れたのです。

——内田吐夢

一

「ほんしぶうちは、うちは、更紗うちは、ほぐうちは。ほんしぶうちは、うちは、更紗うちは、ほぐうちは……」

うちわ売りは江戸の夏の風物詩だ。熱さに負けじとばかり、若い衆の、威勢のいい口上が往来から伝わってくる。

この口上を聞くだけで、庄蔵《しょうぞう》はもう居ても立ってもいられない。夕、夕、夕、と帳場に小走りに駆け込み、母の姿を見るなり、

「うちわ、うちわ売りがやってきたよ、買いに行かなくちゃ！　おっかさん、早く！」

せっつくように声をかけた。

仕方がない子だねえ、と庄蔵の母は笑う。いつものことでなれっこになっているのだ。下働きの小女を呼ぶと銭を渡し、うちわを買ってくるようにいいつけた。

「坊ちゃん。いっしょにお使いにまいりましょうね」

優しく語りかけて、年上の小女は庄蔵の小さな手を取るけれども、おとなしく手を引かれてついていったのは帳場を出るまでの話。そこから先はあべこべに庄蔵の方が小女の手を引き、外へ飛び出していった。

夏の暑い盛りの往来を見まわしたら、天秤棒を担いだ棒手振《ぼてふ》りをはじめ、木桶や木箱を肩の上に積み重ねたり、背負子やら張り子やらを背負っていたり、流し売りを生業《なりわい》にする物売りたちの姿が多い。風鈴売りや金魚売りのまわりはいっときの涼を求める客が群がっていた。子供たちに人気があるのは冷や水売り。砂糖水に白玉団子を浮かべたものを、ひと椀、四文から六文の安値で売っている。ひときわ人目を惹くのが、真っ赤な衣装に巨大な唐辛子の張り子を背負って歩く七味唐辛子売りの姿で、この時も一人、馬面のような、猿顔のような、ユーモラスな面相の三十男が、トーン、トーン、トンガラシ、ヒリリと辛いが山椒の粉……と間延びした声で囃しながら庄蔵たちの前を行き過ぎていった。

庄蔵の目当てはただ一つ、うちわ売りだ。

「うちわ売りさん、うちわをちょうだい」

「おう。どれでもかまわないから、好きなやつを選ぶがいい」

うちわ売りは紺色の半纏に股引という身なりで、まんじゅう笠の下の顔はまだ若い。竹製の背負子を下ろして、うちわを選びやすいように地面に置いてくれた。

左から右から、たくさんのうちわが背負子に差しかけられている。青紙に丹《に》や雌*1黄《しおう》*2で紋様を摺り入れたものが更紗うちわ。表面に柿渋を塗りつけて補強したのが本渋うちわで、反故紙《ほごがみ》を貼りつけたのがほぐうちわ。それらに混じり、白紙に彩色した絵柄を摺り入れたうちわの数も多い。庄蔵は目を輝かせて、絵入りのうちわを一つずつ眺めていった。彼にとって身近な絵といえば、歌舞伎役者の切抜絵だとか、花鳥山水の張交絵《はりまぜえ》＊3だとか、大人たちから買い与えられたおもちゃ絵のたぐいばかり。たとえ安物のうちわ絵とはいえ、欲しいと思ったものを自分で選んで買ってもらえる機会なのだから、こんなに楽しいことはなかった。

「うちわ売りさんが描いたものもあるの？」

「おいらの絵かい？　よくぞ訊いてくれた」

うちわ売りは腰をかがめ、うちわ絵の一つを指差した。

「ほら、こいつを描いたはこのおいらさ。絵の出来はどうだい？」

うちわ絵の画題はさまざまだった。江戸名所の風景を描いたものがある。美しい女の姿形を描いたものがある。鳥や魚を描いたもの、鍾馗《しょうき》＊4や七福神を描いたもの……一枚摺りで売り出される錦絵のように立派な出来とはとうていえない。彫りも摺りも粗悪だし、色の数は総じて少ない。紙の質もよくなかった。

例の黒船の来航後まで生き長らえた山東京山という戯作者の、晩年の随筆にいわく、〈錦繪の団扇一本十六文なり。其麁末《そまつ》なりしをしるべし〉

上物の一枚摺りが二十四文から三十六文で売り出された頃の思い出話である。かくのごとく、うちわ絵の地位はいたって低かった。まれに大きな評判となった錦絵そっくりの絵柄が貼りつけられ、他のうちわに並べて背負子に差されているが、これらはたいてい、もとの絵を手本にしてうちわの大きさに描き写したというだけの便乗商品だ。実際に版下絵の制作を同じ絵師が手がけたかすら疑わしい。しかし、そのような粗末な代替品のたぐいでも、上物の錦絵をそうそう買うことができない女子供にはたいそうな人気があった。

うちわ売りが示したうちわの絵柄は似顔絵だった。何だかぐにゃっとした感じの面長な顔で、左右の目は糸のように細くて、のっぺりした鼻の形に微笑をたたえた唇の小ささ、一見したところは人のよい年増女を描いたもののようである。

けれども、そうではないということが庄蔵にはひと目で分かった。

「ぐにゃ富だろう、うちわ売りさん」

「ほう、坊主はお役者の贔屓《ひいき》なのかい。よく描けているだろう」

初代中山富三郎《なかやまとみさぶろう》、この年三十五歳。世話物を得意として、〈夫も中富、是も中富〉*5と名優中村富十郎に並び称された女形の人気役者だ。当時は桐座の興行に出演中だった。

「買ってくれたら損はさせないぜ。おいらはこいつで認めてもらい、いずれは熊吉《くまきち》兄さんのように一枚摺りを売り出してもらうのさ」

得意の面持ちでうちわ売りは抱負を語った。

「こっちの似顔も、うちわ売りさんが描いたの？」

別のうちわを指差して庄蔵が訊ねる。どれどれ、とうちわ売りはそちらへ目を向け、

「ああ、高麗屋の、親父さんの方かい。違うよ。そいつはおいらが描いた似顔じゃない」

鼠つぶしの仄暗い背景から浮かび上がる、年配の男の風貌。頭にねじり鉢巻、大小の皺を額に刻み、長い煙管を片手に思案顔の男伊達はこの年五十八歳になる四代松本《まつもと》幸四郎《こうしろう》、やはり桐座の舞台『敵討乗合話《かたきうちのりあいばなし》』で演じた山谷の肴屋五郎兵衛《さかなやごろべえ》を描いた似顔だった。胸から上が大きく描かれた半身像で、歌舞伎役者の似顔のうちわ絵は他にいくつもあったけれども、それらに比べて、表情の描写に独特の生々しさが見られた。

他の絵師が描いた役者似顔に庄蔵の興味が移ったことでうちわ売りは少なからず落胆したようだったが、すぐに機嫌を直して、庄蔵の頭をぽんぽんと叩いた。

「坊主は目が高いね。お役者の顔に似せて描くのは当世の流行だが、それにしたって、こんな描き方をする絵師は他にいない。お役者の贔屓衆の間ではえらい評判だぜ」

「そうなんだ。何て、何て名前なんだい？」

うちわ絵の余白に浮世絵師の落款が摺り入れられているが、庄蔵にはまだ読めない。

「しゃらく、というのが絵師の名前さ。しゃらくさい、のしゃらく」

うちわ売りが教えてくれた。

「しゃらく……」

絵師の名前を確かめるように庄蔵は呟いた。

うちわ売りの若い衆と庄蔵がすっかり話し込んでいる間に小女は女主人のいいつけ通りに売り物のうちわを見繕い、背負子から一本ずつ引き抜いていく。

庄蔵の生家は本所五ツ目の渡船場で、屋号を亀田屋《かめだや》といい、主に材木の搬送と売買で利益を得ていたが、夏場には川遊びをする客のために涼み舟を出している。消耗品であるうちわは常に補充しておく必要があった。

「坊ちゃん、欲しいうちわは見つかりましたか？」

小女から促されて、

「ええと……うん、こいつ、このうちわがいいな」

慌ただしく庄蔵が選んだのは、例の「しゃらく」の役者似顔絵――四代松本幸四郎を描いたうちわだった。

「おいおい、おいらのぐにゃ富じゃないのかよ」

うちわ売りは唇を尖らせて拗ねた風だったが、これだけくださいなと小女からうちわの束を示されると、途端に愛想のよい笑い顔に変わった。

「坊主は芝居が好きなのかい？　それとも、好きなのは絵の方かい？」

背負子を再び担ぎながら、うちわ売りが庄蔵に声をかけた。

「どっちも大好きだよ！」

庄蔵の答えには迷いがなかった。買ってもらったばかりの「しゃらく」のうちわ絵を両手でかかげ持ち、頭の上でぶんぶん振りまわす。

「おいら、お芝居の絵を描きたいんだ。お役者を描くんだ」

「そうかい。そいつは楽しみだな」うちわ売りは愉快げに笑った。「坊主なら、いつかいい絵描きになれるだろうさ。覚えておきな。この甚助《じんすけ》さんの目に狂いはないぜ」

「うん。こんな風な、お役者を楽しく描ける絵師にきっとなってみせるからね！」

……これが庄蔵少年にとって、東洲斎写楽という浮世絵師とこの人物が描いた役者似顔絵との、最初の出会いとなった。

時に寛政六（一七九四）年。亀田屋庄蔵――すなわち、十六歳にして一陽斎豊国に画才を見出されて浮世絵歌川派に入門、浮世絵師として独り立ちしてからは五渡亭国貞《ごとていくにさだ》の画号を名乗り、後には師匠豊国の大名跡を継いで、約四十年間にわたって江戸画壇に君臨することになる浮世絵史上の一大巨魁の、数え年九歳の夏の出来事だった。

二代豊国の半身像

当時流行《はやり》の役者半身《はんしん》の錦絵は、その昔東洲斎といふ人似顔絵を出して、板元鶴屋喜右衛門の板にて専《もっぱ》ら流行《りうこう》せり、東洲斎の筆、役者一人づゝ画《かい》て再び出さず、名誉の浮世絵師と思ふべし、豊国先生是にしたごふて流行せり、東洲斎写楽は武家方《ぶけがた》の人と聞。

——三升屋二三治『浮世雑談』

二

四条通りも東の鴨川に近い、老舗百貨店七階のグランドホール——ただいまの催しものは《浮世絵大歌川展》といった。江戸浮世絵の最大派閥として隠れもない歌川派の浮世絵師がテーマの展覧会である。

会場の入り口には〈歌川にあらずんば絵師にあらず〉と恐ろしく挑発的なキャッチコピーが躍っていた。

この会場に扇ヶ谷姫之《おうぎがやつひめの》はいた。

鋭角的な顔の作りに新調したばかりの金縁眼鏡がきらりと光沢を帯びており、レンズの奥にはアーモンド形の切れ長の目、つんと鼻先は尖って、一見したところはいかにもといった感じがする優等生風。いくらか唇を緩めて微笑んでみせたら、深窓の文学少女といっても立派に通用するだろう。夏仕様の白いセーラー服は、彼女たちが通学する蓮台野《れんだいの》高等学校の制服だった。

夏休み前の中間考査が終わったら浮世絵を見に行こう、ということは前々から約束していた。実際には数日の間が空いて、彼女と友人たちの、スケジュールがようやく合致したのがちょうどこの日。平日の午後のことで、来場者の姿はそれほど多くない。おかげで姫之は余裕をもって、新しいレンズを通して見える浮世絵を鑑賞することができた。

展示会場に入ると、すぐに目に飛び込んでくるのは壁画さながらに引き伸ばされた特大パネルだ。

大画面の上に活写されているのは工房で忙《せわ》しげに働く、艶やかで粋な女職人たちの姿。小刀や鑿《のみ》を研ぐ女がいる。板木に絵柄を彫りつける女がいる。下地の白紙にドウサを塗りたくる女がいる。同じ工房内で彫師と摺師がいっしょに作業するようなことはまずないはずだが、多色摺りの木版画――すなわち錦絵の制作工程を視覚的に把握しやすくするための配慮なのだろう。落款は〈豊国〉だが、豊国は豊国でもこれは三代豊国、襲名前の画号を国貞といった絵師が手がけた『今様《いまよう》見立《みたて》士農工商《しのうこうしょう》』シリーズ中の三枚続きである。パネルの左手側に目を転じると、同じ場面がそっくりそのまま実寸サイズのセットに組まれて再現されていた。これなら絵で見るよりも実感がしやすい。職人役のマネキン人形の顔のデザインが、いまどきのアニメキャラクター風にアレンジされているのは御愛嬌だった。

親しみやすさを演出するため、さまざまの立場、職業の人々を美女や美少女に置き換えて描くというのは現代のマンガやイラストの場合を考えても特別珍しい手法ではない。しかし、そうした約束事を知らずに目にしたなら、江戸の昔は板木を彫り、色を摺るのは女たちの仕事だったのかと、うっかり鵜呑みにしてしまう見物人も現れるかもしれない。

「浮世絵って、こんな風に女の人たちが作っていたんだね！　ぜんぜん知らなかった！」

「……ナスチャ、うっかり鵜呑みにしたらダメ」

愛らしい顔の前で両手の指を突き合わせ、感激をあらわに歓声を上げたクラスメートの華奢な肩にそっと手をかけ、諭すように姫之は語りかけた。

「これはパロディなの。男ばかりの職人さんの仕事場をそのまま錦絵に描いたところで、普通の人は関心をまず持たないし、そうなると売り物にならないでしょう」

「え、そうなんだ」

一転、きょとんとした表情が姫之を振り返る。ふわりとした金髪が、細い肩の上で波打った。

きらきら輝く、エメラルドグリーンのつぶらな瞳。雪白の肌。顔の造作が整っていて、愛らしくて、一見するとセーラー服を着たフランス人形のよう。アナスタシア・ベズグラヤ、愛称をナスチャという。アニメでマンガでＪ‐ＰＯＰで、メイド・イン・ジャパンのサブカルチャーに親しみ、この国への憧れを募らせてやってきた交換留学生だ。

とりわけサムライとニンジャとオンミョージの大ファンだが、フィクションで得た知識ばかりなのでかなり怪しい。

「だったら、ヒメ、ホントの江戸にはこんな場面はなかったの？」

「ない、ない……たぶんね」

「浮世絵を売りたい側もいろいろ考えるんだ」

そんなところへ横合いからもう一つ、別の声が会話に割って入ってきた。

「いまどきのゲームやマンガと発想することは違わないな。織田信長だったり宮本武蔵だったり、エンタメ界隈は美少女化が大流行り。江戸時代からこんな絵が売られていたくらいだもの、こいつはこの国の文化だ、伝統だ、日本人の美意識なんだ」

姫之とナスチャがそちらを見ると、特大パネルの場景を再現したセットの前に立ち、彼女たちの同行者はマネキン人形の手元の作業を興味津々覗き込んでいた。

「『水滸伝』のパロディでさ、男の人たちがみんな女で、女はあべこべに男にされて、登場人物の性別を逆転させたお話がなかった？『里見八犬伝』の馬琴が書いたやつ」

「『傾城水滸伝』ね」とこの場合に律儀に答える姫之。「当時の大ヒット作だった」

「大ヒットしたんだ。ほおーら、同じ日本人が考え出すことなんだもの、百年や二百年の違いはあっても、性癖はやっぱり変わってなかった」

利き手の拳をグーの形に固めてガッツポーズを作りながら、もう一人のクラスメートはようやく身体を起こして、浮世絵工房のセットから姫之たちの方へ顔を動かした。

スポーティなショートカットに少年のような顔立ち、薄手のウインドブレーカをセーラー服の上に重ね着して、見るからに活発な印象の彼女の名前は朝比奈亜沙日《あさひなあさひ》。他のクラスメートの誰よりもナスチャと趣味が合致していて、いっしょにいることが多い。

「柳の下の泥鰌狙いで、『傾城三国志』なんて合巻もあったな。同じように舞台設定を日本に置き換えて、登場人物の性別をひっくり返して」

思い出して姫之がいった。おやおや、と亜沙日は目を丸くして、

「流行ったのか。一発大当たりが出ると途端に似たような企画が続出するところまで、ホント、いまどきと変わらないんだな……そっちの作者も馬琴センセイ?」

「ううん、浮世絵師から戯作者に転向した墨川亭雪麿《ぼくせんていゆきまろ》という人だったはず。挿絵を担当したのが、この絵と同じで三代豊国、ではなしにまだ国貞の画号だった頃の国貞で――」

そこまで話したところで、ぽん、と姫之は両手を打った。

「ああ、そうか。前に『傾城三国志』を描いたことを国貞は思い出したから、そこから応用を利かせて、職人たちを女性に変えて描こうというアイデアが出てきたのかも」

「妙な話題はホントに詳しいな。ところでさ、ヒメ、その本は読んでみたの？」

「いいえ。前に読んだ小説の受け売り」

「アア、ソウデシタカ」

訊くんじゃなかった、と亜沙日は左右の肩を竦めてみせる。

「ここに説明が書いてあるよ」

特大パネルの端に設置されたプレートをナスチャが見つけて、友人たちを手招きした。

「この浮世絵、安政四（一八五七）年に出版されたんだって」

「安政四年？」レンズの奥で姫之の目が瞬く。「だったら、黒船はもうやってきた後だ」

安政四年といったら、かのペリー准将の黒船艦隊の来航から四年後。安政の大地震からは二年後だ。翌年の安政五年には日米修好通商条約が締結されて、安政の大獄による反対派への弾圧が始まっている。『今様見立士農工商』の明るく闊達な画風は、そのような時世の動揺の中で出版されたものとはとても見えなかった。

「わあ！　絵描きさん、この絵を描いた時は七十二歳だよ」

「七十二？」

姫之と亜沙日は思わず顔を見合わせ、そのまま首を並べる形で、ナスチャが示すプレートの解説を覗き込んだ。

間違いない。確かに出版年は安政四年、三代豊国、七十二歳の作だと書いてある。

「……ったく、七十を越してまで何をやっているんだか。この変態エロジジイは」

「そこはいつまでも若い気持ちを忘れない、元気でおちゃめなおじいちゃんでした、と評価するところでしょう」

身も蓋もない所感を述べる亜沙日に向かい、姫之は軽く睨みつけた。


案内表示に従い、姫之たち三人は特大パネルの右手側へ進んでいく。

浮世絵歌川派の伝系通り、始祖、一龍斎豊春《いちりゅうさいとよはる》から展示は始まっていた。歌川豊春、俗称を但馬屋庄次郎《たじまやしょうじろう》。歌川の画姓は、江戸に出てきた当初の住居が芝の宇田川町にあったことに由来する。生年は享保二十（一七三五）年。錦絵という新技術の最初の修得者として一世を風靡した鈴木春信の亡き後、勝川春章、北尾重政《きたおしげまさ》、礒田湖龍斎《いそだこりゅうさい》らと並び、江戸錦絵の流行を牽引してきた第一世代の大物浮世絵師群の一角だ。

「あれ？　この絵、日本の風景じゃないよね」

最初の展示を目にして、ナスチャの頭はそのまま横倒しに近い角度に傾いていった。

画面の真ん中に据えられた騎馬の像といい、まわりの石造りの建造物といい、まばらに描かれた人の姿といい、それらはどう見ても日本のものではなかった。ヨーロッパの古い都市の風景のようである。荒涼とした景観に加えて、版画自体も色褪せていたから、中近世どころか、古代のギリシャやローマの遺跡のようにすら見えた。

「西洋画の模写ね。輸入書の挿絵あたりから描き写したものだと思う。西洋画の描写を木版画の技術で再現してみせたの。当時は物珍しさでそんな商売が成り立ったというわけ」

展示の始まりにパネルがあり、歌川豊春という絵師の略伝が紹介されている。姫之はパネルの前で立ち止まって文面に目を通した。

「この豊春という人も、かなり得体が知れない浮世絵師らしいよ。西洋画の資料をどうやって入手できたかもよく分かっていないみたい」

「歌川派を始めた大物なのに詳しいことが分からないんだ？」

亜沙日が怪訝な表情になる。

「大物とはいっても、それは成功を収めてからの話だもの。初めのうちは誰だって、どこにでもいるような駆け出しの浮世絵師だったはず。だいいち、この人、江戸に現れて浮世絵を描くようになる前はどこで何をやっていたのやら、前半生の情報はまるであやふや。出自も出身地も確かなことは伝わっていなくて……ほら、ここの解説にも書いてある。出身地は大きく分けて、江戸、但馬《たじま》豊岡《とよおか》、それから豊後《ぶんご》臼杵《うすき》の三つの説があるんだって」

「何だか邪馬台国の論争みたいだな。有力な説はないの？」

「有力といおうか、支持者が多いのは豊後説――いまの大分県ね。証拠が揃っているというより、地元が誘致に熱心な感じ」

「誘致ねえ」浮かない表情で亜沙日はショートカットの髪を掻き上げる。「確かに九州に縁がある浮世絵師となると、なかなか見つからないいんだろうな」

「歌川豊春の経歴で確かだといえるのは西洋画の技術を研究して、そのうちに模写を離れて、日本の風景を描くようになったということくらい。ここにはこんなことが書いてある――〈又按ずるに豊春、既に西洋の画法を伝ふ、よりて後の歌川流を学ぶ者、また皆西洋の画法を慕わざるはなし〉。飯島虚心の『歌川豊春伝』からの引用だって」

西洋画を模写したらしい洋風版画は初めの数点のみで、それからは江戸の町並みや名所を描いた風景画が続いていた。江戸浮世絵に風景画の分野を開拓したのはひとえにこの豊春の功績といえる。遠近法にこだわった構図の写実性、画中から溢れるばかりの人々の賑わいは、とにかく見ていて楽しくなってくる。次の世代の葛飾北斎、さらに後の広重《ひろしげ》らの洗練された画風を知る目にはいささか煩雑《はんざつ》で、発展途上の感はぬぐえないものの、それがかえって清新な風趣を添えていた。

次いで一陽斎豊国――始祖豊春直門の出世頭、否、歌川派繁栄の最大の立役者といっていい江戸の人気浮世絵師だ。

明和六（一七六九）年の生まれ、通説に従えば人形職人倉橋五郎兵衛《くらはしごろべえ》の倅《せがれ》で、俗称を熊吉といった。他に絵馬屋の倅で下積み中は凧絵を描いて売っていたとする説、桶職人久兵衛《きゅうべえ》の倅とする説、さらに九州から出てきて「豊国」を名乗ったとする説などもあって、この人物もまた出自がよく分からない。寛政六年正月、芝神明前の版元和泉屋市兵衛《いずみやいちべえ》から売り出された大判錦絵『役者舞台之姿絵』の連作で注目を集め、これが大出世作となったから、役者絵、舞台絵の旗手といった印象が強いが、その実、美人画、風景画、風俗画等々を幅広く手がけたオールラウンドな画才の持ち主で、とりわけ絵草紙や読本の挿絵*6に神がかり的な筆捌《ふでさば》きを見せて〈錦画の如き、合巻読本の如き、豊国の画く所にあらざれば、人これを購わざるに至れり〉の評が残るほどの圧倒的人気を誇った。

また彼の名声を慕って入門する浮世絵志願者は数多く、江戸浮世絵をまさに歌川一色に塗り潰さんばかりの勢いに、

〈歌川の流千すぢに雪解かな〉

と世の人は川柳を詠み、いっそう露骨に、

〈歌川にあらずんば絵師にあらず〉

と囃したものである――

「有名な写楽と人気を競ったのはこの人か。同じ時期に同じ役者絵をぶつける形で、ライバルの版元から売り出されたのだってね」

鼠つぶしの暗い背景に三代市川高麗蔵を立ち姿で描いた全身像に見惚れながら、亜沙日がいった。

「写楽の画風との対比なら、ここに詳しく書いてあるわよ」

パネルの前に立ち止まって豊国の略伝を読んでいた姫之が、「ここ」を指し示す。これも飯島虚心の著作からの引用である。声に出して、引用文を読み上げた。

然れども豊国の俳優似貌は、真を写すにあらず。真を写すにあらずして、真に迫らしむるは、さらにこれ絶妙のところ也。昔時東洲斎写楽、俳優の似貌を画くに巧にして、よく五代目白猿、幸四郎、半四郎、菊之丞、富三郎等を画き、廻りに雲母をすり込み発行せり。これを雲母画といふ。一時大に行はれしが、後にあまり真に過ぎたりとて大に廃れたり、豊国蓋し此に見るありて、時好に投じ、別に一格を出だせしものならん。実に俳優似貌画の名手と称すべし。

——飯島虚心『一世歌川豊国伝』

「豊国は真を写さずに真に迫らせるのが絶妙で、写楽は真に過ぎたから大いに廃れて、つまり、これは、ええと、えーっと……どういうこと？」

明治日本の古めかしい文章に音を上げてしまい、ナスチャは友人たちを頼った。

「似顔絵を描くコツは、写真のようにそのままに写すんじゃなくて、似ているように見えるよね、程度の匙加減で描くのがちょうどいい……くらいの意味かな？」

亜沙日も自信がないのか、首を縮め、鼻の頭を掻いている。

「いおうとしていることは分かるな、何となく」

豊国の作の展示に一点ずつ目を配りながら、姫之は考えをまとめた。

「写楽の似顔絵はホントに目に見えたまま、生真面目に役者本人の容姿や演技を忠実に写し取ろうとした感じがするでしょう。肉に厚みがあって、後ろにまわれば後頭部や背中まで描き込まれているような感じ、といえばいいかな。だから、見ようによっては気味悪いくらいに生々しい表情の描き方になっている。豊国はそこまでこだわらなかった。実際に舞台の上に立った歌舞伎役者のイメージを優先させて、容姿や芸風のポイントを要領よく描いてみせたから、当時の生の舞台、当時の生の役者さんの演技を実見することができた江戸の人たちの頭にはすうーっと入っていったんだと思う。逆にいったら、歌舞伎に馴染みが薄い現代人にとっては写楽の絵の方が役者の実在感があって、内容が濃いように見えるということ。写楽の〈真を写す〉と豊国の〈真に迫らしむる〉の、これが違い」

「でも、いまは写楽の方がずっと人気があるんだね。評価がひっくり返っちゃった」

ヘンな話、とこれはナスチャの素直なコメント。

「流行の移り変わりは複雑ね。大衆好みの画風という点で、同じ時代、豊国に肩を並べる浮世絵師は少なかった。二十年以上にわたって、江戸の浮世絵の頂点に立っていた絵師だったんだもの。ところが、そのことが後世になると裏目に出て、大衆迎合、通俗的だといういいがかりのような理由で価値が落ちる、芸術的に見るべきものがない、ということにされてしまうんだから。芸術かどうか、そんなことは後世の評論家センセイが勝手に決める話。豊国だって、写楽だって、御高尚な理屈は知らないわよ。同じ江戸の人たちに楽しんでもらえたなら、それでかまわないでしょう」

溜め息半分に結論づけると姫之はいったん言葉を切る。展示ルートの先はまだ長い。

順路沿いに豊久《とよひさ》、豊丸《とよまる》、豊広《とよひろ》ら、黎明期の歌川派絵師の展示がしばらく続いた。いずれも点数はそう多くない。意外なところでは酒井抱一《さかいほういつ》の肉筆美人画が出品されていた。播磨姫路藩主の実弟で、生涯を風流人として生き、俵屋宗達《たわらやそうたつ》、尾形光琳《おがたこうりん》に私淑[*7]して、遂に江戸琳派を興したという功績はよく知られているが、この人物はまだ二十代の頃、歌川豊春の浮世絵に傾倒して、事実上の門人として親しく指導されたことがあるのだ。

歌川派系譜

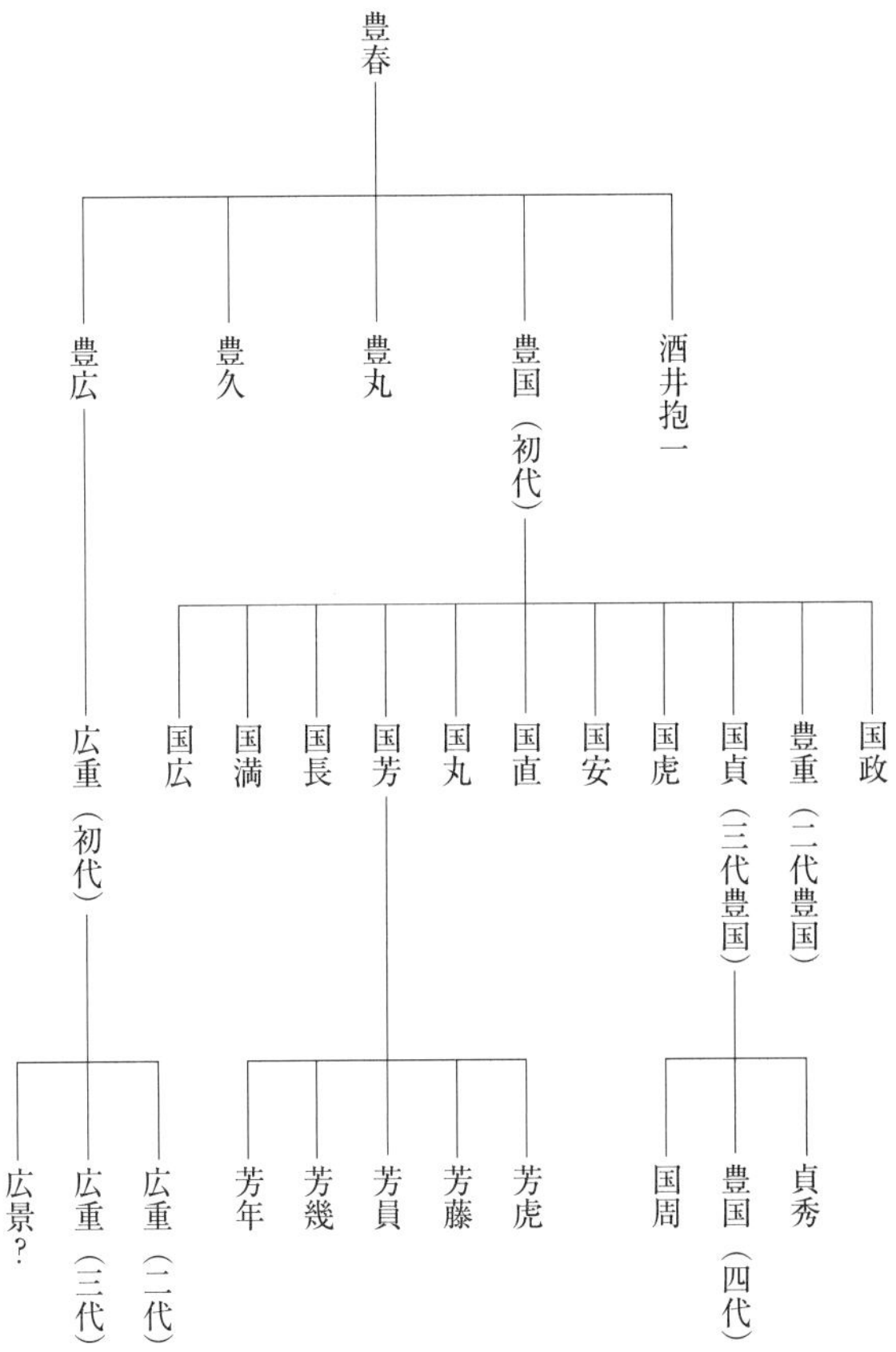
豊春
豊広
豊久
豊丸
豊国（初代）
酒井抱一
広重（初代）
国広
国満
国長
国芳
国丸
国直
国安
国虎
国貞（三代豊国）
豊重（二代豊国）
国政
広景？
広重（三代）
広重（二代）
芳年
芳幾
芳員
芳藤
芳虎
国周
豊国（四代）
貞秀

豊国門下の世代に移る。役者似顔絵の天才、一寿斎国政《いちじゅさいくにまさ》。豊国が画才を見込んで二代を名乗らせた一瑛斎豊重《いちえいさいとよしげ》。一門の隆盛を中堅として支えた実力ある絵師たち、一《いち》龍斎国虎《りゅうさいくにとら》、一鳳斎国安《いっぽうさいくにやす》、写楽斎国直《しゃらくさいくになお》、一円斎国丸《いちえんさいくにまる》、一雲斎国長《いちうんさいくになが》、一翁斎国満《いちおうさいくにみつ》……

江南亭国広《こうなんていくにひろ》の役者絵を目にした時には姫之もさすがに驚いた。豊国の門人で、上方歌舞伎の役者絵や美人画を描いたこの人物には伊勢亀山藩主ではなかったかとの伝承が残るのだ。六万石の大名が好きな絵を描いて売り出させたのかと思って見ると、シンプルな役者似顔絵にも、それらしい風格が備わっているような気がした。

そして、三代豊国——もとの画号を五渡亭国貞という。

天明六（一七八六）年の生まれで、俗称を角田《すみだ》庄蔵。初代豊国門下としては最も成功を収めた人物であり、元治元（一八六四）年十一月、七十九歳の高齢で歿するまでに半世紀を越えて絶大な人気を保ち、生涯の作画数は錦絵に限定しても一万点以上。地下出版の春画や艶本、版本の挿絵も含めたなら七万点に達するとされる。あまりの人気に後半生は粗製濫造に陥り、描写に精彩を欠くようになったが、江戸浮世絵画壇の領袖として終生威風を損なわず、精力的に画業に取り組み続けた。

性向は温順謹慎、思慮深い人格者だったというけれども、師匠の豊国が年若い豊重を後継者に指名したことは不服だったのか、豊重改め二代豊国が早世すると、天保十五（一八四四）年、彼の存在を黙殺するように三代とは名乗らずに二代を名乗った。

この時、同門の国芳《くによし》に襲名の挨拶状を送ったところ、たまたま国芳の家に遊びに来ていた狂歌師梅屋鶴寿《うめやかくじゅ》が二代豊国襲名をあげつらい、

〈歌川をうたがはしくも名乗り得て　二世の豊国　偽の豊国〉

と詠んだ狂歌は巷間につとに知れ渡っている。

このような画歴を持つ人物だから、展示内容は質量共に初代豊国に劣らない。

画題もバラエティに富んでいた。役者絵と美人画の両方のジャンルをまたいで、溌溂とした筆遣いで描かれる美男美女の姿はからっと明るく、どこまでも陽性の画風で、初代豊国以上に大衆の好みにかなった。広重との合作もある。背景を広重が描き、手前の人物を国貞が描いたものだ。国貞自身も風景画を多数手がけている。人物画とは違って風景を描くのは得意ではない、と世評にいわれるほどに悪い出来ではなかった。

「見て見て、この絵のここ、ＵＦＯだよ、ＵＦＯ！　空からＵＦＯが襲ってきた！」

「ああ、ホントだ、こいつは凄いや。馬琴あたりの読本から引っ張ってきたワンシーンかな？　川の上まで、ＵＦＯから逃げる舟で隙間もないね。アーメン……」

「……あなたたち、その三枚続きはＵＦＯの襲撃から逃げまわる人たちじゃなくて、両国の花火大会を楽しみに集まった見物の群衆を描いたものでしょう。拝むのはやめなさい」

展示物の作画時期はデビュー当時から最晩年まで幅広く揃っており、酷評されがち

な晩年の作にしても、素人の目を瞠《みは》らせるには充分なレベルだった。

もっとも、多忙多作に対処するため、国貞は師匠以上に門下の代作に頼ったとされている。そのせいで駄作が増えたとの批判がある一方、たとえ傑作のレベルに達していても、それらが本当に国貞本人の作画なのかは判断がつかないという面倒な事態をも招いた。国貞の門下からは、貞秀《さだひで》、国周《くにちか》、娘婿の四代豊国らの、幕末明治を代表する一流浮世絵師が輩出されている。たったいま姫之の目を瞠らせた役者大首絵も、ひょっとすると彼らのうちの誰かが代作したものかもしれない。

「……え？」

画中に書き添えられた歌舞伎役者の名前にふと気づき、姫之は驚きの声を上げた。

「ヒメ、どうかした？」

数歩先へ進んで、亜沙日たちが振り返った。

「この役者、沢村宗十郎《さわむらそうじゅうろう》の三代目だ。初代の方の豊国や写楽が、大首絵を描いている」

流し目に男の色気を匂わせる男伊達、黒地に烏、赤地に白鷺をあしらった着物を洒脱に着こなしている。彩色は多少どぎつさを感じさせるが、彫りと摺りの技術は素晴らしい。一見して判別がつく豪華版だ。画中の左上に歌舞伎役者の名前と役柄が書き添えてあり、

〈梅の由兵衛　三代目沢村宗十郎　訥子《とっし》〉

とあった。

姫之は視線を下ろし、展示用の額の下に添えられた作品解説を確かめた。

出版の年次は文久三（一八六三）年。初代豊国や写楽の年代からは七十年近くが隔たっていた。寛政年間に彼らが競うように描いたのと同じ人物が、若々しい容姿のままで、いま、目の前にある幕末の大判錦絵の中に確かに存在していた。

「へーえ。この役者さんがよっぽど贔屓だったんだね、小さい頃の国貞坊やは。役者絵といったら、普通はお芝居の上演に合わせて、興行の真っ只中に売り出されるはずじゃなかった？　それとも、懐かしがって買ってくれるお年寄りを当て込んだのかな」

亜沙日が引き返してきて、珍しさに感心しながら役者絵を覗き込んだ。

「版元は錦昇堂、恵比寿屋《えびすや》庄七《しょうしち》……」

姫之が版元を確認する。

「ねえねえ、こっちは高麗蔵だよ」

別の役者絵の前から、ナスチャが二人に声をかけた。

こちらの役者大首絵もいましがたの三代沢村宗十郎と同様の豪華な作りで、画中の役者の似顔は凄味のある目つきと鷲鼻を強調するように横顔で描かれている。

「違うじゃない、ナスチャ。ここに〈五代目松本幸四郎〉と役者さんの名前がちゃんと表示してあるよ。このうっかりさんめ」

笑い混じりに亜沙日は片手を伸ばし、ナスチャの白い額を人差し指でぺしぺし叩く。

「ナスチャは間違ってないよ。三代市川高麗蔵は四代松本幸四郎の実子で、父親から松本幸四郎の名跡を引き継いだの。鼻高幸四郎の通称で評判が高かったのはこの五代目ね」

姫之の説明を聞くなり、しまった、と亜沙日の顔が引き攣った。

「どーだ、どーだ！　ナスチャが正しかったのだよ！」

一方のナスチャは途端に勢いづいて、天使のような人懐っこい笑顔の横に横倒しのVサインを作ってみせる。

三代豊国の国貞が描いた五代松本幸四郎の似顔を再見すると、確かにさっき見たばかりの、初代豊国が描いた三代市川高麗蔵と同じ人物に間違いなかった。ただ、まだ若々しかった初代豊国の作とは違い、国貞の作でははっきり年齢を重ねた風貌で、全体に貫禄が加わっている。額の下の解説文によるとこちらも文久三年の出版。晩年の国貞の作だ。

「版元はこの絵も錦昇堂か。そうか、ひょっとすると……」

画面左下の余白に版元印を認め、半ば嘆息するように姫之はいった。

「ヒメ、何か心当たりが？」

ナスチャが横から訊いてくる。

「前に小説で読んで知っていただけで、実物を見るのは初めてだった。あたしの受け売りの知識が正しいなら、このシリーズ、国貞が神田の紀伊国屋《きのくにや》に掛け合って出版費用を出資させて、版元から出版してもらった企画のはず」

「……どういうこと？」

「注文仕事ではなくて、自力で資金を捻出して、国貞の方から版元に出版を持ちかけた企画だってこと。アサさんもさっきいったけれども、六、七十年が経ってから、とっくに亡くなった歌舞伎役者の似顔を突然描いたところで売り物にはならないでしょう。四、五年かけて、国貞はこのシリーズを六十点程度描いていたと思う」

「国貞から持ちかけた……？」

亜沙日とナスチャは思わず顔を見合わせた。

「つまり、スポンサーつきの自費出版みたいなもの？　いちおう費用は自分で調達したことになるわけだし」

いったんは納得した様子で頷いたものの、亜沙日の頭はすぐに横に傾いた。

「国貞がどうしてそんなことを？　江戸の浮世絵で一番の大御所だったわけじゃない。自分から営業しなくたって、仕事の注文はいくらでも向こうからやってくる」

「きっと……自分が描きたいと思える絵を、描きたいように描いてみたくなったんじゃないかな。出版してもらった豪華版の錦絵が、売れる、売れないは別にして」

「版元の注文通りに描くのはやめにして？」

「国貞だって、そろそろ八十歳。自分の時間がどのくらい残されているかは分からない。だから、自分自身にとってホントに描き切ったと満足ができる絵、会心の出来だと誇ることができる絵を、まだ描けるうちに描き尽くしてしまいたかったのね」

姫之は口をつぐみ、まわりを見まわした。国貞の展示はそろそろ終わりに差しかかろうというところだった。

同じ版元から出版されたシリーズ中の、別の一点が目に留まった。

左右の目をぎょろりと剥き、魁夷《かいい》な風貌を迫力たっぷりに描き出された山伏衣装の老俳優は武蔵坊弁慶《むさしぼうべんけい》に扮する五代市川海老蔵《えびぞう》。万延元（一八六〇）年の出版だと解説中の一文にあるが、画中に描かれた五代海老蔵はその前年、安政六年の春に死去している。これもやはり、故人の舞台姿だった。

「この人、こういう描き方もできるんだ。枯れたところがぜんぜんないのは素直に感心するな。それにいままでの絵とは雰囲気がずいぶん違う。八十近くになるまで絵を描いてきて、いきなり若返ったといおうか、気合が違うといおうか……何だか脂ぎった描き方」

同じ大首絵の前に亜沙日が立って、率直な感想を洩らした。

「こっちの方が国貞の地だったのかもね。営業用のポーズはもうやめにしたの」

姫之は首を傾ける。癖のない黒髪が、セーラー服の肩の上をさらさらと滑っていった。

通路の角を曲がると、前方から、みぃみぃ、みぃみぃ、にゃあにゃあ、にゃあにゃあ、と無数の歓声が姫之たちの耳に飛び込んできた。軽やかで楽しげな声、声、声、声、声。視線をそちらに投げると、案の定、展示の前に群がり、小学生らしい女の子たちの一団が騒いでいた。

「猫だよ、猫！　にゃんこ！　可愛い！」

ぱたぱたとナスチャがそちらへ走っていく。年下の女の子たちに混じり、にゃあしか、にゃあしか、といっしょになって声を上げた。

「あの娘――ホントに悩みがなさそうで羨ましくなる」

「……アサさんがそれをいうのも、どうかと思うな」

軽口を叩き合い、姫之と亜沙日はナスチャの後ろへ近づいた。首を伸ばして、留学生の肩越しに展示を確かめる。

なるほど、猫だ。

猫の群れが描かれている。どこをどう見ても猫である。猫以外の何ものでもない。ただ着物をまとって、人間と同じように振舞っているだけだ。

まわりを見ると、この一角には雀やら蛸やら金魚やら、蛙、狸、鯰《なまず》……擬人化された生き物の絵が集まっている。動物ばかりか、ほおずきまで人間のように振舞っているからおかしい。だが、数が多いのはやはり猫を描いたものだった。うちわの輪郭いっぱいに描いた猫の顔に当時の人気役者の顔真似をさせていたりして、発想がどれもシュールだ。

絵師の落款は一勇斎国芳《いちゆうさいくによし》。

生年は寛政九（一七九七）年だから、同門の国貞よりも十一歳年下ということになる。初代豊国門下にあって、役者絵は国貞、武者絵は国芳と並び立ち、江戸市中の人気を二分した逸材だった。武者絵や歴史絵をはじめ、役者絵、美人画、写実性の極致のような風景画など、王道の画題にも意欲的に取り組んだが、現代ではもっぱら、奇抜な発想と型破りの表現でへんてこな絵ばかりを描いた「奇想の浮世絵師」のイメージが強い。

「ここら辺まで時代が下がってくると、古びた感じもあんまりない。いまの目で見ても楽しめる、かな」

武者絵の国芳の評に違《たが》わない、大判三枚続きの、迫力たっぷりに描かれた豪傑と怪獣の戦いの一場に目を輝かせて、亜沙日がコメントした。

「これなんかバカバカしくて目が点になっちゃった。いちおう値段をちゃんとつけて、お店で売りに出したんだよね？　お客さんたちから怒られなかったのかな」

そういって亜沙日が指差した錦絵は、子供の悪戯描きにしか見えなかった。

正しくは子供の悪戯描き風に描いた歌舞伎役者の似顔絵である。念入りなことに自らの画号や版元印まで悪戯描きに似せてある。悪戯描き風の版元印の近くにわざわざ〈はんもと〉と書き添えてあるのがおかしい。まわりを見ると、技巧を駆使したシュールな騙し絵や戯画、風刺画がこの一角に集まっていた。

「天保の改革の真っ只中に描いた風刺画ね。贅沢禁止の極端な倹約政治で、歌舞伎の舞台も浮世絵の出版も規制ばかりを押しつけられてとてもお仕事にならない。似顔もダメ、歌舞伎役者の名前や紋所や役柄を書き込むのもダメ……かちんときた国芳はこの錦絵を売り出したの。役者の似顔を描いたのではございません、子供の悪戯描きを写しましたという建前で。浮世絵の本で初めてこの絵を見た時、この人、とんでもない天才か、底なしのバカなのかのどちらかだと思った」

「浮世絵師稼業もたいへんだね」

姫之と亜沙日は連れ立って次へ進む。友人たちの後ろを追いながら、ナスチャが、ぱかあ、ぱかあと繰り返して、年下の女の子たちに両手を振った。

次の浮世絵師の展示に移った。立斎《りゅうさい》広重、俗称を安藤重《あんどうじゅう》右衛門《えもん》。生年は国芳と同じで寛政九年。出自は八代洲《やよす》河岸の定火消《じょうびけし》*8同心だから、れっきとした武家だった。

歌川派の浮世絵師としては世界的に最も高名な人物だが、国貞や国芳とは違い、彼は豊国の門人ではない。当初は人気絶頂の豊国への入門を志願したが認められず、始祖豊春のやはり直門で、門下中第一の実力派として声望が高かった一柳斎《いちりゅうさい》豊広に弟子入りした。

在世中は江戸浮世絵における風景画の第一人者であり、『名所江戸百景』『近江八景』『東海道五十三次』等々がその代表作。花鳥画も好んで描き、いまにも紙上を離れて飛び出してくるような鳥や魚の躍動感と、その向こうに見下ろした江戸の街の詩情をたたえたたたずまいは、同じ絵筆によって描かれながら、まさしく好一対の描写といってよかった。

「お魚だ、お魚。お魚さんが、空を飛んでるよ！」

「ナスチャ。それは鯉のぼりだ」

爛熟《らんじゅく》の時代を行き過ぎて、幕末、明治期に活躍した浮世絵師の展示に移る。浮世絵が大衆の愛玩品として存在できた最後の世代の絵師たちだった。

どぎついくらいにきらびやかな色彩が目立つのは時代相というものだろうか。外国人居留地の風俗を描いた横浜絵、文明開化の東京を描いた開化絵、残酷趣味の血みどろ絵が多い。横浜に移り住み、外国人相手に絵を描いて生計を立てたという二代広重《ひろかげ》。開化絵で人気を得た三代広重。江戸の名所風景を滑稽に活写して評判を得た広景。国貞の跡を継いだ四代豊国。幕末ナンバーワンの実力派、鳥瞰図に巧みなことからついた呼び名は「空飛ぶ浮世絵師」五雲亭《ごうんてい》貞秀。明治の役者絵師の中では抜群の人気を誇る、「明治の写楽」豊原《とよはら》国周。だが、何といっても目立つのは国芳の門人たちの多彩さだった。門下随一の人気と才能に恵まれながら、晩年の国芳によって破門された問題児一猛斎芳虎《いちもうさいよしとら》。おもちゃ絵の名手、一鵬斎芳藤《いっぽうさいよしふじ》。西洋文明に憧れ、空想混じりに絵筆を振るった一川斎芳員《いっせんさいよしかず》。ガラスブロマイド風の写真絵や歌舞伎役者をシルエットで描く影絵、新聞記事に題材を採った新聞錦絵と、明治の新時代にさまざまな試みを発案したアイデアマン落合芳幾《おちあいよしいく》。そして、大蘇芳年《たいそよしとし》……

大蘇（月岡）芳年は天保十（一八三九）年の生まれ。国芳の画風をよく受け継いで、あらゆる画題を手がけたオールラウンドな絵師だが、血みどろ絵のイメージが強いから か、順路の終わりはあろうことか、残酷描写、流血描写の大盤振舞いといった様相を呈していた。

凄惨な描写の連続にナスチャは恐れをなして、てのひらで両目を覆って先を急ぐありさまだった。対照的に姫之と亜沙日の目は嬉々と輝き、従来の武者絵や役者絵の枠に収まらない、臨場感溢れる描写に見入っていた。

「ああ、やっと出口だ」

「あーあ、もう出口か」

外へ出ると、そこにはミュージアムショップが設けられていた。

サイズもさまざまな復刻版画をはじめ、扇子やうちわ、手ぬぐい、湯呑み、傘、財布、トートバッグ、ポスター、ポストカード等々、浮世絵グッズが所狭しと並べられている。変わり種では広重や国虎の風景画を立体化したジオラマに、豊国の役者絵、国芳の武者絵がモデルのフィギュアなども販売されていた。

「お土産！　ねえ、どれを買ったらいい？」

「まいったな。夏休みを前に金欠になっちゃうよ」

「無駄遣いをほんのちょっと切り詰めたらいいでしょう」

何かにつけ騒々しい友人たちからは離れて、姫之はショップの一隅、浮世絵関連の書籍を取り揃えたコーナーに歩いていった。

分厚い、立派な装丁の展示図録が最もスペースを占めている。

ぱらぱらと見本を捲ると、全ての図版がカラーで掲載されていて、詳細な解説が一点ずつに付されていた。浮世絵師の略伝もひと通りついている。浮世絵研究家による論文の掲載には関心が動いたが、いかんせん、夏休み前の高校生には価格が厳しい。

面白い試みだなと思えたのは、代表的な風景画や役者絵に添えて、他の流派の有名絵師の、同じ対象を描いた作品が掲載されているという点だ。初代豊国の役者絵を例に挙げるなら、『恋女房染分《こいにょうぼうそめわけ》手綱《たづな》』三代大谷鬼次《おおたにおにじ》扮する江戸兵衛《えどべえ》を描いたものには東洲斎写楽の同作が参考図版として並べられており、『菅原伝授《すがわらでんじゅ》手《て》習《ならい》鑑《かがみ》』二代中村仲《なかむらなか》蔵《ぞう》扮する松王丸《まつおうまる》には歌舞伎堂艶鏡《かぶきどうえんきょう》の同作、『桂川月思出《かつらがわつきのおもいで》』三代市川八百蔵《やおぞう》扮する帯《おび》屋《や》長右衛門《ちょうえもん》と岩井粂三郎《いわいくめさぶろう》扮するお半《はん》には喜多川歌麿《きたがわうたまろ》の同作といった按配である。それぞれの絵師の画風の違いが、これならひと目で見比べられる。

図録の見本を置くと、姫之は他の書籍に目を移した。

豪華な画集や重厚な研究書から、ビジュアル重視のムック、新書、文庫本まで、浮世絵を題材とした書籍がさまざまに取り揃えられている。歌川派に限らないで、他の流派の、有名どころの浮世絵師をテーマにしたマンガや小説のたぐいまで置いてあった。端の方にはさまざまな雑誌。美術雑誌はもとより、学術誌、旅雑誌、歴史雑誌……そんな中に思いがけないタイトルを認め、金縁眼鏡の奥で姫之は小刻みに瞬いた。

ほぼＡ４版の表紙に躍る、スタイリッシュなタイトルロゴは『ジパング・ナビ！』。

左上の位置に〈浪漫と最新情報を発信するエキサイティング歴史絵巻〉などという恥ずかしいキャッチコピーが添えられている。

表紙には絢爛な赤い打ちかけをまとい、扇子をかざして、肩越しに振り返って微笑みかける金髪童顔の少女の全身像。黒雲母摺りをイメージしたらしい暗い背景に無数のうちわが浮かび上がって、あるいは歌麿の美人画、あるいは北斎の風景画、あるいは写楽の役者絵、浮世絵史上の代表作が一つずつに描かれている。打ちかけの背中を飾る武者絵は国芳の作。いまどきの美少女イラスト風にアレンジされてはいるが、これは印象派の巨匠クロード・モネが妻をモデルにして描いた〝ラ・ジャポネーズ〟――「着物をまとうカミーユ・モネ」のパロディだ。

なるべくイラストにかぶらないような配置で特集記事のタイトルが並ぶ中、ひときわ大きな扱いなのは、

〈総力特集浮世絵の時代――元祖クール・ジャパンのクリエイターたち。江戸の浮世絵師を徹底検証〉

というものだった。

亜沙日とナスチャがぱたぱたとやってきた。ナスチャは広重デザインの鯉のぼりの抱き枕をぎゅっと抱いて上機嫌だ。

「面白い本でも見つけた？」

横から首を伸ばしたナスチャが、あれ、と頓狂な声を上げた。

「ヒメ、まだ読んでなかったの？『ジパング・ナビ！』の最新号」

「テストのお勉強で忙しかったから。前に学校にナスチャが持ってきた時にちらっと表紙を見て、それっきり」

「浮世絵の特集は？」

とこれは亜沙日の問い。知らない、と姫之は首を横に振った。

「だったら、前の特集の時に投稿した原稿募集の結果発表も？」

「読んでない」

「おやおや。選評くらいは読みなよ、いちおうはヒメも投稿者なんだから」

亜沙日の両肩がわざとらしく持ち上がる。

「まだ読んでなかった……」

交換留学生は横倒し近くまで頭を傾けた。束の間、そのまま思案の体だったが、

「あのさ、ヒメ」

上目遣いになって姫之の目を見つめる。好奇心と期待の色がエメラルドグリーンの瞳に半分ずつ、ほんの少し悪戯っぽかった。

「何？」

とわずかに眉をひそめた姫之に向かい、

「ちょっと訊いていい？」

天使の笑顔でナスチャは語りかけた。

三

「東洲斎写楽か……」

いったん金縁眼鏡を外すと、扇ヶ谷姫之は両目の間を軽くつまんだ。

七階グランドホールを離れてからおよそ五分後。同じ百貨店の中、涼しげなインテリアの甘味処の一隅で、セーラー服の女子高生たちがテーブルを囲んでいる。

「浮世絵がらみの話題で読者の興味を惹くもの。原稿募集のテーマに持ち出すなら、ま、これしかないか」

「それでヒメの考えはどうなの？　謎の絵師、写楽はいったい誰だったか」

テーブルの反対側から、興味津々、ナスチャが首を突き出してくる。読者参加の企画として『ジパング・ナビ！』誌では各号ごとの特集テーマに沿った読者の投稿を募っているのだ。コンテスト形式の募集で、入賞者には賞金が出る。

裸眼のまま雑誌の表紙にちらりと視線を投げた後、もちろん、と姫之は口を開く。

「斎藤十郎兵衛ね。史実の通りに」

「……ここにも書いてあるな。いまでは定説、史実の扱いなんだって」

つまらなそうに頭を振って、同じテーブルにつくもう一人、朝比奈亜沙日は空きスペースへ『ジパング・ナビ！』最新号を投げ出した。

結局、《浮世絵大歌川展》の図録といっしょに姫之が購入したものである。開け放しのページには特集記事中の写楽の解説。割り当ては二ページきり、市川蝦蔵《えびぞう》の竹村《たけむら》定之進《さだのしん》、四代松本幸四郎の山谷の肴屋五郎兵衛、〈天王子屋里虹《てんのうじやりこう》〉と屋号と俳号の書き入れがある二代山下金作《やましたきんさく》の仲居ゑびぞうおかね、出羽の怪童と騒がれた大童山文五《だいどうざんぶんご》郎《ろう》の土俵入り、それから、巻紙をかかげて口上を述べる老人の座像を描いたいわゆる都《みやこ》座《ざ》口上図《こうじょうず》……代表作の図版と共に写楽自身の簡略な画歴が解説されている。

ハイ、といってナスチャが挙手した。

「その、ジューベエさんが写楽なのは動かないの？」

「ジューベエさんは柳生《やぎゅう》の剣豪でしょう。柳生十兵衛《じゅうべえ》」姫之が訂正する。「阿波藩お抱えの能役者はジューロベエさん」

「江戸の文献にちゃんと書いてあるんだってね。写楽が誰だったかは」

亜沙日が雑誌の記事に目を戻し、その文献からの引用箇所を指差した。

○写楽　天明寛政年中ノ人。

俗称　斎藤十郎兵衛。居、江戸八丁堀に住す。阿波侯の能役者なり。号、東洲斎。

歌舞伎役者の似顔を写せしが、あまりに真を画んとてあらぬさまに書きなせしかば長く世に行れず、一両年にして止む。類考

三馬云、僅に半年余行るるのみ。

五代目白猿、幸四郎（後京十郎と改）、半四郎、菊之丞、富十郎、廣治、助五郎、鬼治、仲蔵の顔を半身に画、廻りに雲母を摺たるもの多し。

――『増補浮世絵類考』（ケンブリッジ大学所蔵斎藤月岑自筆稿本）

「いわゆる別人説が話題になるのは写楽一人に限らない。芸術家にはありがちなスキャンダルね。世間の評価、名声の高さに比較して、出自や経歴なんかの実像があまりに小物臭くて平凡で、似つかわしくないと判断されると、それは何かの間違いだ、他の誰かが手がけたはずだという風説が決まってどこからか出てくるの。この手の話題で一番の大物といったら、やっぱりウィリアム・シェイクスピアになるかな。『ロビンソン・クルーソー』を書いたダニエル・デフォーも別人説があったようだし、それから、面白かったのはオランダの画家のフェルメール！　この人、センスや技術が時代をフライングし過ぎていて、その正体は未来人だったり宇宙人だったり、超能力者だったりするらしいわよ」

「ただの人間には興味ないんだ」

エメラルドグリーンの瞳を白黒させてナスチャが感想をいった。

「写楽の評価が高くなるのは、七、八十年も経って、浮世絵が海外に流出するようになってからでしょう？　考えなくちゃいけないのはここのところ。もしも海の向こうでも認めてもらえないままだったら、その場合でもやっぱり写楽は浮世絵師の中でも特別に注目される大物扱いで、別人説のような主張が出てきたと思う？　別人説が出てくるのは世間の関心や欲求の大きさの裏返し。無責任な偉人伝説がついてまわるのは有名人のお約束なの」

「そんな風にヒメはいうけれどさ。注目が集まらないうちは、おかしなところがあっても きちんと調べようとする人が出てこないよ」

亜沙日はボーイッシュな顔をしかめると、よもぎの団子を噛みちぎった。

「史実、史実といったところで、歴史の謎扱いが優勢なんだから、やっぱりおかしなところがあるんじゃないの？」

「どんなものかしらね。素人が考えつくような疑問や解釈なんか、歴史家、研究家の間ではとっくに検討済みで、もう相手にされていない場合が多いのよ」

「……辛辣な御意見をどうも」

「そう……謎解きや真相といった話題に跳びつく人たちは、史実を軽く見て、史実の裏側を探ることばかりに熱心だから、実説がどうして実説として扱われるか、空説がどうして空説としてしか扱われないのか、そんなことがまるで目に入らない。見たいものしか見ようとせず、見たくないものからは目を逸らす。写楽だって同じよ。自分の思い込みや先入観で判断するから、何でもかんでもおかしなように見えるだけ」

「へーえ。どんな風に？」

団子の串をつまんだままの手を振って、亜沙日が先を促す。

「能役者が浮世絵を描くのはおかしい、みたいなことがよくいわれるでしょう？」

「定番のツッコミだね。それが？」

「葛飾北斎にはまだ無名で絵の仕事に恵まれなかった当時、七味唐辛子や柱暦を流し売りして歩いたというエピソードがある。結果的に北斎は画業で成功できたけれども、ずっと二流のままなら、唐辛子売りが生計の足しに浮世絵を描いたといわれたかもね。それから……葛飾派に魚屋《ととや》北渓《ほっけい》という絵師がいて、この人、画号そのままに本業はお魚屋さん。他にも北雲《ほくうん》は大工の本業があったし、辰斎《しんさい》は家主、北斎の画号を譲ってもらった二代目は新吉原仲の町の引手茶屋の亭主だっけ。北斎の娘の応為が、芥子《けし》人形（豆人形）作りの内職にせっせと励んで、絵を描くよりも儲けになったという話もあったな」

「ヒメ、何でそんなことに詳しいの？」

「前に読んだ小説の受け売り」

「ああ、やっぱり」

訊くんじゃなかった、と亜沙日は自分の額をぱちんと叩く。

「浮世絵を描いても戯作を書いても一流の名人だった山東京伝は、そのくせ、こんなことは煙草屋の手遊びなんだとうそぶいている。薄禄の能役者が内職に版下絵を描くようなことがあってもおかしいとはいえないでしょう？」

「そうはいっても、ええと、斎藤十郎兵衛に絵を描いた証拠が見つからないうちはやっぱり史料が正しいことにはならないんじゃないの？」

「そんなことをいったら、文献の中に書いてあるだけの、浮世絵師の素性はほとんど全てが信用できなくなる。史料は信用できない、という理屈は歴史を空想でしか捉えられないトンデモ歴史家の最後の拠りどころよ。新吉原の亀屋喜三郎《きさぶろう》に絵を描いた証拠があるの？　大工の久五郎《ひさごろう》や家主の半次郎《はんじろう》はどうなの？　お魚屋さんの初五郎《はつごろう》に絵を描いた証拠は？　だいたい、そうした傍証の有無を問題にするような浮世絵研究家がどこかに存在するわけ？」

「……知らないよ。いったい、誰のこと？」

亜沙日は鼻白んで首を縮めると、横目にナスチャをうかがった。

交換留学生は理解が追いつかないのか、桜色の団子を口にくわえたまま固まっている。まるで人間サイズの精巧な美少女フィギュアを見るようだった。

「だいたいさ」とさっさと話を進める姫之。「謎の絵師、謎の絵師とまるで写楽ばかりが謎だらけのように騒がれるけれども、社会的地位が総じて低かった浮世絵師の大半は情報が断片的で、曖昧な伝聞や、文献の中のわずかな記述に伝記を依拠《いきょ》しているという点では写楽の場合とそう違わない。いつの頃にどんな画号でどんな絵を描いたか、確かといえるのはそのくらい。けれども、そのことに疑問や違和感を持つような人は出てこない」

「そういや、さっきの展覧会の豊春もそうだったね。歌川派を開いた偉い大センセイ、江戸に出てくる前の経歴は出身地でさえてんでばらばらだった」

「豊春の前歴といったら、誰から描き方を教わったかという師系の方は輪をかけて、諸説あります、という状況みたいよ。『画図百鬼夜行《がずひゃっきやこう》』を描いた鳥山石燕《とりやませきえん》の門人説、石川豊信《いしかわとよのぶ》の門人説、西村重長《にしむらしげなが》の門人説、それから京都に住んでいた頃に鶴沢探鯨《つるさわたんげい》に学んだとする説。鶴沢探鯨といったら、禁裏[*9]の御用絵師を務めていた当時の大物ね。他にも、江戸日本橋の大坂町で絵馬を描いて売っていただとか、実際に大坂の町を訪れて、覗きからくりの眼鏡絵を描いただとか……」

「まいったね。情報が残ってないんじゃなくて、記述がばらばらなせいで、どれを信用したらいいか、決め手がないわけだ」

亜沙日は手に負えないといった様子で、両手を頭の上まで持ち上げてみせた。お手上げのポーズだ。

「豊春の名声がそれだけ大きくて、関心を持つ人が多かったということね。葛飾北斎の師匠だった勝川春章にしたって、前半生の経歴が相当に謎めいているわよ。この人、生年からして享保十一（一七二六）年説と寛保三（一七四三）年説のふた通りがあって、二つの説の間には十七年の開きがある。二十歳頃から第一線で描き続けた天才だったか、四十歳近くになるまでどこで何をしていたかが分からない遅咲きの苦労人だったか、どちらの説を採るかで画歴の解釈がまるで違ってくるでしょう」

「おやま。そいつは困るな」

「春章や豊春と同じ世代の大物なら、一番素性が確かなのは北尾重政かな。京伝の浮世絵のお師匠ね。ところが、この人の場合はまったくの自己流で、豊春とはあべこべに特定の師系について絵を学んだという評判そのものがない。前歴は小伝馬町の版元で、作画を発注しようにもろくな描き手がいないという理由で自分で描き始めたといわれているの」

「そんな人がいたんだ。お江戸は人材が豊富だな」

あははは、と声を上げて亜沙日は笑った。

「別人説の支持者は、斎藤十郎兵衛はどこで絵を描くことを修業したかも分からない、そんなアマチュアに写楽のような画力はない、と決めてかかるでしょう？　けれども、ちょうど同じ時代に師系を持たずに独学で画力を身につけて、浮世絵画壇の大御所として認められた北尾重政のような人が堂々と存在する以上、そうした批判は説得力を持たない。げんに重政にできたことなんだから、写楽にはできなかったはずだとはいえないもの」

両のてのひらを上向け、姫之はいっそう強い調子でいいつのった。

「豊春たちの場合とは違って、写楽は一年足らずで商業出版から手を引いたから、現代人にとっては写楽の名前は大きくても、同じ時代の評価はずっと落ちたはず。実名を何といったか、住所がどこで、浮世絵を描くことを誰から学んで、実生活の身分や職業が何かなんて、写楽の個人情報にまで関心を持つ人がどれだけいたのかしらね」

「なるほどねえ。関心を持つのは現代人だけか。考えてみると、マンガでもイラストでもそれを見て楽しむ分には絵描きさんたちの実生活なんて知らなくてもいいことだ。年齢や性別を知って、かえって幻滅するファンもいるくらいだし」

「あ、それ、よく分かる。覚えがある」

笑いながらの亜沙日のコメントを受け、ナスチャは可愛らしく舌先を覗かせた。

「オッカムの剃刀《かみそり》、という言葉を知っている？」

姫之が訊いた。

「どこかのチームのサッカー選手？」

団子をくわえながら、ナスチャはきょとんとして目を瞬く。

「サッカーじゃなくて、スコラ哲学の有名な原理。多くの仮定を必要とする説明は採るべきではない、最もシンプルな答えだけが残るのだ、というやつね。この法則に照らせば写楽の別人説は現実味のない想定をいたずらに重ねる迷路に迷い込んでいる」

「…………」

「斎藤十郎兵衛と写楽の関係を疑い、文献の信憑性を認めてこなかったのは後世の野次馬であって、江戸の風俗を直接見知っていたはずの当時の文人たちではないのよ。その代わり、絵を描かなかった、と断言できる証拠だってどこにもない。いまのところは文献の記述を疑ってかかるほどの決定的な破綻はないんだし、いちおうは客観性を認めていいと判断して、同時代の証言がひとまず採用されるのは学問としては真っ当な手続きでしょう？」

「学問としては、ね」亜沙日は投げやりにいった。「ヒメはそれで楽しめるの？　当時の文献に書いてあるから能役者でしたといわれてさ。想像力を働かせようよ。東洲斎写楽にはとんでもない秘密があって、その秘密の真相を推理の力で突き止める——そんなことができたら楽しいとは思わない？」

「そんなことができたら、の条件つきでしょう。ごめんなさいね。『東洲斎写楽はもういない』で明石散人《あかしさんじん》さんが、『写楽・考』で内田千鶴子《うちだちづこ》さんがやってみせた針の穴に糸を通すみたいに精緻な文献考証……あれを読んでしまうと、正直、世間で人気の別人説は十に九までお気軽な探偵ごっこにしか見えなくなるの」

「もういっぺん、眼鏡を変えてみたら？」

「……このままでいい」

会話が、そこで途切れた。

姫之は左手首に視線を落とす。腕時計を見ると、いつの間にか、甘味処に場所を移してからでも三十分以上が経っていた。家に帰りつく頃には外はすでに真っ暗だろう。茶碗を両手で包むように持ち上げ、抹茶の残りに口をつけた。

「やっぱり、動かせないのかなあ。写楽イコール斎藤十郎兵衛」

左手で頬杖をつき、亜沙日は空いた右手で『ジパング・ナビ!』をつかんだ。ページをめくり、未練のように目を走らせる。

「何かないかな。あっと驚く真相が、割って入れるような余地」

「いままで誰も気づかなかったやつ?」

横からナスチャが細い身体を傾け、

「あーん」

といって、最後の一本、餡まみれの団子を突き出した。彼女は小豆が苦手なのだ。

「ちょっと探したくらいで、都合よく見つかるわけないよね」

亜沙日は頭を上げ、すぱしーば、とまるきり日本語の発音でいって団子をくわえた。

やがて〈総力特集浮世絵の時代〉は締めくくりの総括のページにいたり、さらに次のページへ進むと、

〈――『ジパング・ナビ!』平成×△年夏期・原稿募集のお知らせ――〉

原稿募集の告知があった。

「これだね。ええと、今回のお題は〈消えた浮世絵師。寛政六（一七九四）年の夏、役者似顔絵の傑作群を引っ下げて登場した東洲斎写楽とは何者だったか？〉。史実通りの斎藤十郎兵衛で書いて送っても、きっと不採用だろうな」

「初めから新説の募集だしね」

「賞品、賞品、今回の賞品は……金賞三十万円プラス日向空海直筆サイン入りの新刊『蓬莱島の写楽』。道教ネタが好きだね、このセンセイは。それから銀賞が……」

亜沙日の目はさらに先へ進んだ。

「いつもの賞金十万円に、おお、山河雨三郎直筆サイン入りの『魔戦日本橋』文庫版だ」

――げほっ。

姫之が激しく噎せた。細い喉から薄い胸の辺りに手を押し当て、身体をくの字に折る。

心配顔で友人たちが見守る前で、彼女は左右の肩を大きく上げ下げさせて呼吸を整えると、ゆっくりと頭を起こした。

「それ、ちょっと貸して。じゃなくて、もともとあたしの本だから、返して」

「うん？」

「いいから、返しなさい」

半ば引っ手繰るように姫之は雑誌を手にすると、鋭い視線を誌面にそそぐ。

「ヒメ。もしかして投稿するの？」

ナスチャが訊いた。レンズの端から姫之はちらりと目だけを上げ、

「三度目の正直、という日本語を知っている？」

と訊き返した。

「二度あることは三度ある、という言葉もあるよ」

混ぜっ返した亜沙日の指摘に、しかし、姫之はうるさそうに耳元で片手を振った程度で取り合わない。金縁眼鏡をおもむろに外し、白い額に縦皺を刻んで思案の表情だ。

「ヤマウサのサイン本か……銀賞、銀賞、上から二つ目の銀賞……」

「あのさ。ヒメ、ホントに写楽の謎解きができるの？　史実通りの能役者のジューロベエさんでおかしなところはないいんだよね」

横からナスチャが覗き込んで、姫之に声をかけた。

「歴史の謎を解くことと、歴史の謎解きを作るということは違うの。前に出版社の人から教えてもらったでしょう？」

姫之は静かに言葉を継いだ。

「そう……あたしは、写楽の正体が歴史の謎だとは、まったく、ぜんぜん、これっぽっちも思わない。けれども、この場合は歴史雑誌が、いままでにない写楽の謎解き、

新解釈をこしらえなさいとオーダーを出してきたわけ。これはそういう企画なの。謎のあるなしを考えていたら、先には進めなくなる。写楽の実像がどうであれ、こちらはただオーダーに従って、捏造でもでっち上げでも、センセーショナルでもっともらしい新解釈をこじつけなくちゃいけないの。そこのところ、勘違いしないで」

「さっきまでとぜんぜんいっていることが違うような気がする」

「ナスチャ。日本語は難しいね」

「そ、そうかな」

ナスチャはぎこちない笑顔を作った。

「口でいうだけなら難しくないけれどさ。ヒメ、そんな都合のいい真相に心当たりがあるの？　他の投稿者を抑えて受賞できそうな、飛びきりにセンセーショナルなやつ」

団子の串をくるりとまわし、亜沙日は姫之へ先端を突きつける。

「それをいまから考えるの」

そっけなく言葉を返すと、外した眼鏡のつるを軽くくわえて姫之はううーんと唸った。

四

日曜日の午後から降り始めた雨は次の日になってもやまず、いっそう激しい水飛沫《みずしぶき》で地上を覆った。窓の外は灰一色だ。

蓮台野高等学校、放課後の学生食堂に扇ヶ谷姫之はいた。

テーブルの上には図書室から持ち出した書籍が山積みだ。『ジパング・ナビ!』最新号や《浮世絵大歌川展》の展示図録もある。調べものに便利なのは図書室だが、飲食が禁止されている。営業時間が終わった食堂に人の姿は少ない。静かで涼しくて、それに照明も明るいから、自習にはうってつけの環境といえた。

「いた、いた。やっぱりここか」

後ろでそんな声が聞こえたかと思うと、

「ひぃーめっ、差し入れを買ってきたよおーっ」

明るい声と華奢な身体が背中に覆いかぶさってきて、左右の肩越しに透けるように白い腕がまわされた。ナスチャだ。

彼女の左手にはたこ焼きを詰め込んだ竹皮の器。開山七百年の由緒正しい禅寺や、さらに歴史の古い御霊信仰系の神社が近くにあるから、煎餅、饅頭、飴菓子、たこ焼き、かき氷にクレープ、観光客相手に食べ物を売る店には事欠かない。

「はい、あーん」

たこ焼きの一つに楊枝を突き立て、姫之の口に運んだ。

従順に姫之はくわえる。咀嚼すると、たちまち口の中にぴりりと辛味が広がって彼女の額に縦皺が寄った。カレーの味がした。それも激辛に近い。

「……ナスチャ。これ、たこ焼きとは違う」

片方のてのひらで口を覆って咀嚼を続けながら、姫之は訴える。

「そんなはずはないよおー。たこ焼き屋さんで、ちゃんとたこ焼きを頼んだもの」

「でも、蛸が入ってない」

「ランダムの詰め合わせにしてもらったから、食べてみるまでは中身が何なのか分からないんだ」

「それ、やっぱりたこ焼きとはいわない」

「たこ焼きだってばー。ね、ね、アサさん、ちゃんとたこ焼きを頼んだよね？」

「そうだよ。お店ではたこ焼きだといって売っていたんだから、やっぱりたこ焼きということになるんじゃないの。たとえ蛸の代わりにカレーとか、チーズとか、焼きそばとか、ピザのトッピングが入っていたとしても」

ビニール袋から新しいたこ焼きの器を取り出し、テーブルの上に並べながら、もう一人のクラスメートはにやにや笑っている。

「たこ焼き屋さんもいろいろ考えるのね。けれども、それはホントにたこ焼きだといえるの？」

「かまわないじゃない。たい焼きだって、別に鯛の切り身は入っちゃいないんだし」

「どういう理屈なの」

カレーの辛さに思いきり顔をしかめ、姫之は、その自称たこ焼きなるものを嚥下した。途端に喉の途中にかっかと火がつく気がした。

「アサさん、練習は？」

「体育館はただいまバスケ部が占拠中。この雨でグラウンドは使いものにならないし、自主トレだ、自主トレ」

他のテーブルから引き寄せてきた椅子にまたがるように腰を下ろし、朝比奈亜沙日は背凭《せもた》れから上半身を乗り出した。剣道部の稽古着に竹刀袋を携え、薄手のウインドブレーカを上に羽織っているのはいつもの通り。彼女の部活動もこの夏が最後だ。

姫之の向かいにはナスチャが座り、亜沙日にもたこ焼きを突きつける。

「すぱしーば……何なの、これ。具はナポリタン？」

噛みちぎって味わいながら、亜沙日は姫之の顔を覗く。

「それで、ヒメ、やっつけ勉強は順調？　写楽の真相は見つかってくれそうなの？」

「頭を悩ませているところ」姫之は額を押さえた。「まがりなりにも歴史の真相をかけて、先行研究にはない新解釈を持ち出そうというのよ。いざ自分で探すとなると意外に難しくてさ。調べれば調べるほど、写楽のいったいどこが謎なのか、そんな確信ばかりが強くなっていって。検証の真似事に手をつけている自分が何だかバカらしくなってきた」

「ソウデスカ、ソウデスカ」

亜沙日は山積みの本に目を移した。

本来、図書室から一人の生徒の学生証で借り出せる上限は五冊。超過分は、亜沙日とナスチャが代わりに借りたものだった。

「難しく考えるのは、やめ、やめ、やめ。どうせヒメのことだから、あっちの文献にはこんな風に書いてある、こっちの史料にはあんな風に書いてあるとずらずら並べて、事実の断片を繋いでいったらこうなりました——とやるつもりじゃないの？」

「それが歴史を読み解くということよ」

「ヒメはそれでよくても、つき合わされるこっちが困る。空想は空想、俗説は俗説として楽しめたらいいの。本気にするかはその人たちの自己責任だ」

両腕を広げて、亜沙日は訴えた。

「ヒメが調べても、何のアイデアも出てこないの？」

こちらもたこ焼き——具材はいちごのジャム——を幸せそうに味わいながら、ナスチャが訊く。

「目新しい解釈に繋がるかは別にして……きちんと情報を整理してみると、興味深い事実がいろいろと出てきた。これまでは特別な関心もなかったから気づかないでいたのね」

「どんな話？」

「何から話したらいいかな」

姫之は書籍の山を動かし、テーブルの上にスペースを空けてノートを広げた。

「……まずは基本情報のおさらい。『浮世絵類考』という文献の写楽記事に斎藤十郎兵衛の名前が追加されるのは一般には写楽の登場から五十年後、弘化元（一八四四）年の『増補浮世絵類考』からということになっている。ただ、それより早く、戯作者の式亭三馬が〈江戸八丁堀ニ住ス〉と補記を加えていて、江戸八丁堀に写楽が住んでいるという情報自体は文政年間——一八二〇年頃にはもう出ていた。それから、斎藤十郎兵衛の家は菩提寺の過去帳が見つかっていて、享和元（一八〇一）年頃には八丁堀地蔵橋に移り住んでいたことが特定できている。写楽版画が出版された寛政六（一七九四）年の時点では地蔵橋にまだ移っていなくて、阿波藩中屋敷の長屋住まいだったようね。ここまではいい？」

「了解」

「問題は斎藤十郎兵衛の家が江戸八丁堀の地蔵橋にあって、浮世絵師の写楽も同じ土地に住んでいたという話はどこまで他の史料の裏づけがあるのかということ。有力な史料が二つある。まず、このコピーを見て」

そういって、姫之は一枚のコピー用紙をノートの上に置いた。

両側から首を伸ばし、ほとんど額をくっつけるようにして亜沙日とナスチャはコピーを覗き込んだ。

「地図だよね、これ」と確認するナスチャ。「ここに見出しがある。図……絵……之……辺……」

「これは江戸時代の切絵図だから、いまと違って、横並びの文字は右から左の方向へ読んでいくの。〈本八丁堀辺之絵図〉――嘉永七（一八五四）年に近吾堂という版元から出版されたものよ。写楽の出版からは六十年後。斎藤十郎兵衛の歿年は文政三（一八二〇）年だから、死後、三十四年が経っている。ほら、ここ、真ん中にあるこの橋が地蔵橋」

姫之は切絵図の上の一点を人差し指で押さえた。

「地、蔵、橋……ああ、書いてある、書いてある。写楽はこの近くに住んでいたんだね」

亜沙日は橋のまわりに視線を動かした。表門の位置を上にする形で住人の名前が書かれているから、地図上の人名の向きはばらばらだ。読みづらくてかなわない。

「橋のすぐ左下の角に、五つ、住人の名前が並んでいるのが分かる？〈斎藤与右衛門《よえもん》〉という名前が左から二番目にあるでしょう」

「斎藤……？　だったら、この人が――」

「文献通りに斎藤十郎兵衛が写楽だとしたら、この人が写楽の息子ということになる」

切絵図のコピーを見ながら、姫之は未使用のページに五人の名前を書き写した。

▲中田円助《なかだえんすけ》
　同　海助《かいすけ》
　村田治兵衛《むらたじへえ》
　斎藤与右衛門
●飯尾藤十郎《いいおとうじゅうろう》

「左端の飯尾藤十郎の名前の上には黒い丸印が、右端の中田円助の上には黒い三角印がついているでしょう？　これは拝領屋敷[*10]の意味。飯尾家は北町奉行所の、中田家は南町奉行所の与力[*11]の家柄だったから、どちらもれっきとした幕府の侍ね。切絵図の上では五世帯が並んで記載があるけれども、五軒の家が並んでいたわけではなくて、実際には飯尾家と中田家の拝領屋敷が隣り合っていたことになる。中田円助と左隣の海助は同姓だから、兄弟か、従兄弟か、とにかく近い血縁者で、同じ屋敷に同居していたようね……」

「斎藤十郎兵衛の家族は、だったら、北町か南町か、どっちにしてもお役人の拝領地の中に家があったわけなのか」

亜沙日が切絵図から目を上げ、姫之に確かめる。

「江戸時代の後半になると、家格の低い旗本や御家人はたいてい困窮していたでしょう。生計を助けるため、拝領地の一部を他人に貸して地代を収めさせたり、棟割長屋を建てて居住者から家賃を取るといったことは珍しくなかった」

「斎藤十郎兵衛の家が、どちらの敷地の中にあったかは判断できるわけ？」

「それは判断できる。斎藤与右衛門の右隣に村田治兵衛という人が住んでいるでしょう？　村田家の住居があったのはおそらく飯尾家の敷地内」

傍らの書籍の山から一冊、新書を取り上げると姫之はぱらぱらとページをめくった。

「地蔵橋に村田家が移ってきたのは村田春海《はるみ》という人の代で、その時期というのが、寛政十一（一七九九）年頃。同じ賀茂真淵《かものまぶち》門下の国学者だった加藤千蔭《かとうちかげ》の口利きで、板倉善右衛門《いたくらぜんえもん》という与力の屋敷の台所を住居として買い求めたという話だから、古くなって使わなくなった厨房の建物を修繕して、住まわせてもらったようね。本には茅《ぼう》屋《おく》*12に引っ越したと書いてある」

「板倉だったら、こっちの切絵図にある飯尾とは違うよ」

聞き咎めて亜沙日が眉をひそめた。

「本では板倉になっている。屋敷替えがあって板倉家から飯尾家に住人が変わったか、それとも、飯尾の他に板倉の別姓を持っていたか、そんなところじゃないの。板倉と飯尾は字面が似ているから、単純に史料を書き写していくうち、どこかの時点で飯尾が板倉に書き換えられた可能性もあるな……」

金縁眼鏡のフレームを指先で押さえ、姫之はくいと上げた。

「代替わりしても同じ場所に住んでいたなら、切絵図の並びの通りだと、嘉永七（一八五四）年の時点で斎藤与右衛門と村田治兵衛は、飯尾家の拝領屋敷の敷地内に地借りする形で住んでいたことになるでしょう。そのことを裏づける証言もあるの」

「まだあるんだ」

「村田春海は文化八（一八一一）年に亡くなり、跡を継ぐ子供がいなかったから、春海の未亡人は養女をもらって育てることにした。この多勢子《たせこ》という女性もとうとう結婚せずに子供ができなかったから、こちらも養子をもらって、春路《はるみち》と名乗らせた。春路は諱《いみな》で、切絵図には村田治兵衛の名前で載っている人ね。村田春路は妻も子も持たなかったから、結局、村田家は彼の代で潰《つい》えてしまったみたい。ただ、春路には歌道の女弟子がいて、その女性から村田家について聞き取りをした記録が残っている。村田多勢子が養子をもらった経緯も彼女が証言している。こんな内容なの。〈若き時より一生不嫁にて子なかりしが、家の垣隣に住める阿州侯（蜂須賀家）の能役者某の男児を愛し、六七歳の時より家に迎へ、養子《とりこ》として育《おお》し立て、漢和《からやまと》の学をせさせて家を譲りぬ。之を春路といふ〉――」

「垣根のお隣に住んでいたのが、阿波藩の能役者！」

亜沙日は思わずナスチャと顔を見合わせた。

「だったら、養子にもらった男の子はジューロベエさんの……どういう関係？」

人差し指を片頰に添え、ナスチャは首を傾ける。

「六、七歳の時に家に迎えたとあるだけで、時期を特定できないから、ここに名前がある斎藤与右衛門の実子か、年齢の離れた弟がいたとでも考えておくのが無難でしょうね」

姫之はシャープペンシルを片手に握ると、ノートの上へ伸ばした。

「垣根を挟んで、村田家と斎藤家は隣り合わせて暮らしていた。村田家は春海の代に、板倉善右衛門から屋敷の一部を買い取っている。斎藤十郎兵衛一家がここに移住してくるのは村田家の入居からは、一、二年遅れてからで、時期が近いから、同じように加藤千蔭の周旋があったとも考えられるわね。加藤千蔭という人は国学者として名前が通っているけれども、もとは北町奉行所の与力だったのよ。それやこれやを考え合わせると、斎藤十郎兵衛も板倉善右衛門から住居を手に入れたと判断するのが自然でしょう。板倉善右衛門、それから嘉永七（一八五四）年時点の飯尾藤十郎は彼らにとって地主か家主かといった立場で、五十年以上の間、斎藤家と村田家は代替わりしながら、拝領屋敷の同じ敷地の中でいっしょに住まわせてもらっていたというわけ」

ひと通りに関係者の名前を書き加えてから、あるいは破線、あるいは棒線で、それぞれの人名を関連づける。記入したばかりの関係図を確かめ、姫之は短い息をふっと吐いた。

「浮世絵師の写楽と国学者の村田春海が、拝領屋敷の同じ敷地の中で暮らしていた隣人同士だったと想像すると面白いわね。当時の知名度の違いは措いておくとして。さて……ここでポイントになるのは、嘉永七年の五人からは約四十年前の世代、斎藤十郎兵衛と同じ時期にはどんな人たちがこの場所に住んでいたかということ。ここからが重要だからね」

さらに二枚、新しいコピー用紙を姫之は取り出した。

「ヒメ、このコピーは？」

「『諸家人名江戸方角分《しょかじんめいえどほうがくわけ》』という文献。江戸の芸能関係者千人以上を住所方角に従って分類した覚え書ね。この種の江戸の人名録としては例のない大人数を収録……だってさ」

「そんな史料をよく見つけてきたな」

「写楽関連の書籍ではたいてい紹介されているし、検索をかけてみたら、国立国会図書館のデジタルコレクションで、大田南畝《おおたなんぽ》旧蔵の写本が一般公開されていたわよ」

著者は歌舞伎役者の三代瀬川富三郎《せがわとみさぶろう》。文化十四（一八一七）年から翌年にかけて成立したようだが、残念ながら著者自身による原本は伝わっていない。

「プリントアウトした部分は〈八町堀〉……もちろん、これは八丁堀ね。昔の人たちは漢字の表記がルーズだったから。ほら、ここを見て。〈北嶋町〉とか〈地蔵橋通り〉とか、実名欄の右横に小さく在所が書き添えられているでしょう？」

「ああ、ホントだ。するとつまり……」

「斎藤十郎兵衛の歿年は文政三（一八二〇）年。『江戸方角分』の原本が成立したのはその数年前だから、斎藤十郎兵衛がまだ生きていた時点で地蔵橋周辺に居住していた人たちを、これである程度特定することができるというわけ」

「同じ地蔵橋に住んでいたなら、顔見知りだったとしてもおかしくないか……」

よく考えつくな、と感心を通り越して亜沙日は半ば呆れ顔だった。たこ焼きの皿へ片手を伸ばし、どれを選ぶでもなく楊枝を突き刺す。

「その前に説明しておくと、『江戸方角分』が有名なのはここのところの記載」

　姫之は身体を乗り出した。反対側からコピーを覗き込み、片手を伸ばして、コピーの二枚目、最後から二人目に位置する人物の行を人差し指で押さえてみせる。

「画家の〈秋山〉と狂歌師の〈蔵伎〉の間に一人、故人を示す┓マークつきの浮世絵師の行があるのは分かる？　上半分が通号、下半分が実名のはずが、どちらの欄も空白で、それなのに通号欄の左下に小さく〈号写楽斎〉、実名欄の右横には〈地蔵橋〉と補記がある」

「シャラクサイ？」

　唇の手前でたこ焼きを止め、亜沙日は呻くようにいった。

「トウシュウサイでもシャラクでもなくて？」

　ナスチャの方はピロシキ風味のたこ焼きをくわえたまま、ぱちぱち両目を瞬き、説明を求めるように姫之を見返す。

「そう、写楽斎。だから、能役者説を認めない反対派は、浮世絵師の東洲斎写楽と八丁堀の写楽斎は別人だと主張しているみたい――現代の出版物だって、人名の誤記や取り違えはよくあるのにね。昔の個人の書き物なら雑な表記は当たり前。『浮世絵類考』でも、写本によってはしょっちゅう写楽斎の表記になっていることをどう考えているのかしら」

皮肉っぽく口角を持ち上げ、眼鏡の端から姫之はクラスメートたちをうかがった。

「浮世絵師の×印があって、江戸八丁堀に住んでいるのだから、この場合は『浮世絵類考』の東洲斎写楽を指していると素直に判断ができる。ところが、他の機会では美術史の研究家は文献の記述を頑迷に信じて疑わないといって執拗に攻撃しているはずの反対派が、自分たちの反論にとって都合がいいと見ると途端に、文献の記述は一字一句まで疎《おろそ》かにはできないという考えの文献至上主義に宗旨替えしてしまうの。あの人たちは結論が決まっているからね」

そこで姫之はテーブルの端から『ジパング・ナビ！』を取り上げると、東洲斎写楽のページを開いた。

「名前の表記がおかしいといったら、当の写楽だって、とてもおかしなことをやっているのよ。実例が写楽のすぐ身近にあるのに、写楽斎は写楽ではないと主張したい人たちはどうも都合よく忘れているようね……」

ここを見て、といって姫之は掲載図版の一つを示した。

でっぷりと太った女形の歌舞伎役者が大首絵で描かれているが、背景はお馴染みの黒雲母摺りではない。黄つぶしといって黄一色に塗り潰されたシリーズ中の一作だった。上方役者の二代山下金作扮する仲居ゑびぞうおかね、実は貞任《さだとう》妻岩手御前《いわてごぜん》。

「何だか、ぱっとしない出来だなあ。役者さんのインパクトは強烈なのに」

亜沙日が率直な印象を口にした。

「第三期の間判大首絵のシリーズよ。このシリーズは現存する十一点全て、第一期の大判大首絵のシリーズとは違って、落款はただ〈写楽画〉とあるだけ。それからもう一つ、第一期との大きな違いは、全ての作にどの役者を描いたかという情報が記されていること。この山下金作の場合だったら、天王寺屋里虹……」

「何のこと？」

とナスチャが訊く。

「天王寺屋は山下金作の屋号。里虹というのは俳号で、つまり、俳句を作る時のペンネームね。当時の歌舞伎ファンの間では贔屓の役者をそのまま名前で呼ばないで、屋号や俳号で呼ぶのが通、玄人だといわれたの」

「芸能人を愛称で呼びかけるみたいな？」

「ま、そんな感じ。ところでね。この表記に間違いがあるの。ほら、ここ、子供の子で天王子屋になっているでしょう。正しくはお寺の寺、天王寺屋が正しい表記」

ノートの余白にボールペンを走らせ、〈天王寺屋〉と書いてみせる。掲載の図版ではなるほど〈天王子屋〉。ナスチャは二つの表記を見比べた。

「天王寺屋里虹のこの絵に限らないで、他のものでも同じような間違いがあるのよ。三代市川八百蔵《やおぞう》の立花屋中車《たちばなやちゅうしゃ》は、立つに花ではなし、漢字一文字の〈橘屋〉だし、幕末になって国貞が豪華版で描いた三代沢村宗十郎の紀伊国屋《きのくにや》訥子も、錦絵の俳号は糸偏で〈納子〉。二代中村仲蔵なんか、正しい屋号は政津屋《まさつや》なのに何故か〈堺屋《さかいや》秀鶴《しゅうかく》〉になっていて、これはどうやら、初代仲蔵の栄屋《さかえや》秀鶴と取り違えた上に書き損じたみたい」

「そんなに間違いが？」

「だから、こんなことは普通では考えられないと決めつけて、歌舞伎役者を写楽はよく知らなかったとか、間判を描いたのは写楽ではなくて別人の代作だったとか、蔦屋から売り出された錦絵を模刻した海賊版だったとか、間判大首絵のシリーズそのものがまったくの贋作だったとか、極端な解釈をする人たちが出てくるの」

「へーえ……ヒメの解釈はどうなの？」

「『浮世絵類考』や『江戸方角分』のような手書きの本とは違って、この場合は店頭で販売された商品でしょう？　たとえ写楽がうっかり間違えても、蔦屋が版下絵をチェックするはずだし、出版前に検閲する行事改の人たちも目を通す。彫師たちだって彫り始める前に気づくわよ。贋作や海賊版なら、なおのこと疑われないように注意するはず」

　姫之はひと息吐くと、友人たちの注目を集めるように短い間を空けた。

「ところが……現実には御覧の通り、歌舞伎役者の屋号や俳号を間違えるという初歩的なミスを、蔦屋といい、行事改といい、誰一人として問題だとは認識せず、そのまま工程を通してしまって、間違った屋号や俳号のまま役者錦絵を売り出している。間違いがあるとはみんなが気づかなかった——と考える方が、この場合はナンセンスね。現実的ではない」

「だったら、げんに間違いがあるのはどう説明つけるのさ」

　亜沙日が拗ねた表情で問い質す。

「間違いがあるとはみんなが気づかなかったのじゃなくて、間違いがあることに問題があるとは考えなかったの」

「はあ?」

「多少表記に誤まりがあっても、どこの誰なのかの判別がつくなら別にかまわないじゃない。これが江戸の、というより、近世以前の人たちの感覚だった。現代人の感覚で昔の文献に表記の厳密さを要求したって意味がないのよ。地本[*13]問屋から売り出される出版物ですら認識はこの程度なんだから、個人の書き物の場合はなおのこと、うろ覚えでいい加減な地名や人名を書きつけ、当て字もむちゃくちゃということが多くなるのは仕方がない」

「………」

「現代人は正確な情報を知りたいと期待して調べるから、ぜんぜん別の時代の、別の感覚や別の常識で生活する人たちに対しても、現代並みに情報への厳密さを要求してしまいがち。情報の正しさにこだわるのは大切よ。けれども、自分が欲しい情報ばかりに捉われると、不毛な揚げ足取りや、選り好みという結果にしかならないの」

「そいつはまあ……理屈はそうなるのか。考えてみると尾張柳生の連也《れんや》なんかも、しょっちゅう斎号を勝手にくっつけられて、柳生連也斎に名前が変わっていたりするから、同じようなものか。江戸柳生の十兵衛もよく重兵衛だし……」

亜沙日はひとまず頷いたものの、何となく釈然としない。やけ食いのようにたこ焼きを口の中に突っ込んだ。

「シャラクにしろシャラクサイにしろ、実名が書いてないのは残念だなあ。ムチャクチャな当て字でも残してもらえた方が助かるのに。この空白にはどんな意図があったのやら」

「アサさんさ、ここが空白の人たち、けっこういるみたい」

ナスチャがコピーのあちらこちらを指し示した。

彼女の指摘通り、実名を欠いた人物は他にも散見できる。八丁堀の部に限定しても、浮世絵師の〈山学〉、画家の〈秋山〉、俳諧師の〈立志〉と〈完来〉の四人に実名の記載がなかった。だが、通号欄が空白なのは〈号写楽斎〉の補記がある浮世絵師一人だけだ。

「実名NGだったのかな」

「著者自身が直接、写楽の情報を知っていたわけではないでしょう」

慎重な物言いで姫之が切り出した。

「瀬川富三郎はおそらく、複数の人名録や覚え書を集めて、住所ごとに該当する人たちの情報を転写していったのだと思う。もとの資料の時点では通号や実名の記載があって、上から棒線でも引いて消されていたから書き写さなかったのか、そうでないなら初めから記載がなかったのよ。過去の人名録の中にはそれこそ、実名なんか知らなくても不便はしないから書かなくてかまわない、と割り切った判断で作成されたものもあったでしょうね」

「ヒメさ、あんた、もう少しロマンがある発想はできないの？」

「殊更に秘密や陰謀の存在を疑ってかかって、こじつけ解釈を捻り出すことをロマンだとは考えたくないな」

露骨に顔をしかめつつ、姫之はたこ焼きをかじった。

「何にしろ、八丁堀に写楽がいたことの補強になっても、斎藤十郎兵衛で決着がつくところまではいってないな。いままでのところは八丁堀の地蔵橋まで住所が一致しただけ。異説をねじ込ませる余地が消え失せたわけではないから、ウチらにとっては大助かりだ」

楊枝に刺したたこ焼きを目の高さに持ち上げ、亜沙日が強がるようにいった。

「追究を打ち切るのはまだ早いわよ。斎藤十郎兵衛と写楽が直接には繋がらなくても、外濠から埋めていって、二人を囲い込んでしまうことはできる」

姫之はノートの上に、〈斎藤十郎兵衛〉とは別に〈写楽斎〉の名前を書き加えた。

「斎藤十郎兵衛と写楽を囲い込むって、いったいどうやるのさ？」

「『江戸方角分』の八丁堀の部には十九人の住人が書き記されているでしょう。このうちで〈地蔵橋〉の補記があるのは〈号写楽斎〉を除くと四人だけ。他に〈地蔵橋通り〉と書いてあるのが一人いる。この人たちなら、斎藤十郎兵衛と同じ時期にすぐ近くに住んでいたわけだし、同じ地蔵橋にいたはずの写楽の評判もある程度は聞き知っていたはず」

姫之は『江戸方角分』のコピーを取り返して、地蔵橋の住人を一人ずつ書き出した。

画家　可庵　名武清　字子慎　地蔵橋通り　喜多栄之助
篆刻家　粲堂　名勝博　字学古　地蔵橋　中田平助
詩人　秋香　粲堂妻　名舜英　字小香　同居　谷志夫子
画家・俳諧師　月窓　名世達　字孟泉　地蔵橋　谷口月窓　元神田於玉ヶ池
国学者・本歌師　織錦　名春海　字士観　又号琴後翁　平姓　地蔵橋　村田平四郎

「ちゃんと村田春海の名前も出ているんだ。地蔵橋、実名は村田平四郎《へいしろう》か」

村田春海の記載を確かめ、亜沙日は頷いた。

「それより、びっくりするところは残りの人たちよ。喜多武清《きたぶせい》、中田粲堂《なかださんどう》、谷秋香《たにしゅうこう》、それから谷口月窓《たにぐちげっそう》……」

「一人も知らない」

「あたしも知らなかった。だから、調べてみて驚いた」

姫之は切絵図のコピーを示した。

「最初に中田粲堂――篆刻《てんこく》家というのは文人としての顔で、この人、公の役職は南町奉行所の与力だった。切絵図では地蔵橋周辺に他の中田家は見当たらないから、実父か、養父かは別にして、嘉永七（一八五四）年の中田円助と海助にとっては先代ということになるようね。拝領屋敷の場所は粲堂の世代から変わっていないはず。北町奉行所の板倉善右衛門、斎藤十郎兵衛、村田春海をひとくくりに同じ拝領屋敷の中の住人同士だとまとめたら、彼らの全員にとって、中田粲堂は隣屋敷の主人だったという関係が成り立つでしょう。ここで粲堂の奥さんで、同じ屋敷に同居していた谷秋香の存在が大きな意味を持ってくる。『江戸方角分』では詩人としての記載ね。ところが、この人、奥州白河藩の御用絵師だった谷文晁《たにぶんちょう》の妹なのよ。彼女自身も文晁から絵を学んだ女絵師で、山水画が得意だったらしい」

「谷文晁？　だったら、当時の江戸で一番の大物画家じゃないさ。浮世絵ではなくて、本画の方の」

思いがけない繋がりが出てきて、亜沙日は目を瞠った。

近世江戸の芸術絵画といえば、漢画[*14]、大和絵[*15]のたぐいであり、これらの描き手は本画家と呼ばれて、画工すなわち職人扱いの浮世絵師とは明確に区別されていた。その程度は彼女も知っている。げんに『江戸方角分』でも〈画家〉と〈浮世絵師〉は別々の扱いだ。

「それから、地蔵橋通りの喜多武清……この人はやっぱり谷文晁の門人だった。別の本では八丁堀竹島の住人だと書いてあった。『江戸方角分』の頃から同じ場所に住んでいたのかしら？　白河藩の上屋敷は北八丁堀にあったから、谷文晁門下の喜多武清が八丁堀に住んだのは上屋敷から近かったからでしょうね」

「……………」

「後は……谷口月窓か。この人は伊勢の国の出身で、高名な画僧の月僊《げっせん》から絵を学び、江戸へ出てから谷口鶏口《たにぐちけいこう》という俳諧師の娘婿になったという経歴の持ち主。よく描いたのは山水画、人物画、花鳥画。九十二歳まで長生きして、お亡くなりになるのは慶応元（一八六五）年だから、もう三年を生き長らえたら明治維新を見ることができたわけだ」

姫之は『江戸方角分』のコピーを確かめながら、中田粲堂、谷秋香、喜多武清、谷口月窓の四人に谷文晁を加えて、彼らの名前をノート上の適当な位置に書き足していった。

「だんだん、人数が増えてきたね」

感心顔でナスチャが声をかけた。

「このうち、中田粲堂、谷秋香、喜多武清、谷口月窓の四人は、寛政六年に写楽が出現した時点では全員が二十歳前後。『江戸方角分』の当時には四十代になっている。伊勢出身の月窓はともかく、他の三人なら写楽を覚えていて、自分たちのすぐ近くに写楽が住んでいると噂にでも聞いたら、関心が動くということはあってもおかしくないわね」

ここまでの情報を整理するように姫之が語った。

「つまり、ポイントは中田粲堂なの。南と北の町奉行所の役人同士で、拝領屋敷が隣り合っているのだから、当然、いくらかの行き来はあったでしょう。隣屋敷の敷地内に地借りして住んでいるのがどんな人たちなのか、直接交流があったかは別にして、評判程度は聞き知っていたと思う。阿波藩侯お抱えの能役者はともかく、もう一人は江戸でよく知られた国学者で、賀茂真淵門下の四天王だったものね」

「…………」

八丁堀関係図

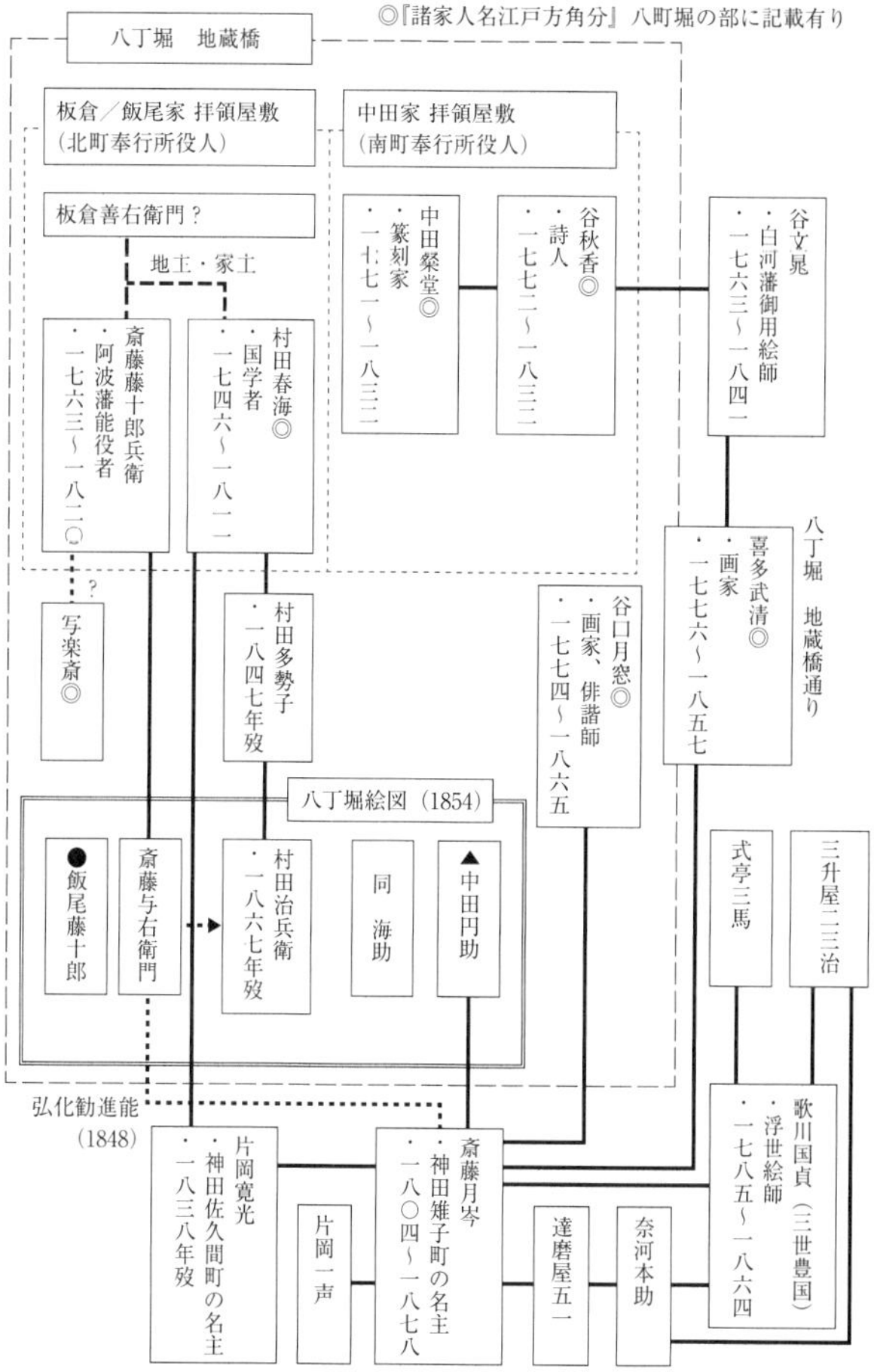
◎『諸家人名江戸方角分』八町堀の部に記載有り
八丁堀　地蔵橋
板倉／飯尾家 拝領屋敷
（北町奉行所役人）
中田家 拝領屋敷
（南町奉行所役人）
板倉善右衛門？
地士・家士
斎藤藤十郎兵衛
・阿波藩能役者
・一七六三～一八二〇
村田春海◎
・国学者
・一七四六～一八一一
中田粲堂◎
・篆刻家
・一七七一～一八三二
谷秋香◎
・詩人
・一七七二～一八三二
谷文晁
・白河藩御用絵師
・一七六三～一八四一
写楽斎◎
？
村田多勢子
・一八四七年歿
谷口月窓◎
・画家、俳諧師
・一七七四～一八六五
喜多武清◎
・画家
・一七七六～一八五七
八丁堀　地蔵橋通り
八丁堀絵図（1854）
●飯尾藤十郎
斎藤与右衛門
村田治兵衛
・一八六七年歿
同　海助
▲中田円助
式亭三馬
三升屋二三治
弘化勧進能
（1848）
片岡寛光
・神田佐久間町の名主
・一八三八年歿
斎藤月岑
・神田雉子町の名主
・一八〇四～一八七八
歌川国貞（三世豊国）
・浮世絵師
・一七八五～一八六四
片岡一声
達磨屋五一
奈河本助

「粲堂自身は、公人としては町奉行所与力で、江戸市中を取り締まる立場。私人としては儒学者、漢詩人、篆刻家として名前が通っていた。その上、奥さんの谷秋香は、江戸画壇のトップに立つ巨匠の実の妹。彼自身は特別な関心を浮世絵に持たなくても、同じ地蔵橋に住む浮世絵師の評判が立っているんだから、まわりで自然に話題は出ることはあったんじゃないの」

深呼吸を一つ挟み、友人たちに姫之は首をめぐらした。

「そして、噂の浮世絵師の実名として挙がった名前は、すぐ隣の敷地に暮らしている能役者一家の御主人だった……」

「何の根拠もない風説だ」抑揚のない棒読み口調で亜沙日がいった。「斎藤十郎兵衛が絵を描いたという証拠だってないし、写楽との関係は文献にそう書いてあるだけ。南町奉行所の与力や、大物画家の妹が隣に住んでいたのだってただの偶然」

「まさか。いったいぜんたい、どんなアクロバティックな現象が起こったら、現実の出来事としてそんなバカバカしい説明が成り立ってしまうわけ？」

レンズの奥で、姫之は両の目尻をきっと吊り上げた。

「北町奉行所の役人が地主か、家主かという立場にいて、拝領地の一画に住まわせてもらっていた能役者一家の御主人が、ある時点で、まったく関係がない浮世絵師と同一人物にされて、描いてもいない役者絵を売り出したという風説が突然持ち上がり、訂正もなされずに根拠のない醜聞が広まったまま……そんな説明が通ると思う？　中田粲堂と谷秋香が隣屋敷の住人だったのに？　歌舞伎役者の似顔を能役者が描いたことになると外聞が悪い。おおっぴらに吹聴できることとは違う。根も葉もない噂が大名お抱えの能役者の家に持ち上がるとは考えづらいし、たとえ持ち上がっても、まったくのデマ、作り話だとしたら、そんな風説はさっさと打ち消されて、それこそ記録にも残らなかったでしょう」

「理屈の上ではね」

「理屈ではなくて、これは常識の話。初めから文献の記述は間違いだと決めてかかって、現実味がない空想を並べるより、実際に能役者が浮世絵を描いていて、特別に関心を持つ人たちは少なかった中、たまたま事実を知る文人が記録に書きつけた。そう考える方が自然で、ずっと破綻がないでしょう」

　姫之はひとまず言葉を切ると、ノートを手元に引き戻した。

「この関係図はまだ途中なの。詳しく調べたら、繋がりがまだまだ出てくるはず」

「まだ探すんだ、ヒメ」

「例えば……斎藤月岑の名前をこの辺りに加えることができる」

　姫之のシャープペンシルが動いて、ノートの下端近くに〈斎藤月岑〉と書いた。

「『増補浮世絵類考』を編纂した月岑が、どんな人だったかは知っている？」

「考証家さんでしょう?」

「ううん、そうじゃなくて……この人のホントのお仕事は町名主だった」

姫之は、斎藤月岑のプロフィールを手短に伝えた。

九代斎藤市左衛門《いちざえもん》、諱を幸成《ゆきなり》という。月岑とは文人として用いた号である。文化(一八〇四)元年の生まれ、文政元(一八一八)年に父が歿したため、十五歳で元服、神田雉子町の町名主職を世襲した。

神田六ヶ町の町政に従事する傍ら、考証家として筆を振るい、『江戸名所図会』全二十巻をはじめ、『東都歳時記』『武江年表』『声曲類纂』『扶桑探勝記』『百戯述略』『江戸絵馬鑑』『東都扁額略目』『江戸開帳披索記』等々……彼が手がけた著述は数多く、江戸の風土や故事来歴、古典芸能の考証に大きく貢献した。

浮世絵研究の上で月岑の名前を欠くことのできないものとした『増補浮世絵類考』は、神田豊島町の蔵書家鎌倉屋重兵衛《かまくらやじゅうべえ》、片岡一声《かたおかいっせい》の両者から提供された先行写本をもとに天保十五(一八四四)年の春から編纂に着手、ほぼ一年がかりでいちおうの完成を見た。もっとも、英国ケンブリッジ大学図書館所蔵の自筆稿本には月岑自身の手による書き入れが随所にあり、その内容から、幕末の慶応年間までは加筆と修正が行われていたことが確認できる。

月岑は維新を挟んで、明治十一(一八七八)年三月六日、『武江年表』後編を脱稿して間もなく歿した。享年七十四。月岑の著作や蔵書は、彼の歿後、斎藤家から売りに出された。『増補浮世絵類考』の自筆稿本を英国に持ち帰った人物は外交官アーネスト・サトウだったとされている。

「この当時の文化人の一般的な嗜《たしな》みとして、斎藤月岑は絵を学んでいた」

「ふうーん……」

「で、月岑が絵を学んだ師匠は誰かといったら、それは町絵師の谷口月窓」

姫之はペン先を動かし、〈斎藤月岑〉と〈谷口月窓〉を折れ線で繋いだ。

「ええーっ！　写楽の家のすぐ近くじゃ……？」

小鳥のように声を上げ、慌ててナスチャは両のてのひらで口を押さえる。

「斎藤月岑が月窓に入門したのは文化十四（一八一七）年、十四歳の頃だったといわれているの。ちょうど『江戸方角分』の記事の当時、八丁堀地蔵橋に月窓が住んでいた時期に合致するでしょう。そして、同じ時期、同じ地蔵橋という場所に斎藤十郎兵衛はまだ健在だった」

「そんな繋がりがあったのか……」

こちらは顔の下半分を片手で覆い、さすがに亜沙日は呻くような声を発した。

「写楽が現れた寛政六（一七九四）年に斎藤月岑はまだ生まれていなかった、写楽のことなんて直接にはぜんぜん知らなかった……と別人説の支持者たちは決まり文句のように批判をやめないよね。けれども、寛政六年当時の写楽を直接知らなくても、文化十四年頃の斎藤十郎兵衛のことなら、月岑は知っていてもおかしくない。絵を習いに通ったお師匠さまが、同じ地蔵橋の、目と鼻の先に住んでいたのだし」

姫之は意地悪く、くすくすと笑った。

「師匠の月窓の方だって、本画家と浮世絵師の違いはあっても、自分の家のすぐ近くに絵描きが住んでいると聞いたら、多少は関心が動くはず。『江戸方角分』に〈号写楽斎〉と記された浮世絵師のことは知っていたと思うわ」

「そうはいっても、ヒメ、それは状況証拠だ」

「状況証拠よ。こういう状況が揃っていて、過去に埋没するはずの些細な事実がたまたま記録に残ったか、嘘っぱちの風説が持ち上がったか、どちらが起こり得るかという蓋然性《がいぜんせい》の問題」

さらに姫之はノートの上へ、さらさらとペン先を走らせる。

「『増補浮世絵類考』の成立について月岑自身は、鎌倉屋重兵衛から借りた『无名翁《むめいおう》随筆《ずいひつ》』系統の写本、天保四（一八三三）年に片岡一声から写させてもらった太田南畝旧蔵本の系統の写本をもとに校合、内容を補い、天保十五（一八四四）年の春から編纂に取りかかったと序文に書いている」

「…………」

「鎌倉屋重兵衛は身元が確かだし、問題はない。厄介なのは片岡一声、こちらは素性がよく分からない。一説には先代からの親交の深さから、神田佐久間町の町名主で、『江戸名所図会』に序文を寄せた片岡寛光《ひろみつ》ではないかともいわれている。片岡寛光の歿年は天保九（一八三八）年だから、天保四年に『浮世絵類考』を写させてもらったこととの間に矛盾はない。とはいっても、寛光が一声を名乗ったという確証はないようね。ただ、一声が仮に寛光の号の一つだったとしたら、とても興味深い関係がここに加わることになる」

ノートの左下の辺りに〈片岡寛光〉と〈片岡一声〉の名前を書き加えた後、姫之は〈村田春海〉から〈片岡寛光〉へ向けて、棒線を一本、まっすぐ引き下ろした。

「片岡寛光という町人学者は、村田春海から国学と歌道を学んだ門人だったの。村田春海は斎藤十郎兵衛の垣隣の隣人で、同じ屋敷の敷地の中に住んでいた間柄。片岡寛光はその春海の弟子。師匠のお隣さんを知っていても、不自然ではないでしょう？それに村田家を継いだ多勢子が、まさにそのお隣から養子をもらったんだから」

「…………」

両手で口をふさいだまま、ナスチャには言葉もない。亜沙日の方は両腕を組んで、ううーん、と唸り声を発するばかりだった。

「増やそうと思ったら、まだまだ増やせるわよ」

友人たちの反応を楽しむように視線を投げながら、姫之はノートの右下側、空白部分を埋めるように新しい名前を次々に書き加えていった。

達磨屋五一。奈河本助。式亭三馬。三升屋《みますや》二三治《にそうじ》。そして、歌川国貞……

「……こんなものかな。さて、どこから説明するのが分かりやすいか」

縦に横に棒線を書き加え、関係図の出来栄えを姫之は満足げに確かめる。

「国貞といったら、三代目の豊国を襲名した?」亜沙日が首を捻った。「何でその人の名前が出てくるの。歌川派の浮世絵師じゃない」

「三代豊国の国貞という人はどうやら写楽のファンだったみたい。江戸に写楽が登場した当時、国芳や広重はまだ生まれていなかった。でも、国貞は彼らよりもひとまわり近くも年上だったでしょう。子供心によっぽどインパクトを受けたようね」

姫之はノートを取り上げ、前の方へページをさかのぼる形でめくっていった。

「面白い話題を見つけたから、書き写しておいたんだ。ちょっと待って。歌舞伎作者の三升屋二三治という人が、国貞が写楽に憧れたことを書き残していた」

「有名な作者?」

亜沙日の問いに、ぜんぜん、といって姫之は首を横に振った。

「歌舞伎に関する記録や考証をたくさん書き残していて、どちらかといえば歌舞伎関係の考証家としての評価の方が高いみたい……見つかった。これ、これ」

目当てのページを探し当てて、姫之はノートをテーブルへ戻した。

俳優似顔絵師
勝川春章　春章門人春英九徳斎　春英門人春亭
外流
東洲斎写楽　きら摺の大錦役者絵　似顔一流の絵師
同　歌川家
元祖歌川豊国　豊春門人　植木町ニ住ス
二代目　豊国　豊国実子
三代目　豊国　元祖豊国門人　初名国貞　亀井戸ニ住ス

――三升屋二三治『紙屑籠』

二代豊国の半身像
当時流行の役者半身の錦絵は、その昔東洲斎といふ人似顔絵を出して、板元鶴屋喜右衛門の板にて専ら流行せり、東洲斎の筆、役者一人づゝ画て再び出さず、名誉の浮世絵師と思ふべし、豊国先生是にしたごふて流行せり、東洲斎写楽は武家方の人と聞。

――三升屋二三治『浮世雑談』

「あれ？　この話題、二代の豊国だよ」

書き写しの後半部分、『浮世雑談』の文章を指差してナスチャが指摘した。

「いいの」と姫之の答え。「ここで豊国先生と紹介されているのは国貞の豊国で間違いないから」

「ええと、国貞の豊国は三代目でよくなかった？」

「間違いだとはいわない。けれども、国貞は格下に見ていた豊重の二代豊国をまるで認めていなかったのか、自分では三代とは名乗らず、二代を名乗ったでしょう。実力者の国貞自身が二代を名乗ったのだから、生前はまわりからも三代ではなくて、二代豊国と呼ばれていた。二人の二代豊国を区別するため、襲名の正しい順番通りに豊重を二代、国貞を三代と呼ぶようになるのは国貞が亡くなってから後の話なのよ。ほら、《大歌川展》でもちゃんと解説があったじゃない」

「あれ？　こっちはちゃんと三代目が国貞になっているよ」

書き写しの前半、『紙屑籠』の文章を指差してナスチャが指摘した。

「その文献、天保十五（一八四四）年十月の序文があるけれども、原本じゃなくて、ずっと後になってから他の誰かの手が入った写本のはずよ。国貞の二代襲名披露は天保十五年の四月だったから、同じ年の十月前後の文章で国貞を三代豊国とは書かない」

「そうなの？」

「三升屋二三治は安政三（一八五六）年に亡くなっていて、この時点では国貞はまだ健在だった。幕末の頃か、おそらくは明治になってからの知見がまぎれ込んでいるというわけ。ただ、いつの頃に誰の手で転写したとか、そういった断りが書かれてなくて。困るでしょう」

「まったくの偽書だということはないよね、まさか」

胡散臭そうに亜沙日が確かめると、姫之は口をつぐんだまま、右に左に頭を揺らした。疑おうと思ったら、いくらでも疑えるということだ。

「名誉の浮世絵師と思うべし、豊国センセイ、これに従って流行……ホントだ！　国貞、写楽の似顔絵をお手本にしたんだね」

色白の頬を興奮に赤くして、ナスチャがノートの文章から顔を振り上げた。両手をテーブルにつき、弾みをつけるように華奢な身体を乗り出させると、

「役者さんたちの似顔を上半身だけで大きく描くこと、写楽から始まったんだ！」

「そこのところは嘘」

姫之があっさり決めつけたから、ぺしゃん、とナスチャはテーブルの上に突っ伏してしまう。

「嘘って……ヒメ、どういうこと？」

姫之を見返した亜沙日の片頬が引き攣っている。

「国貞センセイ、写楽を持ち上げたいあまり、役者大首絵の流行は写楽のお手柄だと吹聴していたのよ。写楽の前から、春章、春好《しゅんこう》、春英《しゅんえい》……勝川派の絵師たちが描いていたのに」

「こんなことを国貞がホントに話していたの？」

亜沙日は疑いの目で、『浮世雑談』の記述を見下ろした。

「同じ著者が別の著作で、まるで違う説明を書き残しているの。ほら、ここを見てちょうだい。天保八（一八三七）年頃に二三治が書いた『戯場書留《けじょうかきとめ》』という文献にある記事……」

そういって、姫之はまた別のページを示した。

勝川春章といふ、門人春英九徳斎は、近来役者似顔浮世絵師に名高く、又後歌川豊国一陽門人、国安、国芳抔、当時の役者、女絵の銘人にして、訳《わけ》て中にも香蝶楼国貞は似顔の上手、むかしより此絵師に及ぶ絵師はさらになし、寛政末に、豊国の門人に国政といふ絵師あり、市川高麗蔵弁長、中山富三郎のお七、大首にしたる似顔、団扇に出して其頃流行する、其錦絵など、役者の大首書きたるは此時より始て覚ゆ、国政は終る、二代目国政といふ人、しんば魚屋にて松五郎といふ。

――三升屋二三治『戯場書留』

「……あれ？　こっちでは大首の似顔は国政が描き始めたことになっている」

亜沙日は混乱してしまい、ノートの上でくるくる目をまわす。

歌舞伎役者の似顔を大首絵で描くことは国政がうちわ絵を売り出して流行したのが始まりで、それからは役者大首絵を錦絵でも描くようになった――他に読みようがない。

「三升屋二三治は、天明四（一七八四）年の生まれだから……国貞よりも二つ年上か。春好や春英の勝川派が描いた似顔絵には馴染みが薄い世代で、一番印象に残ったのは国政のうちわ絵だったということでしょうね。歌川国政は初代豊国の最初の門人で、歌舞伎役者の似顔を描かせたら実力はずっと上だと豊国も認めていた。二三治の説を信じるなら、うちわ絵の成功で認められて、一枚摺りの錦絵に起用されたという順になるみたい。国貞の場合は、子供の頃の憧れの対象が国政ではなくて写楽だった。『戯場書留』の説明とはまるで違うから、『浮世雑談』の説は国貞から吹き込まれた話だったと判断できる」

「……ったく、どいつもこいつも好き勝手を並べ立てて」

これではどの文献を信用したらいいのか分からない。亜沙日は頭を抱えた。腹立ちまぎれにたこ焼きを口に運んで噛みちぎると、裂け目からは餃子の具が覗いた。

「単純な思い込みか、勘違い、贔屓の引き倒し、それとも一種の修辞だったのかは分からない。ところが、三代豊国の国貞は当時の浮世絵の大御所だったから、みんな、そのままに受け取って、大首絵の発明者は写楽だという認識が世の中に広まってしまったようね。明治の頃は相当に信じられていた説だったらしくて、何しろ『葛飾北斎伝』を書いた飯島虚心《いいじまきょしん》や、写楽の最初の評伝を海の向こうで出版したユリウス・クルトのような人たちまで引っかかって、歌舞伎役者の大首絵は写楽から始まったことだと書いていているんだから」

姫之はひと息挟み、眼鏡を外して眉根をつねる。さすがに話し疲れがうかがえた。

「こんな短い文章の中で、まだ他にも疑問点があるのよ。ここ、版元は鶴屋喜右衛門《つるやきえもん》だということになっているでしょう？　実際には写楽の錦絵は蔦屋重三郎の耕書堂から売り出されたものが現存する全てで、鶴屋からの出版物はいままで一つも見つかっていない。国貞の記憶がいい加減だったのか、聞き手の二三治がきちんと確かめなかったことに責任があるのか、どちらなのかな」

「…………」

「〈役者一人づゝ画て再び出さず〉のところも正しくない。一般に写楽の代表作とされている黒雲母摺りの大判大首絵のシリーズのうち、歌舞伎役者を一人ずつ描いた一人図の出版のことをいいたいようだし、事実、このシリーズでは写楽は同じ役者を二度は描かなかった。ところが、どうしてか国貞は同じ時期の、役者さんを半身像で二人ずつ描いた二人図の出版をすっかり忘れているようなの」

「………」

「一人図で一度描かれた三代佐野川市松《さのかわいちまつ》や二代瀬川富三郎の似顔は、ほとんどそのまま左右をひっくり返した形で二人図に使いまわされた。坂東善次《ばんどうぜんじ》は二人図の中で二度描かれている。それに第三期の、黄つぶしを背景にした間判のシリーズがカウントされていない。最初の大首絵のシリーズと重複して描かれた役者さんが、八、九人はいたはず。まさか知らなかったとは思えないし……同じ大首絵を描いた一人図といっても、第一期の大判大首絵とは比較にならないほど安っぽい出来だから、なかったことにされちゃったのかな」

「何だ。要するに間違いだらけで、ぜんぜん信用できない記事じゃない」

亜沙日の両肩が脱力したように落ちた。

「人間が書くものだから、どんな文献だって、思い込みや勘違いはつきもの。この証言で押さえておきたいポイントは、写楽の画風を国貞が強く意識していて、正確な事実にはこだわらないほどの熱烈な写楽贔屓だったことと、写楽の素性が〈武家方の人と聞〉という証言の二点ね。阿波藩お抱えの能役者を写楽の正体とする通説との間に矛盾はない」

「……結局、話はそこへ戻ってくるんだね。それがあるから、ヒメ、国貞とサンマスヤなんちゃらセンセイの名前を書き込んだわけか」

亜沙日はノートをぱらぱらとめくり、作成途中のままになっている関係図のページに戻った。

「けれども、ヒメ、国貞が写楽の大ファンだったというお話、オソウジさんの文献の中に書いてあるだけじゃないの」

それまでテーブルに突っ伏したままでいたナスチャが、ようやく息を吹き返したようにがばっと上半身を起こした。

「もっと何か、こう、誰が見たって分かりやすくて、確かな証拠はないの？」

「そうだ。文献の中に書いてあるからといって、信用できる情報だとは限らないぞ。だいたい、ホントに国貞が話した通りの内容だったとしても思い込みばかりで、他の部分は間違いだらけ、穴だらけなんだから」

亜沙日もいっしょになって、姫之に詰め寄った。

「サンマスヤでもオソウジさんでもなくて、ミ、マ、ス、ヤ、ニ、ソ、ウ、ジ」

姫之が訂正する。人差し指をぴいんと伸ばし、眼鏡の前で左右に振り立てながら、

「国貞が写楽に憧れた証拠というなら、他にもちゃんと残されているわよ。それも飛

びきりに目で見て分かりやすいやつが」

え、と亜沙日とナスチャが声を揃えた。

「そんなもの、ホントによく見つけてくるな」

「ミュージアムショップで売っていたの。正しい知識を得るのにお金を惜しんだらダメ」

通学カバンの中から姫之が取り出したのは、亜沙日たちにも見覚えがある《浮世絵大歌川展》の展示図録だった。

ハイ、と元気よくナスチャが片手を振り上げる。

「ナスチャ、ちゃんと買ったよ。その図録」

「えらい。正しい知識を得るためには時間とお金を惜しんだらダメよ。ところで、歌川派の浮世絵師と他の有名絵師とで、どんな風に描き方が変わるか、同じ対象を描いた参考図版を横に並べたものがいくつかあったことは気づいた？」

「気づいた、気づいた。写楽や歌麿の絵と比べてたね」

「だったら、話が早いな。三代豊国の頃に国貞が描いた役者絵で、参考図版の選択が、ちょうど同じ役者を写楽が描いた大首絵だったものがあるの」

「ああ、あの豪華版？　スポンサーを自分で見つけてきて、出版費用を出してもらったやつ……」

思い当たって、亜沙日が確かめる。

「そっちじゃない」といって、姫之は図録をテーブルの上に置いた。「『古今俳優似顔大全』というシリーズの中で、国貞は、四代松本幸四郎を描いたの」

三代歌川豊国作『古今俳優似顔大全』は、文久二（一八六二）年から翌年にかけ、版元広岡屋幸助《ひろおかやこうすけ》から版行された全百一枚揃、元禄歌舞伎以降の東西を代表する歌舞伎役者三百二人を半身像で描き分ける、浮世絵史上に例のない大部の揃物錦絵だ。半世紀以上にわたって役者似顔絵を描き続けた国貞の画業の総決算ともいえる。

姫之が開いたページの掲載図版は『古今俳優似顔大全』のシリーズ中の一点で、大判錦絵一枚分の画面の中に三つの小画面を取り、元祖松本小四郎《こしろう》、四代松本幸四郎、五代松本幸四郎の三人の似顔をそれぞれに描き出している。五代松本幸四郎は四代の実子で、襲名以前の名前は三代市川高麗蔵。極端に誇張された鷲鼻の大きさが目立つ彼の似顔は、凄味がある中にも加齢が描き込まれて、初代豊国や写楽が描いた似顔のイメージで見ると傷ましいような老いが感じられた。

四代松本幸四郎の似顔は、五代の左上、緑を背景にした小画面に描かれていた。頭に白いねじり鉢巻、片手に煙管、思案顔の男の厳しいたたずまい。役柄は〈幡随長兵衛《ばんずいちょうべえ》〉と書き込みがある。

同ページに掲載の参考図版は、元祖や五代ではなく、四代の松本幸四郎を写楽が描

『古今俳優似顔大全』四代目松本幸四郎の幡随長兵衛（三代目歌川豊国／1862～1863年）

四代目松本幸四郎の山谷の肴屋五郎兵衛（東洲斎写楽／1794年）

いた役者大首絵だった。こちらの役柄は幡随院長兵衛ではなく、寛政六（一七九四）年夏の興行『敵討乗合話』で彼が演じた山谷の肴屋五郎兵衛。

「……ちょい待ち。ヒメ、こいつはまるでパクリじゃない」

「パクリといわない」姫之はぴしゃりという。「そこは模写といいなさい」

画面が小さい分、全体に描写は簡略化されているが、構図、役者の表情から、鉢巻、煙管といった小道具の描写まで、国貞が写楽の作を真似て描いたということは一見して明らかだった。役柄に合わせて衣装は替えているが、その程度の違いである。だが、再見すると国貞の作の方が、いくらか年老いた風貌に見えた。

「他の役者絵の場合は演じる役者が同じというだけではなくて、同一の役柄を描いた作品が参考図版に選ばれているの。ところが、国貞の四代松本幸四郎だけ、役柄が違うのに参考図版は写楽のこの大首絵だった。同じ役者さんの同じ役柄で違いを比較するより、オリジナルと模写を並べた方が双方の違いが分かりやすいという判断があったのでしょうね」

四代松本幸四郎を描いた二つの図版を見比べて困惑するクラスメートたちに向かい、横から姫之が説明を補った。

「調べてみたら、四代松本幸四郎のこの大首絵が、写楽の全作品中で一点あたりの現存枚数の最多レコードという話よ。二十五、六枚は現存していたはず」

「この絵が一番多いの？」

驚きに広がった瞳をナスチャが図録から持ち上げた。

「写楽版画の中でも、雲母摺りの大判大首絵は全体に現存枚数が多くて、真作だとされている全二十八点中、現存二十枚オーバーが四代松本幸四郎をトップに三点。現存十枚を超えるのが他に二十点程度あるんだって。同じ時代に活躍した歌麿や豊国の代表作でも、現存十枚以上というのはまれなようだから、活動期間の短さを考えると驚異的な数字ね」

「十枚くらいで？　案外、残ってないんだ。二百年とちょっと前には、お店へ行くと山積みで売られていたのに」

「人気商品だとはいっても、大量生産大量消費の量産品——それこそ消耗品のたぐいなんだもの。幕末や明治になって海の向こうへ持ち出されるまでは美術品だとはぜんぜん思われていなかった。ましてやお芝居の絵だからね。美人画や風景画とは違って、出版当時の同じ時代でないと面白さが伝わらない」

姫之の説明のいちいちに神妙にナスチャは頷きを返していた。

「写楽の大首絵が初めて売り出された時、当時の江戸の人たちに一番人気があったのが、四代幸四郎のこの似顔だったんだと思う。錦絵がよく売れたから、後から後からどんどん摺らせて、たくさん流通していたから、おかげでいまでもたくさん数が残っている。げんに国貞だけではなくて、もう一人、写楽の同じ大首絵を栄松斎長喜という浮世絵師が模写しているのよ。高島おひさを描いた柱絵で、おひさが手にしたうちわの中に四代幸四郎を描くということをやっている。いまでこそ、写楽の代表作といわれて誰でも思い浮かべるのは市川蝦蔵の竹村定之進や三代大谷鬼次の江戸兵衛で、それらに比べると認知が落ちるという感じはあるにしても、同じ江戸の人たちにとっては他のどんな役者さんの似顔にまして、四代幸四郎の山谷の肴屋五郎兵衛が印象深かったということね。その支持の大きさが、二百年後の現存枚数に反映されたわけ」

「一番、江戸で人気があった絵だったんだ……」

「そして、国貞もこの大首絵が一番のお気に入りだった。四代幸四郎の似顔といったら、写楽が描いたこれ、というくらいにね。ひょっとすると国貞が買ってもらった最初の写楽の絵が、山谷の肴屋五郎兵衛のこの大首絵だったということだって」

姫之は言葉を切ると、ひと息吐いた。

「国貞、この絵を七十八歳で描いたんだね」

ナスチャがようやく気づいて、図版中の落款を指差した。〈七十八翁豊国筆〉とある。

「江戸に写楽が現れた年、国貞はいくつだっけ？」

亜沙日が姫之を見て、確認の口吻で訊く。

「九歳だった。当時は数え年だから、実年齢では、七、八歳」

「九歳の時の憧れだった絵を、国貞は、七十八歳になってから自分で描いたんだね」

　図版からナスチャが頭を起こし、そのままの勢いで立ち上がる。繊細に整った顔立ちに感激をいっぱいにして、両手をぎゅっと握り合わせた。

「アサさん、ヒメ、これはもう間違いないよ。絶対に絶対、国貞は写楽の大ファンで、ずっと憧れていて、だから、自分も浮世絵師になって、歌舞伎の役者さんたちの絵を写楽のように描きたかったんだ。大好きな写楽はたった一年で消えちゃったから、自分がその代わりになって、江戸の終わりまで役者さんの絵を描き続けようとしたの。そういうことでいいじゃない。いいじゃない、いいじゃない、いいじゃない！」

「落ち着け、落ち着け、いいから落ち着け」

　すっかり舞い上がってしまった交換留学生の肩を、ぽん、ぽん、ぽんと三度叩き、亜沙日はひとまず彼女を椅子へ座らせる。

「結論。歌川派の国貞改め三代豊国センセイは小さな頃から写楽のファンで七十歳を過ぎたおじいちゃんになってからもまだ大ファンだった――証明終わり《クオド・エラト・デモンストランダム》、でいいかな」

　友人たちの反応に愉快げに目を細めていた姫之が、唇の端を持ち上げ、話題を締めくくるように宣言した。

「『浮世絵類考』に戯作者の式亭三馬が追考して、写楽の記事に補記を書き加えたことは説明したよね？　三馬自身が書いた原文そのものは残っていなくて、写本によって微妙に語句が違ってくるけれども、一般的なのはこんな文章よ――〈三馬按ルニ写楽号東周斎、江戸八丁堀ニ住ス、僅ニ半年余行ハルルノミ〉」

歌川国貞の写楽贔屓に関する話題にひとくぎりついたところで、姫之は本題に戻った。ノートに書きつけた関係図の説明はまだ終わっていない。

「国貞は三馬とも親しかった。国貞が春本を書く時に用いた不器用亦平《ぶきよまたへい》の隠号は、挿絵を担当した縁で、三馬作の合巻から主人公の名前をもじったものなの。別人説の人たちにかかると三馬の証言も、推理マニアの妄想だとか、悪ふざけのフェイクニュースだとかにされてしまうけれども、三馬がある程度の関心を写楽に持っていたことは間違いない。それから……付き合いの程度は別にして、斎藤月岑とも国貞は面識があった」

「…………」

「斎藤月岑は日記の中に国貞を訪ねたことを書き残している。考証家としても町名主としても、本画と浮世絵の区別なく付き合いは多かったから、国貞に限らず、江戸の絵描きさんたちはたいてい月岑とは顔見知りの間柄だったという話ね。ここに名前を書いた喜多武清に呼ばれて、書画会に出かけたこともあったみたい。お師匠さまの谷口月窓だけでなくて、喜多武清も月岑の交際の範囲に入っていたわけ」

「江戸って、広いようで、案外に狭いんだな。どんどん繋がりが出てくる」

まいったな、と亜沙日は頭の後ろを掻いた。

「喜多武清という人も長生きで、享年八十二、黒船がやってきた後まで生きていた。『増補浮世絵類考』の編纂は写楽の出版から五十年経っているから信用できない……と昔もいまも批判する声は多いでしょう？　逆にいったら、まだ五十年しか経っていなかった。五十年前の写楽の出版だけではなくて、三十年前の地蔵橋の写楽斎、斎藤十郎兵衛のことだって、直接知っている人たちは案外に多かったのよ。後世の人たちが考えるほど特別な関心を写楽に持っていたのなら、詳しく調べるための人脈と機会が月岑にはあった」

「…………」

「だいいち、『増補浮世絵類考』が唯一の根拠だったのはあたしたちが生まれる前の昔話よ。現在では他にもう二つ、『浮世絵類考』の写本のうちで達磨屋五一旧蔵本と、奈河本助旧蔵本から、阿波藩士の斎藤十郎兵衛が写楽だったという記述が見つかっている。奈河本助旧蔵本の方がどうやら先行写本のようね。この二つの写本の記述は欄外の書き込みという形で、〈栄松斎長喜老人の話なり〉と情報提供者の名前を出しているの」

「写楽の絵をうちわの中に描いた絵描きさんだ。やっぱり写楽のファンだったのかな」

ナスチャはよく覚えていた。

「同じ蔦屋から錦絵を売り出してもらった絵師同士だから、写楽の素性を長喜が知っていたこと自体は不自然ではないでしょう。ただ、奈河本助と長喜の繋がりは分からない。長喜自身が、伝馬町の家主だったらしいと伝わる程度で、実名不明、経歴不明、生歿年不明の謎の浮世絵師なんだもの。ところで、奈河本助は、長喜の証言とは別に、国貞から聞いた話というのをやっぱり自筆で写本の中に書き入れているの。浮世絵師の石川豊信《いしかわとよのぶ》と戯作者の六樹園《ろくじゅえん》は親子なんだって……こんな書き込みを残したところを見ると、どうやら奈河本助と国貞の間には多少の交渉があったみたい。歌舞伎作者の奈河本助は三升屋二三治と同じ座で仕事をする機会が多くて、特に二三治の方が上方出身の本助を意識していたようだから、もしかすると二人を引き合わせたのは二三治かもしれないな」

「ふうん……それで、達磨屋さんの方は？」

「達磨屋五一は珍書マニアとして有名だった幕末の蔵書家。文化十四（一八一七）年の生まれだから、斎藤月岑や奈河本助よりもかなり下の世代になる。斎藤十郎兵衛も写楽も直接には知らなかったはずね。この人が、どこから〈栄松斎長喜老人の話なり〉の写本を入手したかは現在のところ不明。直接書き写されたものとは限らないから、二世代、三世代を隔てた写本だってこともいちおうは考えられる。確かなのは五一が、奈河本助旧蔵本の系統の写本を所蔵していたということだけ。ただし、五一と月岑との間に親交があったことは間違いないから、国貞、本助、五一、月岑は、こうしてひと続きに繋げることができる」

「あはは、こいつは凄いや」乾いた笑い声を亜沙日は上げた。「写楽の素性にいくらかでも言及した情報の出どころはどれもこれも、写楽贔屓の国貞センセイに繋がるわけだ。一つ一つは情報の断片でしかなくても、こうして図にするとパズルのように形が出来上がるんだな」

「一番、写楽に関心があったのは国貞だったんだね。こんな偶然があるはずない」

　亜沙日の言葉に共感して、ナスチャが感嘆に声を震わせた。

「話を、国貞から八丁堀に戻していいかな？」

　頃合いを見て、姫之は再びシャープペンシルをつかんだ。

「斎藤月岑は考証家である前にまず、公の役職は神田雉子町の町名主だった。ここ、一番大事なところ。職務上、町奉行所の与力や同心[*16]との密接な連絡は欠かせないでしょう？」

　姫之の説明に亜沙日もナスチャも無言で頷く。

「職務上の相談事があったのか、文人としてのプライベートな交流だったのか、一つ一つの訪問目的までは判断がつかないにしろ、頻繁に八丁堀を訪ねたことは月岑の日記に書き記されている。行き先も分かる。そして、この人の屋敷を月岑が訪ねていることは確かな事実なの。嘉永二（一八四九）年の三月晦日《みそか》――いったい、そこではどんな話題が出たのかしらね」

姫之はペン先を動かし、〈中田円助〉と〈斎藤月岑〉を棒線で繋いだ。

「あ、お隣！」

ナスチャがごくんと喉を鳴らした。

「中田円助を月岑が訪問した嘉永二年なら、『増補浮世絵類考』の編纂がひとまず終わった弘化元年からは五年が経っている。何かの弾みでこんな話題が持ち出されたとは考えられないかしら？　中田さま。つかぬことをおうかがいしますが、お隣の飯尾さまのお屋敷の敷地を地借りして暮らしている能役者何某どのの先代が、河原者の似顔を描いた画工だったという市井の風評はまことでございましょうか……」

嘉永七（一八五四）年時点の八丁堀地蔵橋には、中田家、飯尾家の拝領屋敷が隣り合わせていた。中田円助の屋敷では同姓の海助が同居しており、飯尾藤十郎の屋敷では敷地内の一画で斎藤与右衛門と村田治兵衛が暮らしていたのである。そのことは最初に姫之が切絵図を示して検討した通りだ。

「月岑についていえばもう一つ、面白い繋がりが見つかった。町名主の仕事で月岑は、勧進能の世話役を務めることもあったの」

　姫之が新しい話題を持ち出した。

「カンジンノー？」

「武士ではなくて、江戸の庶民、町の人たちを対象に能楽を興行するの。特に大きなイベントだったといわれているのが、十五代宝生《ほうしょう》太夫《だゆう》主催の弘化勧進能。弘化五（一八四八）年の春からの興行だから、『増補浮世絵類考』編纂の……四年後か。月岑は考証家らしく、世話役として出仕しながら、この時の興行の進行や観劇風景を絵巻物にまとめて残している。面白い繋がりといったのは、この時の出演者」

　いったん言葉を切って、姫之はノートの関係図にひとすじの点線を書き加えた。新たに結びつけられた名前は〈斎藤月岑〉と八丁堀地蔵橋在住の〈斎藤与右衛門〉。

「弘化勧進能では当時五十七歳の斎藤与右衛門も舞台に立ったのよ。能番付にちゃんと名前が出ている」

「斎藤十郎兵衛の、お子さんだ……」

「同じイベントに片や世話役、片や出演者として関わっていたという事実が確認できるだけで、これだけでは面識があったとまではいえないわね。たんなるニアミスだといわれたら、それまで。けれども、出演者の中には写楽らしいという噂の能役者の跡継ぎが加わっていることに仮に月岑が気づいたとしたら、面白いことになってくるとは思わない？　お父上はまことに歌舞伎役者の似顔を描いたのですか、そのくらいの質問はぶつけていてもおかしくないでしょう。市中の噂がでたらめなら、ここで与右衛門が否定したと思う」

「歌舞伎役者の似顔を能役者が描いたなんて、たとえホントの話でも外聞が悪いからね」

亜沙日が頷いて認めた。

「『増補浮世絵類考』を月岑が編纂してから、明治維新までは二十四年あったの。ちょうど同じ年、慶応四（一八六八）年には龍田舎秋錦という人が、『増補浮世絵類考』系統の写本をもとにオリジナルの最新版を編纂している。秋錦は大幅に絵師の人数を追加する一方、出典や誰の追考かといった考証的要素をばっさり削除してしまって、全体に確定した事実のように記事の内容を書き改めたから、いままでの『類考』よりもずっと分かりやすくて信用できると世間の支持を得て、明治以降は秋錦本の系統――一般に『新増補浮世絵類考』と呼ばれるものが主流になっていった。いつの時代も分かりやすさを優先させた方が歓迎されるわけだ。写楽の俗称を斎藤十郎兵衛とする記述はそのまま採用されている……この秋錦本が登場するまでの間、月岑は自分の『類考』に手を加えることを律儀に続けていたの。新しく判明した事実があったら余白に書き込み、間違いがあったら棒線を引いて消したりしてね。途中で他の誰かに貸したり、譲ったりするたびに、加筆の内容を本文に反映させて清書することもあったかもしれない。あたしたちが目にできる、現存する自筆稿本の記事が、弘化元（一八四四）年に編纂を終えた時点のものとどこまで同じなのかは判断ができないのよ」

「え？　もしかして、ヒメ……文献の成立を引き下げるつもり？」

亜沙日が眉根を寄せて考え込んだ。

「似たようなケースはいくつでもあったでしょう。後になって持ち主が書き込みを加えたり、写本を作成する際に最新の情報に差し替えたり。三升屋二三治の『紙屑籠』が、ちょうどそんなたぐいの実例だった。国貞の豊国が三代として扱われていたり、二三治の死後のものとしか思えない情報がまぎれ込んでいて、けれども、いつの時点で書き写したかといった断りはぜんぜんなかったんだし」

「そうでした」亜沙日はあっさり引き下がる。「ＯＫ、そういう実例があるんだったら、『増補浮世絵類考』の場合も、ずっと後になって書き写された時、その時点の知識に合わせて手直しされたことは考えられる。〈斎藤十郎兵衛〉の記述は最後まで削除されずに残った。隣の屋敷の中田円助や跡継ぎの斎藤与右衛門が世間の噂を事実だって認めた、少なくても否定はしなかったと考えるのが自然か」

「もっと踏み込んだ解釈だってできると思う」

姫之はコピー用紙の束を傍らの紙袋から引っ張り出した。

「いままでは斎藤月岑の『増補浮世絵類考』といえばイギリスにある自筆稿本ということになっているわね。けれども、日本国内にもいくつかの別本、バージョン違いの写本があって、記述に食い違いがあるの。これはそのうちの、明治二十四（一八九一）年に最初に活字になって出版された『温知叢書《おんちそうしょ》』という書籍に収録分のコピー」

「そんなものまで探してくるか、ヒメ」

「写楽の記事だけを抜き出したものではなくて、まとまった形の『増補浮世絵類考』が欲しいと思って、図書室で探してみたら、これが見つかったの。編纂者の解題によると月岑以後にも転写が繰り返されるうちに順序が混乱して、原撰と増補――オリジナルの記事と後からの追加分の識別すらできないありさまだったから、月岑系統とされる複数の写本を〈参互校訂〉して原本の復元を試みたんだって」

コピーの束は冒頭三ページからなる解題から始まっており、以下、八十一人の浮世絵師の画歴が紹介されている。付箋を頼りに写楽の記事を探し当てると、姫之はテーブルの上にこれを置いた。

写楽（住居江戸八町堀）俗称□□　号東洲斎
歌舞伎役者の似顔を写せしに、あまりに真を画んとて、あらぬさまに書なせしかば、
長く世に行はれず、一両年にして止む（類考）

三馬云、僅に半年餘行はるゝのみ　五代目白猿　幸四郎（後宗十郎と改）　半四郎　菊之丞（冨十郎）廣治　助五郎　鬼治　仲蔵の類を半身に画きたるを出せり
——『増補浮世絵類考』（『温知叢書』第四編収録、一八九一年）

「あ……あれ？」

亜沙日は楊枝をくわえたまま、ぱっちり大きな目を瞬かせた。

「書いてないじゃない。斎藤十郎兵衛のこと」

正確には欄外に〈新類考に俗称斎藤十郎兵衛とあり〉との注釈があるが、これは『温知叢書』の編纂者によるものだ。〈新類考〉とは龍田舎秋錦の編を指している。

「ダメじゃない。ぜんぜん復元できていないよ」

「そこのところは逆なの、逆」

亜沙日の難詰《なんきつ》にも、これを受けて立つ姫之は涼しい顔だ。

「可能な限りに復元を試みた結果がこうなったの。『温知叢書』を編纂する際、参考にすることができた『増補浮世絵類考』系統の写本の中には斎藤十郎兵衛の記述がまだなかったということよ。月岑自身の自筆稿本は海を渡ってケンブリッジ大学のコレクションに収められたけれども、日本国内にも写本は複数残っていた。おそらく、弘化元（一八四四）年編纂のオリジナルにかなり近い、早い時点で枝分かれした写本が

どこかに存在したのだと思う。そうなると〈斎藤十郎兵衛〉が初めて書き入れられたのはひとまず脱稿した弘化元年よりも、いくらか時期が下がるとも考えられるわけ」

「ちょい待ち。それが、もしも勧進能よりも後だったとしたら……」

「〈斎藤十郎兵衛〉の記述の信憑性はかなり高まる——歌川国貞や谷口月窓からある程度の話題は聞いていたにせよ、隣屋敷の中田円助や、斎藤十郎兵衛の子の与右衛門からじかに証言をもらったことで確信を得て、写楽の記事に書き加えたということだって」

亜沙日の言葉を途中から引き取り、姫之は考えを述べた。

「やったじゃない、ヒメ！　決まりだ、これで決まり！　写楽の正体を突き止めた！」

ナスチャの口から歓声が上がった。いまにも抱きつかんばかりに身体を乗り出して、

「はらしょお！　サイン本をもらえたらさ、サワークリームたっぷりのペルメニを御馳走してあげるから！」

「そこで喜ばない」

盛り上がる交換留学生の額の真ん中に人差し指をまっすぐ突き立て、姫之はつんと押し戻した。

「そうでした。ここで喜ぶわけにはいかないんだった」

作成されたばかりの関係図の上に亜沙日は溜め息を吐きかけ、江戸の人間関係をほ

とんど睨むような目つきになって見下ろした。

「自分の首を自分で絞めてどうするの？　史実の能役者説をすっかり補強しちゃったじゃない。こんな繋がりが出てくるようなら、根拠のない噂話が広まりましたといわれたところでぜんぜん説得力がない。いったいぜんたい、ここからどうやったら斎藤十郎兵衛が写楽だったという実説をひっくり返すことができるのさ。たとえ嘘っぱちのこじつけ解釈でも、みんながうっかり信じたくなるような驚きの真相を考え出さないことには賞金もサイン本ももらえないよ」

　もうお手上げ、という調子で亜沙日はバンザイのポーズをしてみせる。

ううう……とこちらは大げさに額を押さえながらナスチャは涙ぐんだ瞳を日本の友人たちにめぐらした。

「能役者のジューロベエさんが写楽のまま、意外な真相は作れないの？」

「意外な真相といったら、史実通りの能役者で間違いございませんでした、くらい意外な真相はないか。けれども、誰も喜びやしないから」

　亜沙日の答えにも、しかし、ナスチャは納得できないという表情だ。

「初歩的な質問、いい？　写楽はどうして謎の絵師になっちゃったの？　昔の本にちゃんとジューロベエさんだって書いてあるのに」

「それはもちろん」と亜沙日はいいかけ、「ヒメ。後の解説はよろしく頼んだ」

「要するに日本を代表する芸術家の東洲斎写楽が、記録にもほとんど出てこないレベルで無名の能役者の、いっときのアルバイトのはずがない、ということでしょうね。それでは写楽の値打ちが下がるとでも考えているのよ。世界の評価に見合うスケールの大物なり、御立派な裏事情を持ち出さないでは格好がつかない、くらいの根拠を欠いた発想」

「容赦ないな。別人説はやっぱりNGなんだ」

ええ、と姫之は澄まして頷く。たこ焼きに楊枝を突き立てながら、

「土台から矛盾があるもの。理屈に合わない。複数の史料に写楽だと書いてある斎藤十郎兵衛を、他に傍証がない、伝記が明らかでない程度の理由で否定しておきながら、そんなことはどの史料にもまったく出てこない人たちを写楽と同一人物に仕立て上げようとしているのよ。本末転倒な発想でしょう？　初めから破綻が出てくるのは目に見えている」

ぴしゃりと決めつけ、新しいたこ焼きを口に運んでかじった。たっぷりチョコレートが詰まっていた。

ちょんちょん、とナスチャが亜沙日の腕をつつく。

「ええと……分かりやすく、お願い」

「難しいことはいってないよ。例えば歌麿、例えば北斎、山東京伝や十返舎一九の場

合も同じで、この人たちは当時から江戸中の注目が集まる有名人だったから、斎藤十郎兵衛とは違って、たくさんの記録が残っている。ホントに彼らの中の誰かが写楽なら、そのことが文献にまったく出てこないのは素人が考えてもおかしい、という当たり前で面白くない御指摘。この人たちなら、写楽の名義で浮世絵を描いた経歴を隠す必要は別にないし、その前に他人のふりをしなくても自分の名前で堂々と売り出したらいいんだもの」

「ふうーん、納得」

ナスチャは従順に頷く。本当に分かってもらえたのかな、と疑いと心細さに亜沙日は眉をひそめた。

五

「現代人の選り好みはどうでもいいとして、もう一つ、もっと根本的なところで写楽別人説には大きな疑問があるの」

調査の報告がいったん落ち着いたところで、姫之が新しい話題を切り出した。写楽のページを開けたままの『ジパング・ナビ!』を再び取り上げ、

「ここを見て」

掲載図版の一点を指し示す。今回は二代山下金作ではなく、市川蝦蔵の竹村定之進。〈東洲斎写楽画〉の落款のすぐ下に、丸に極めの極印と、富士山に蔦の葉のデザインの版元印があるでしょう？」

「こいつが蔦屋の商標ね」と初めて知ったらしい顔で頷く亜沙日。「おかげでいったい版元がどこなのか、ひと目で見分けがつくわけだ」

「版元印のない錦絵は店頭で販売できない。出版の責任を明らかにするために義務づけられていた。写楽の場合、真作と認められた錦絵にはどれも蔦屋の版元印があるから、全ての版画を蔦屋がプロデュースして、蔦屋の店から売り出されたものだと判断ができる」

「版元が蔦屋ばかりだったら、ええと、どうなるわけ？」

「版元印じゃなくて、重要なのはもう一つの極印の方」

「キワメ……って？」

二種類の印判を見比べながらナスチャが訊く。

「検閲を通りましたという証拠のハンコ。いまと違って、出版の自由は江戸にない。寛政の改革からは出版統制が強まって、ちょうど写楽の少し前から、版下絵の時点で当番の行事改のところに持っていって、出版の認可をもらわないことには売買ができなくなった。斎藤月岑も世襲の町役人だし、父親の代には出版物の検閲に関わっていたという話よ」

「それで？」

「写楽の錦絵にはどれも極印がある。ということは検閲を通って、堂々と店頭で売り買いされていたということでしょう？」

「だから？」

「どこの誰が描いたともホントに分からない絵が、すんなり検閲を通してもらえると思うの？　後になって問題が発覚した時、いったい誰を呼びつけたらいいのよ。ましてや絵師の正体が露見するとたちまち蔦屋の店が潰れるような、いわくつきの危ない絵なんて」

「………」

亜沙日もナスチャも、いまの説明を吟味するように黙り込んだ。

「別人説をいまひとつマジメに考える気が起こらないのは、これが一番の理由。一、二点ならまだいいとして、短い期間に百四十点以上よ？　検閲を通って出版が認められたのは裏も表もなくて、写楽のまわりに何も不審が見当たらなかったからでしょう」

「検閲を通さないで、出版することはできなかったの？」

とこれはナスチャの質問。

「ううん、そうでもない。版元を通さないで作らせた私家版なら、事前の検閲はいらなかった。市販目的の出版物でない、売り物ではないから、というのがその理由」

姫之は人差し指を曲げると下唇に添えた。

「写楽の亜流だといわれがちな、歌舞妓堂艶鏡という浮世絵師を知っているかしら？写楽が消えてから間もなく、役者大首絵十点足らずを描いたの。この人の役者絵は私家版ばかりだといわれている。現存するどの絵にも検閲済みの極印や版元印がないから、これは非売品だと判断できるわけ」

「いったい、何のために作ったの？」

「出版を引き受けてくれる版元が見つからなかったか、制約なしに自由に描きたかったからか……それとも営業用だったかというところでしょう。浮世絵師が自力で出版するケースは、そのくらいかな。晩年の国貞が出版した錦昇堂版のシリーズに似たところはあるけれども、人気絵師の国貞の場合とは違って、歌舞妓堂の作は市販されなかったようね」

「昔もいまも変わらないんだね」

「他には摺物絵がある。イベントで配ったりするやつ。検閲が必要ない分、市販の錦絵よりもかえって豪華だったりするの。それから、何といっても江戸で盛んだったのは地下出版ね。これは初めから御禁制——おおっぴらに売り買いできない非合法の存在だから、ある意味、細々した規制にはまったく縛られなかった。ふんだんにお金をかけて、浮世絵師はもちろん、彫師たち、摺師たちも、百パーセントの技術とアイデアをそそぎ込むことができたんだって」

「それはどんな絵？」

「ほとんどが春画ね。秘画ともいう。十八歳未満はお断り」

姫之が教えると、きゃっと叫んでナスチャは両頬を押さえた。

「けれども、私家版も地下出版も写楽には関係ないでしょう？　こうして極印と版元印が揃っているんだし」

「勝手に印をつけて出版できないの？」

「ナスチャもヘンなことを思いつくな」

眼鏡のフレームを指先で押さえ、姫之はつらつらとクラスメートを眺めた。

「それは版下絵の段階で押印をもらって、そのまま板木に彫りつけるわけだから、やってできなくはないでしょうね。でも、話題作の海賊版ならともかく、まっさらの新作でそんな偽造をする意味があるの？　店先で売りに出したらすぐにお縄が両手にかかるわよ」

「あんまり意味ないか」

交換留学生は唇を緩め、ちろりと赤い舌を覗かせた。

「前に読んだマンガの展開だとね、町奉行所の同心が蔦屋を訪ねて、写楽の素性を聞き出そうとするの。蔦屋の方は当然惚けて、写楽が誰なのかは知らない、自分の店に持ち込まれた版下絵をその場で買い取って、版画を作らせて売り捌いていただけだといってごまかす。現実には当時の江戸の出版制度で、こんな申し開きはまず通らなかったと思えるの」

「まいったね、こいつは」亜沙日が困ったように頬を掻いた。「匿名希望どころか、ホントにどこの誰かも分からない謎の絵師だったら、堂々と売りに出せたか、出版自体が危なくなるわけだ」

「いちおう、身替わりを立てたという可能性は考えられるな」

姫之が思いつきを口にする。

「ホントに描いた人ではなくて、他の誰かさんの名前を拝借させてもらい、この人がこんな絵を描きましたといって、出版の許可を申請するの。初代の豊国や三代豊国の国貞が門人の代作にしょっちゅう頼ったことは有名だし、北斎にも娘の応為に代作させたという話があるでしょう。だから、表向きの浮世絵師の名義と実際に描いた絵師が違っていることは絶対に有り得ない話だとはいえない」

「おお、そんな手があったか。いまでもテレビドラマの脚本家や作曲家がゴーストを使ったことがたまに発覚して騒がれたりするのと同じやり方だ。その方法なら新解釈を持ち出せるんじゃない？　八丁堀の能役者は出版の便宜のために担ぎ出されてきた身替わりで、ホントに絵を描いたのは別人だった……」

「理屈の上ではそんな解釈もできるでしょうね。けれども、そこまで疑ってかかったら、全ての浮世絵師が実際に絵を描いた本人だったかは疑わしい、ということになってしまわない？　たとえ検閲対策の身替わりだとしても、版元の蔦屋やまわりが斎藤十郎兵衛を写楽として扱い、十郎兵衛自身も写楽として振舞ったなら、他の誰かが描いたという結論はどうやっても成り立たせようがないと思うな」

姫之の右腕がすっと伸びる。クラスメートの鼻先に人差し指を突き立てると、メトロノームよろしく、左へ右へ振ってみせた。

「何だ。期待を持たせないでくれる」

亜沙日の両肩が、がくりと落ちた。

「結局、能役者のジューロベエさん以外は難しいんだ」

残念、といってナスチャはたこ焼きをかじった。

「ひと口に別人説といってもピンからキリまで幅広いけれどさ……その手の謎解き本を読むと、どうも写楽の値打ちを引き上げたい、持ち上げたい、偉大さをアピールしたい、そんな意図が働いているとしか思えないものが目につくわけ。読者のニーズなのかな。何でもかんでも写楽は偉い、凄い、規格外だという方向へ話を持っていくんだから」

ひとくさり話題が片づいたところで、打ち明け口調になって姫之は不満を語った。

「ふうーん……どんな？」

ウインナー入りのたこ焼きをかじりながら、亜沙日が先を促す。

「例えば、そう、これなんか」

そういって、新たに姫之が取り上げたのは『増補浮世絵類考』のコピーの束と《浮世絵大歌川展》の展示図録。

「ここ、喜多川歌麿の記事を見て」

コピーの束から目当ての記事を探し当てると、姫之は赤いボールペンで枠を囲った。


文化年間、奥州岩城より来れるものあり、此人浮世絵を好む一病あり、元江戸の者なりしが、業《なりは》ひを旅中にのみし、南部出羽加賀能登に往来す、其比江戸にては一陽斎豊国の役者画専ら行はる此人云、遠国他郷に往ては、江戸絵の銘人は歌麿とのみ云て、豊国の名をしる人は稀にもなかりしと云り、歌麿が高名なる、是にてしるべし。役者絵に、市川八百蔵一世一代、おはん長右衛門の狂言をせし時、桂川の絵評判にて求さる人なかりし、歌麿は美人絵にておはん長右衛門道行の絵を出し、是に賛を書り、近世浮世絵かき、蟻の如くに這ひ出し、むらがれる趣を、悉く嘲弄して書たり、今蔵する人多く有るべし。

――『増補浮世絵類考』（『温知叢書』第四編収録、一八九一年）

ナスチャのために声に出して文章を読み上げてから、亜沙日は姫之に顔を戻した。

「で、これが？」

「写楽が消えて十年近くが経ってから、歌麿が、『桂川月思出』というお芝居のお半と帯屋長右衛門の道行のシーンを描いて出版したの。これはその経緯を書いたもの。わざわざ文章に書き残されたくらいだから、よっぽど世間の注目を集めたみたい」

姫之は図録を開いて目を落とした。こちらも目当てのページをすぐに探し当てて、

「《大歌川展》の図録にも歌麿が自賛を書き入れた話は紹介されている。こんな文章よ。〈予が画くお半長右衛門ハ、わるくせをにせたる似づら絵にハあらず〉――俺さまが描くお半と長右衛門は役者の地顔をいやらしく似せた絵とは違うぞ、という声明ね。本によっては〈わるくせをにせたる〉ではなくて〈わるく女をにせたる〉になっていたりする。いずれにせよ、特定の誰かを名指しで槍玉に挙げたわけではないのに写楽関連の書籍ではたいてい、これは写楽の画風を批判した文章だろう、という解釈を採っているわけ。実際、歌麿の描くお半と長右衛門は、ここの記事にも書いてある通り、写楽のそれとは大違いで美人画そのままの描かれ方」

「ああ！　前に読んだ覚えがある」と亜沙日。「写楽の正体は歌麿だったというお話で」

「他の人の絵を悪くいったら、自作自演の証拠になるんだ」

片方のてのひらで口許を可愛らしく覆い、焼きそばを詰めたたこ焼きを味わいながらナスチャが首を傾けた。

「七、八年が経ってからの書き込みでしょう。この酷評はポーズじゃないか、天下の歌麿がそんな見え透いたパフォーマンスを行ったのは何故か、と疑いたくもなる気持ちは分かる。突然歌麿が写楽に噛みつくなんて話は絶対におかしい、とあたしも思う」

姫之はボールペンの末端で、金縁眼鏡を器用に押し上げた。

「素直に考えたなら歌麿の酷評は、写楽ではなくて、同じ時期、自分の人気を脅かすほどの勢いがあった初代豊国への当てこすりでしょうね。『増補浮世絵類考』の直前の話題では日本中に歌麿の名声が知れ渡っていたと持ち上げるため、豊国を引き合いに出して、こき下ろしているでしょう？　文脈の流れや繋がりからいっても〈お半長右衛門〉で槍玉に挙がった相手は豊国だと考える方が自然じゃないの。ここにも〈近世浮世絵かき、蟻の如くに這ひ出し、むらがれる趣を、悉く嘲弄して書たり〉とコメントがある。これが同じ江戸での、歌麿の書き入れに対する受け止め方。近頃は絵師が蟻のように群がっているなんて、ずっと前に筆を折ったはずの写楽を指した表現だとはとても受け取れない」

「豊国？」

亜沙日もナスチャも拍子抜けしたという表情だ。

「ヒメ、そんな証拠があるの？」

「お半と長右衛門は写楽も描いたけれども、そちらは四代岩井半四郎《いわいはんしろう》と三代坂東彦三《ばんどうひこさぶ》郎《ろう》のペアだった。歌麿とは違う。歌麿と同じ時期に、同じ岩井粂三郎と三代市川八百蔵のペアでお半と長右衛門を描いているのは豊国なの」

先日の展覧会の図録を開いたまま、姫之はテーブルに置いた。

まさに豊国と歌麿の、三代市川八百蔵の帯屋長右衛門と岩井粂三郎のお半の錦絵が並んで掲載されている。同じ場面、同じ構図を描いたものだが、画風は対照的だ。歌麿の画風が少女マンガ流に極端に美化されたデザインだとしたら、豊国のそれは少年マンガ流のコミカルなデフォルメというところ。

しばらくの間、じいっと両者を見比べて、

「なるほど、こいつは確かに〈わるくせをにせたる似づら絵〉だ」

亜沙日が感想を述べる。傍らのナスチャの首も追従するように大きく縦に動いた。

「歌麿は後世の好事家に向けてメッセージを残したわけではなくて、あくまで同じ時代の江戸の人たちに声明を発表したはずでしょう。だから、同じ江戸人の理解に従わないと」

お半長右衛門（喜多川歌麿）

桂川纈月見（歌川豊国）

「でもさ、支持する人たちはけっこう多くない？　歌麿が写楽を嫌っていたんだって」

「それは理屈ではなくて、感覚として受け入れやすいからでしょう。歌麿は天才である。歌麿に匹敵する天才でないなら、歌麿が敵愾心《てきがいしん》を抱くはずはない。現代では豊国の人気や評価は歌麿よりもずっと落ちるから、当時に歌麿を上まわるほどの天才を探したなら、写楽くらいしか見当たらない――こういう考えをする人たちは、現代の感覚をそのまま江戸に持ち込んでいるのよ。歌麿に見合うのは写楽だから、これは写楽のことをいっているはず、という発想になる。写楽以外の誰かへの嫌味だとは初めから考えもしない。いくらでも穏当な解釈がつけられるのにむやみに勘繰って、写楽の痕跡に飛躍してしまうわけ」

「あ、そんなところは確かにあるかも」

　思い当たるという顔で亜沙日が頷いた。

「痕跡があったらあったで、深い意味や真相のヒントが隠れているものと勝手に決め込んで、そこから強引にメッセージを引き出そうとする人たちが出てくる。長喜が描いた柱絵を判じ絵[*17]扱いしたり、そうかと思うと一九の黄表紙を暗号文書にしてしまったり……」

　うんざりした様子で姫之は批判の矛先を変えた。

「判じ絵って？」

ナスチャが訊く。

「ああ……栄松斎長喜や十返舎一九が手がけた絵の中に、写楽の役者絵が描き込まれているの。だから、彼らは写楽の正体を知っていて、それとなく秘密を伝えようとしたんだって解釈が出てくる。長喜が国貞と同じ似顔を選んで、高島おひさに持たせたうちわの中に模写したことはさっき話したでしょう？　四代松本幸四郎の山谷の肴屋五郎兵衛」

書籍の山からまた一冊取り上げ、該当の図版を探し当てると姫之は友人たちに見せた。

栄松斎長喜は写楽や歌麿と同じく、往時の耕書堂に出入りした浮世絵師。写楽の素性について、阿波藩の斎藤十郎兵衛だったとする証言者としても名前が挙がっている。

十返舎一九はもちろん『東海道中膝栗毛』を大ヒットさせた戯作者だが、画も巧みで、一枚摺りの錦絵の版行は少ないが、三、四十代の頃は挿絵画家としても人気が高かった。

寛政八（一七九六）年刊行の黄表紙絵本『初登山手習方帖』に描いた挿絵の一つに一九は〈東洲斎写楽画〉の落款が入った凧を登場させている。ここに描かれたのは『暫』を演じる市川蝦蔵の全身像だ。しかし、これに該当する写楽版画は現存が確認されていない。

「これが判じ絵？　どうやって、ここから写楽の正体が引き出せるの」

宝石のような瞳をくるくる動かしてナスチャが訊いた。

「ここ、おひさが持っているうちわ。写楽の落款がないでしょう？」

「スペースが足らなかったからじゃない？」

「それをいったら、判じ絵にならない。落款がないのは意図的。落款の代わりになるものがどこかに描いてあると解釈するの。ここから想像をめぐらせると、うちわに落款がないのは柱絵自体を描いた長喜が写楽本人だったからだとか、うちわを持つ女性が写楽の正体を暗示している、つまり写楽は女の人だったとか、そういった解釈が出てくる」

「意味が分かんない……一九の方は？」

「こちらは夙の絵自体よりも、前後のページに書き込んである、達磨や奴凧や、そうした登場人物たちの会話の全体を暗号文だと解釈して意味を読み解くの。解読次第で、写楽は一九本人だったり、外国人だったり、同性愛者だったり、捕縛されて牢に入れられた囚人だったり、やっぱり史実のままの能役者でよかったり、いろんな結論をこじつけられる」

「何だかノストラダムスの大予言みたい」

「そう、ちょうどそんな感じ」

交換留学生の見方を面白がって、姫之はくすくす笑った。

「きっと提唱者御本人の主観ではそうした解釈も、これ以上はない合理的、論理的な結論なのでしょうね。けれども、歌麿の自賛と同じで、長喜の柱絵といい、一九の挿絵といい、そこに写楽の秘密が隠されているというのは一つの仮定。こんな風に解釈したいと、好き勝手にメッセージを読み取っているだけなの。謎解きの落とし穴にはまり込んでいるのよ」

最後はゆるりと首を振ると、たこ焼きの最後の一つを取り上げ、丸かじりする。二度三度と咀嚼して、そして、切れ長の目を姫之はいっぱいに広げた。

「これ……」

「ヒメ、どうかした？」

「たこ焼きだ」

「は？　そんなこと、最初から分かっていて食べているじゃない」

「ううん、そうじゃなくて、たこ焼きの本物だったの」

「……たこ焼きの本物だったの？」

鸚鵡返しに口にして、亜沙日とナスチャは仲良く首を傾けた。

「都合がいいように読み解くといったら……そうだ、御本尊の『SHARAKU』、ドイツ人のユリウス・クルトが面白いことを書いていた」

　ふと思いついたという様子で、姫之は話題を変えた。

「十ヶ月の間に写楽の画風が極端に変わったことは？」

「デビュー当時が一番クオリティ高くて、後になるほどどんどん安っぽく、絵自体の出来も悪くなるってやつ？『ジパング・ナビ！』にも書いてあったな」

　亜沙日は顎をつまんで頷いた。

　写楽版画は四つの時期に区分けができる。

　第一期、華々しいデビューを飾った最初の作品群は寛政六（一七九四）年五月興行の舞台を描いたものばかり。この時期の写楽版画は、いずれも歌舞伎役者の上半身のみを描いた大首絵で、判型は大判、背景は黒雲母摺《きら》りの見栄えがいいもの。二十三点の一人図と五点の二人図、全二十八点の一挙刊行――厳密に述べるならこれは現存が確認されている点数である。出版当時の目録といった便利なものがあって、正確な出版点数が特定されたわけではない。

　雲母摺りというのはにかわ液に雲母《うんも》や貝の粉末を溶かし込んだものを版画の下地に刷毛《はけ》で塗りつけておく技法で、豪華な見栄えに仕上げるために用いられた。背景を黒くするなら黒雲母摺り。第二期の作品では白雲母摺りも使用されている。後世の高い評価が集中するのはこの第一期の作品群で、現存枚数も多い。写楽版画は全体で約百五十点、六百枚程度が現存するとされるが、第一期の大首絵二十八点のみでそのうちの三百七十枚以上、六十パーセント以上を占めている。

次に第二期。こちらの題材は同じ年の秋の興行だ。現存三十八点の内訳は大判八点、細判三十点。大判錦絵には第一期と同じく雲母摺りが用いられた。この時期の大判錦絵で異色の存在は都座口上図と呼ばれる巻紙をかかげた老人の座像で、都座座元の都《みやこ》伝内《でんない》を描いたとも、楽屋頭取の篠塚《しのづか》浦《うら》右衛門《えもん》を描いたともいわれている。[*18]細判の三十枚は主に黄つぶし、一部に鼠つぶしが使用され、単色の顔料で下地を塗り潰してある。もう一つ、第一期との大きな違いは、第二期の版画はいずれも全身像を描いた姿絵だということだった。

第三期になるとさらに画風が変わる。大判よりひとまわり小さいサイズの間判の大首絵が八点、細判の姿絵が四十七点、これらは寛政六年十一月の顔見世を扱ったもの。翌月の芝居からも三点、こちらは間判の大首絵ばかり。最後の第四期は寛政七年の正月興行を扱い、細判の姿絵がわずか十点あるきり。この時期の細判姿絵には数枚続きのセットで一つの場面を構成するものが多い。

その他に趣向を変えて、相撲絵が大判三枚続きの一点に、大判二点、間判一点、いずれも大童山文五郎という少年力士を題材に採っている。二代市川門之助《もんのすけ》の追善絵、武者絵、恵比寿絵などもこの時期に描いた。これらのうち、間判大首絵十一点は黄つぶしだが、他の作品には背景が描き込まれている。

　他にも未刊行の版下絵、扇面絵、写楽の肉筆とされる掛け軸もいくつか存在するが、真贋は定かでない。うちわ絵、凧絵なども手がけたようだが、現存は確認されていない——

「初めは大判の大首絵、雲母摺りの背景で売り出したのが、大首絵から全身像の姿絵中心に変更、サイズは小さめの間判や細判が多くなって、背景も黒白の雲母摺りから黄つぶしや鼠つぶしへ、後半になると景色が描き込まれるようになる……」

　雑誌の記事を見ながら亜沙日が、写楽版画の変遷を要約した。

「短期間にめまぐるしく画風が変わって、どんどん安っぽく、迫力を欠いたものになる。だから、こんな説まで出てきたくらい。それは写楽が途中で交代したせいだって。前任者がリタイアするたび、他の誰かにリレーみたいにバトンを渡していきましたとさ」

「絵の出来はともかく、背景の処理や判型まで変わったんだから、絵師の側に原因があるとは思えないわね。だいいち、替え玉を立ててでも出版を続けたいなら、大首絵路線は変えさせないでしょう。単純に外的な要因で、版元の判断に従ったのだと思う」

　姫之はつまらなそうに片手を振った。

「当時はお芝居も出版もどんどん規制がかかっていって、第三期の直前には雲母摺りまで禁止されたくらい。穏やかに解釈するなら、贅沢品の取り締まりがだんだん厳しくなってきたから、廉価、大量販売の方向に切り替えたということでしょうね」

「ああ、国芳が子供の悪戯描き風に描いたりしたのと同じか」

思い出して亜沙日が頷いた。

「写楽の絵がいつ出版されたのか、きちんと分かるの？」

初歩的な疑問をナスチャが口にした。

「役者絵の考証の手順——版画自体の出版の時期だけではなくて、芝居の演目、役柄、役者、興行元、そういった事柄をどうやって突き止めるかは分かる？」

逆に姫之が訊く。亜沙日とナスチャはいったん顔を見合わせ、すぐにまた姫之に向き直ると、二人揃って首を横に振った。

「意外に方法は単純なの。どんな役柄のどんな衣装でも、歌舞伎役者ごとに衣装に入る紋は固定だから、時間をかけて調べたら、誰を描いたものかはいつかは突き止められる。後は辻番付や絵本番付を地道に当たって、その役者さんが出演しているお芝居を探すわけ。役者絵は当然、興行の真っ只中に売り出さないことには値打ちが下がる。お芝居の上演と同じ時期に店頭に出まわったはず。こうして演目や役柄はもちろん、出版の時期も特定できる。了解？」

「ちっとも」亜沙日の首が横に動く。「だいたい、辻番付とか、絵本番付って何さ？」

「……辻番付は宣伝用のポスターやチラシね。お芝居の演目と配役のリストの他に、出演者たちの姿格好がひと通り描かれている。絵本番付はお芝居の進行を描いた小冊子で、劇場で販売したの。配役を手がかりにお目当ての役者が出演する舞台を絞って、役者絵に描かれた衣装やポーズと番付に添えられた絵を突き合わせることで、いつ、どこの座の、どの舞台のどんな役柄を描いたものなのかという結論にそのうちに辿りつける」

「地道な作業なんだな。根気がないと続かない」

「写楽の場合もそうやって同じ時代の歌舞伎史料を調べていったの。一年足らずの短い間に描かれた舞台が集中していたこととか、黒雲母摺りの大判大首絵から始まって、だんだん安っぽくなっていくことなんかが、そうして判明したわけ」

「考証の手順はだいたい分かった。それで、その知識も新説のためのにわか仕込み？」

「前に読んだ小説の受け売り」

「訊くんじゃなかった」

「一番最初の、役者さんたちの顔を大きく描いた絵は人気があったんだよね。たくさん売れたから、いまでも残っている数が多いんだって」

ナスチャが訊ねると、姫之は一瞬答えに詰まり、慎重に言葉を選ぶように間を空けた。

「……通説に従うなら、ね。ただ、一点ごとに十枚二十枚の現存する大首絵だって、ホントに二百年と少し前からあったものばかりなのかは分からないみたい」

「そうなの？」

「開国した後、外国の人たちに歌麿や北斎が喜ばれると分かると、目端の利いた美術商は古い板木を探し出してきて、輸出用に新規に増刷したという話があるの。板木はまぎれもない本物だから、新しく摺られた錦絵もいちおう本物だってことになるでしょう？」

「あ」

「それどころか、人気のある絵に目をつけて、勝手に復刻することもあったみたい。オリジナルとは微妙に線の太さや位置が違ってくるけれども、それくらいは出版当時に売れ行きがよくて新しく板木を掘り起こした異版や、増刷の際にあちらこちらに手を加えた後版《あとはん》の場合とちょっと区別がつかない。当時の錦絵は版元印と極印があるくらいで、どこかに出版の年月日が書き添えてあるなんてことはないし……」

　通常、初摺りと呼ばれる錦絵の初版は、版元、絵師が立ち会い、色指しやぼかしなどの加工もおおむね絵師の指定通りに行われる。

　ところが、後摺《のちず》りといって増刷がかかると、版元の意向や摺師の判断によって、絵師の知らないところで板木に改変が加えられたり、色を変えられたり、特殊で手間のかかる加工の一部が省略されたりといったことが起こる。極端な事例になると着物の図柄や背景などに初摺りにない描写が追加されることすらあるくらいだ。

「そんな方法があるんだ。後から作られたものがあっても、見分けがつかないじゃない」

ナスチャは驚きをあらわにした。

「そうだ。確か、写楽はそういうバージョン違いが多いんじゃなかった？」

亜沙日が思いつきを口にする。ええ、と姫之は頷いて、

「第一期の黒雲母摺りの大首絵に特に多いのよ。面白い例では都座口上図なんかも異版が見つかっている。『ジパング・ナビ！』の特集に図版が載っていたわね」

「皺くちゃのおじいさんが正座して、巻紙を読んでいるやつだっけ？」

開かれたままの歴史雑誌のページを三方からいっせいに覗き込む。巻紙をかかげて口上を述べる、裃《かみしも》袴姿の老人の座像。

「写楽版画の中でも、都座口上図は特に疑問が多くて、昔から議論になっているの。ここの巻紙をよく見ると、裏返しに口上の文章が透けて読めるでしょう？」

図版を指差して姫之が指摘した。

「こんなことが書いてあるの。〈口上自是二番目新板似顔奉入御覧候〉――これより第二番目、役者似顔の新シリーズが始まるからお付き合いください、くらいの意味ね。

通説に従うなら、寛政六年夏の興行で売り出したのが大判大首絵のシリーズで第一番目、この秋からは新しい趣向で姿絵を描くと、偉い人の口上に事寄せて前置きしたという解釈」

「そんなことをわざわざ断ったんだ」

ナスチャの怪訝な顔が斜めに傾く。

「ここで写楽が入れ替わったみたいな解釈があったな」亜沙日が口を挟んだ。「豪華な大首絵を描いた写楽一号はもういなくて、これからの写楽は第二号。絵の中でさりげなく真相を告白したんだって」

「……推理小説の読み過ぎ。替え玉を立てて出版を続けたのなら、写楽が消えたことを蔦屋は隠しておきたかったということでしょう？　あからさまな告白を目立つところに書き入れて、余計なリスクを背負い込むことをどうしてするの。矛盾している」

頭痛をこらえるように眉間を揉み、姫之は溜め息を吐き出した。

「ヒメさ……少しはロマンがある発想をしようよ」

「そんなことより、この口上図の問題は別のところにあるの。巻紙に文章が裏返しに摺られたもの、文字が入っていなくて空白のものの、ふた通りの存在が確認されているのよ」

「え、そうなんだ？　どんな意味があるのかな」

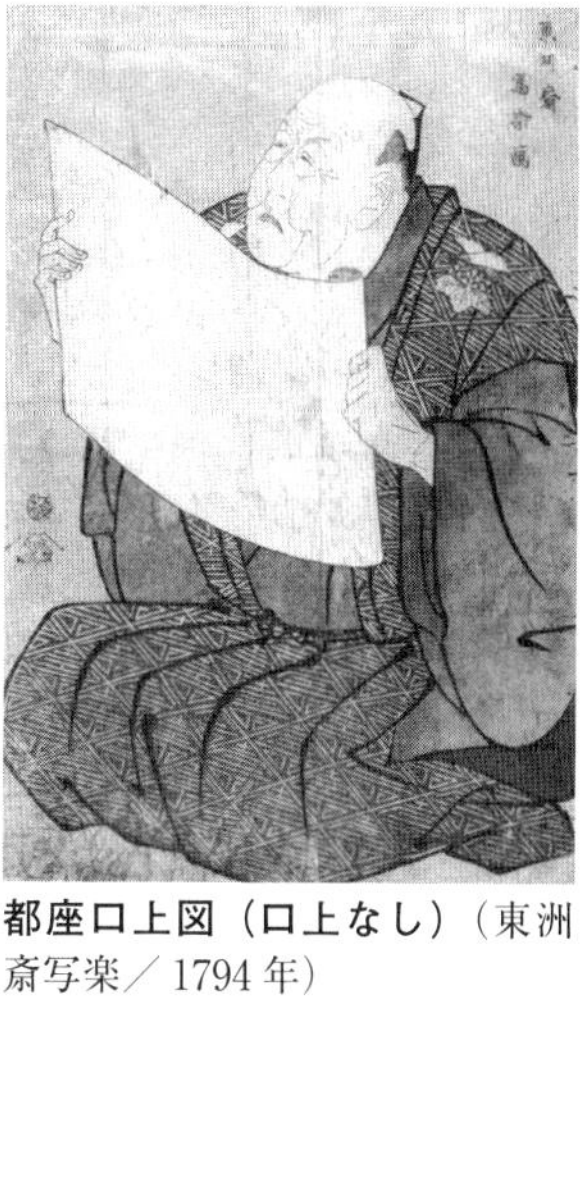

都座口上図（口上なし）（東洲斎写楽／ 1794 年）

都座口上図（口上あり）（東洲斎写楽／ 1794 年）

困惑の面持ちで、亜沙日は腕組みをした。

「最初に出版したのは文章がある方？　後からの追加の分は経費を節約したいから、難しい作業をやめちゃったみたいな」

同様に首を捻って、ナスチャが姫之を見る。

「逆の考え方もできるでしょう」

「逆って……？」

「最初の出版からしばらくして追加で摺らせることになったから、この時に初摺りとは区別をつけて、巻紙の部分に口上文を摺らせたということ。これより二番目、新板、似顔を御覧に入れたてまつる——というくらいだもの」

「…………」

「いちおうの通説では都座口上図は確かに第二期、寛政六年秋の七月興行に合わせて出版されたということになっている。けれども、この点にはかなり疑問があるの。同じ時期には桐座や河原崎座[*19]の興行まで描かれている。作画の点数に極端な違いはない。とすると、都座の場合だけ、どうして口上図が描かれたかの説明が難しくなる。もしも都座とのタイアップがあったのだとしたら、他の二座に対して、優先的に都座の出演者を描くということで出版点数に開きが出てくるはずでしょう。ところが、そんな形跡はない」

「だったら……他にどんな解釈があるの？」

「第二期の七月興行ではなくて、第一期の前、四月の寿興行を描いたという説もある」

「え……？」

「同じ寛政六年の四月一日から、創設百六十三年の寿興行がまさに都座で行われていたの。ほら、口上図のおじいさんが着ている裃と袴、模様をよく見ると、寿という漢字をあしらった意匠だというのが分かる？　こちらの解釈が正しかったら、写楽のデビューは五月興行の大判大首絵のシリーズではなくて、都座口上図の方が早かったことになるようね」

　ここまで話したところで短い息を吐き、姫之は表情を緩めた。

「どちらにしろ、おかしな絵だということは間違いない。こんな絵を出版したところで、江戸の人たちが買ってくれると思う？　芝居の中の大事なシーンでもないなら、贔屓の役者の似顔でもないのに。ところが、この絵には異版の存在が確認されている。後になって摺り足すことになるくらい、口上図はよく売れたのかしら……」

「考えることが多くて、たいへんなんだね。昔の出来事を調べるのは」

　ナスチャはぽかんとなっている。

「後になるほど、写楽の絵はどんどん売れなくなったともいわれているじゃない。出来が悪くて、安っぽくなっていったから。ヒメはその点、どう思うの？」

探るような目つきで亜沙日が質した。

「そんな解釈が出てくるのは、写楽版画一点あたりの、時期ごとの現存枚数に極端な違いがあるからでしょうね」

「後のやつほど、いまも残っている数が少なくなるんだっけ？」

それぞれ、と姫之の首は縦に動く。

「第一期の雲母摺り、大判大首絵のシリーズのうち、現存十枚をオーバーするものが二十点以上あることは話したでしょう。異版、後版の信憑性はひとまず措くとして」

「そこまでは覚えている」と亜沙日。「一番数が多かったのは国貞が大好きで、七十年経ってから模写を描き残した四代松本幸四郎の似顔だってことも」

「ところが、同じ雲母摺りの大判でも、第二期の全身像二人図となると現存枚数ががくんと落ちて、平均すると六枚強……トータルで五十枚程度だっけ。ここから先のものとなるとほとんど数が残ってなくて。第三期の、この特集にも図版がある二代山下金作の間判大首絵が十枚近い現存なのが目立つくらいで、間判の大首絵といい、細判の姿絵といい、相撲絵や武者絵といい、平均するとどれも二枚程度。このうち一枚きりしか現存が確認されていないものが四十点以上、全体の三分の一強を占めるんだって」

「えらい差がついちゃったんだ」

ナスチャが目を丸くする。

「けれども、第二期から第四期までの間判、細判の作が、ホントに売れなかったかといえばそちらの判断も疑問があるのよ。間判大首絵や細判姿絵からも、異版、後版の存在はいくつか確認されているものね。増刷がかかったことはあるみたい」

姫之は短く息を継ぎ、説明を続けた。

「それから……第三期の大童山土俵入り。この三枚続きの相撲絵はアメリカのボストン美術館のコレクションから見つかった色板木があって――北斎の絵本の板木に裏側が再利用されたことで有名なやつ――よく調べてみると、その色板木の中に、現存する大童山の錦絵では使われていない色があったの。色板木には相当に摺りを重ねた痕跡があったから、出版当時の江戸では現存作とは色違いの大童山が市場に流通していたことになるみたい」

「すると……どうなるの？」

亜沙日が首を伸ばして、姫之の顔を覗き込んだ。

「江戸の人たちはけっこう満足して買っていたということでしょう。豪華な大判錦絵の場合に比較して、この価格だったら買おうと判断する人たちの全体の数は多くなる」

姫之はさらりと答えた。

「安物といったら聞こえは悪いけれども、間判でも、細判でも、相撲絵や武者絵でも、写楽の安い絵はとてもよく売れたから、色を変えたり、描線を彫り直したりしながら摺りを重ねることになったんだし、一方では次から次に新作を売り出していった。複雑に考える必要はどこにもないでしょう。最初のシリーズが一番の傑作で、後になるほど出来が悪くなって評価が落ちる、という現代の評価をそのまま持ち込んでしまうから写楽版画の大量出版を素直に見ることができなくなるのよ」

「ああ……」

「売れ行きが悪かったら、むやみやたらに安物の点数をエスカレートさせるより、出版する点数をまずセーブするのが先決でしょう。出版する、出版しないの判断は版元の蔦屋が決めることで、売れ行きが悪くても、特定の期間中に写楽の新作を何十点以上売り出さないといけないとか、そんなノルマを他の誰かから課せられたわけではないんだし」

「そいつは……ま、そうだろうな。売れなかったら、出版自体の数を減らすのが当たり前か。常識的に考えて」

不承不承といった面持ちで、それでも亜沙日は首を縦に振り下ろした。

「他の浮世絵師さんが写楽の凧を描いたり、写楽のうちわを描いたり、そんなこともあったくらいだものね。写楽の絵はやっぱり、江戸の人たちを楽しませたんだ」

対照的にナスチャは声を弾ませ、素直に喜んでいる。

「錦絵の一枚摺りは、安価なものは一枚十六文、三、四百円の価格で売り買いされて、飽きられると包装紙代わりに使われたり、家財道具を梱包するのに丸めてクッションにされたり、壁や障子の破れたところに貼りつけられたり。間判や細判は枚数が残っていないといっても、当時は誰も美術品だとは考えていなかったのだし、安いものなら安いほど、古いものなら古いほど、粗略に扱われて、紙屑として捨てるのにも未練はなかったはず……」

姫之はいったん口を閉じると、鋭角的な顔の前で両手の指をからませた。

「ちょっと考えていることがあるの。おそらく、実際に出版された写楽版画の点数はいまの定説よりもずっと多かったはず」

「え？　まさか……」

「いまもいったように錦絵は消耗品だから、出版したものが全て、最低一枚ずつは現存しているなんて話は有り得ない。現物が残らなかった幻の作品が、同じか、それ以上の数はあると見ていい。げんに写真が残されているだけで、現在では行方が分からない写楽の絵はいくつもあるもの。現存が一枚きりでも確認できたもの、そうでないものを仮に同数と見積もると、実際には間判、細判、両方合わせて、第二期と第三期――秋から冬にかけての半年程度の間に百三十点くらいは出版されたと思う」

「半年で百三十点？　たいへんな数じゃない」

「サイズが小さいなら手間がかからないというものでもない。背景を描くようになって、彫師や摺師の手間はかえって増えた。だんだん出来が悪くなるのはあまりの量産に人手が足らなくなって、腕の落ちる彫師や摺師に仕事をまわしたせいだという見方もあるのよ。錦絵の出版コストといったら、一に板木の調達費用、二に彫師と摺師の報酬でしょう?」

ここで姫之はひと息吐くと、さて、と表情を心持ち引き締めた。

「前置きはこのくらいにして……」

「ちょい待ち。前置きだったのか、いままでのヒメの長い話は」

「クルトの説で面白い話がある、とさっきいったでしょう。クルトはね、いま話したような画風の移り変わりを考証して、現在の通説とは逆さまに作画の順序を解釈したの。細判の安物から始まって、間判、大判へ、背景を描くのは途中からやめて、黄つぶしや鼠つぶしから雲母摺りの立派なものへ、当初の粗雑な習作からだんだん画風が洗練されていき、とうとう大首絵の傑作を描いたんだって」

あらら、とこれはナスチャ。

「考証ミスなんだ」

「それから、クルトは作画の期間も実際よりも長く見ていて、途中の細かい考証はやめにして結論を要約すると、寛政の年号からは一つ前の天明年間から写楽は活動を始め、大判雲母摺りの役者大首絵の発表が寛政六年の秋から翌七年にかけて。転機となったのは寛政二年で、この頃から写楽は人気が出て、大判錦絵を描くようになったり、背景に雲母摺りを使うようになったと書いている。さっき面白いといったのはここのところ」

姫之は深呼吸を一つして、ぐるりと首をめぐらした。

「いい？　史実よりも活動のスタートを引き上げた結果、天才絵師の写楽は、雲母摺りの手法や大首絵の発明者になってしまったの。歌麿や栄之《えいし》、春好、春英、長喜、豊国といった当時の人気絵師たちに先行する偉大な独創家なんだって」

「……うん？」

しばらくの間、意味がのみ込めないという表情でクラスメートたちは沈黙した。

「ひょっとして、ええと、順番が逆？」

ナスチャが先に口を開く。

「そういうこと。特に歌麿と左筆斎《さひつさい》春好の二人は、後追いどころか、強い影響を写楽に与えた側でしょう。九徳斎《くとくさい》春英だって、後世の評価がいまひとつなだけで、同時代の評判は〈近世の名人にて春章歌麿も不及処多し、初代豊国は此画風を本学びたり〉

――実力歌麿以上、初代の豊国がお手本にしたといわれたくらいの業界の大先輩なのよ。黒雲母摺りも、写楽の前から役者大首絵に使用していた」

クルトは春英の画業に触れて〈写楽の大判シリーズの直接の模倣〉と酷評しているが、これなども出版の順序を取り違えたことによる錯誤でしかない。

「すると、順番を間違えたせいで何でも写楽のお手柄になっちゃったわけか……」

まいったな、と亜沙日はショートカットの髪を掻いた。

「写楽に対する、高い評価の出発点はここなの。最初に成果を上げたパイオニアの歴史的意義」

「………」

「そうはいっても、クルト一人に責任を負わせるのはさすがに可哀想か。歌舞伎役者の大首絵を写楽が始めたという話自体はあの国貞が出どころなんだし、明治の飯島虚心なんかも、雲母摺りは写楽の発明だと書いている。飯島虚心もクルトも名前は挙げていないけれども、こんな誤解が出てきたのはきっと国貞のせいだと思う」

「また、あのエロジジイのせいか」亜沙日は唸った。「ファン過ぎるってのも考えものだな。歴史を勝手に書き換えるから、世界中の研究家が振りまわされる」

「それはいえる。実際の年代よりも写楽の登場を引き上げたクルトの写楽論は、だから、国貞の思い入れの強さに引きずられたことになるかな……」

やれやれというように姫之は頭を横に振った。

「だったら、写楽の評価はかなり割り引かないとダメじゃないの？」

騙されたという顔でナスチャが訴えた。

「写楽自体の評価というより……辻番付や絵本番付から演目を特定することで昭和にはこの考証ミスは明らかになったのだから、海の向こうの評価は正しいのか、絶対的な基準として従っていてかまわないかくらいは見直しすることもできたはず。ところが、どうやらそんな風にはなってない」

わずかに顎を引いた姫之の表情が険しくなる。苛立ちと苦さが声に色濃くにじんだ。

「途中の間違いが発覚しても、世界の肖像画の巨匠という結論部分はそのまま手つかず、百年前のヨーロッパの人気にただ乗りするような論、ううん、まだまだアピールが足らない、外国人の見方にはやっぱり間違いがあるんだから、ホントの写楽の偉大さを日本人の手でたたえないといけない、といわんばかりの写楽論が溢れ返っている。これでホントに写楽を正しく評価できているといえるのかな？」

「…………」

「定説をひっくり返す、裏を探るというんだったら、真っ先に疑ってかかるのは写楽の正体なんかとは違うはず。もっと根っこの部分……写楽の評価が、外国の基準、後世の基準から見た評価が、ホントにそれでいいかってことでしょう。世界の芸術家の前に、写楽は十八世紀の日本の、江戸の市井の浮世絵師なの。それを忘れちゃダメ。歴史をひっくり返したいなら、世界が認めてくれたから写楽は偉い、凄い、素晴らしいというところからひっくり返さないと。アサさんたちはその辺り、どう思う？」

考えを口に出すことで、だんだんと姫之は自分の言葉に煽られてきたようだった。

「あのさ、ちょっと話が大きくなってない？」

剣幕にたじろぐように後ろに身体を引きつつ、どう、どう、どう、と両のてのひらを広げて亜沙日は押さえ止める仕草をする。

すぐ横ではナスチャも笑顔を強張らせて、友人の仕草に倣っていた。

「世界が認めてくれないなら値打ちがない、通俗的、大衆迎合の絵を喜んでいた江戸の民衆は程度が低い……こんな傲慢な見方はおかしいと思わない？　だいたい、当の写楽だって、版元の蔦屋だって、一九、長喜、写楽の競争相手だった豊国や写楽に憧れた国貞にしたって、自分たちの浮世絵にそんなものは求めていなかったはず。勘違いはあっても、クルトや、フェノロサや、ジャポニスムの時代の外国人コレクターたちの方が、江戸の浮世絵によっぽど敬意を払ってくれていたんじゃないかしら」

「ひ、ヒメ、ええと、だからさ……」

「世界に誇る大芸術から、もう一度、江戸の民衆のキッチュでキャッチーな楽しみに浮世絵を取り戻さないといけないの。百年、ううん、黒船が来てからだから百六十年か。そんな頃からの外国での評判を物差しにする風潮は、そろそろやめにし……」

なおもいいつのる姫之の声が、この時、唐突に途切れた。

「わちゃ」

危うく椅子からずり落ちるというところで、慌てて亜沙日は背凭れを押さえ、重心を前倒しに傾けて体勢を保つ。横からナスチャが、彼女の腕をつかんで支えた。

ふうーっと呼吸を整えてひとまず落ちつくと、恐る恐る、ひと一倍に日本の歴史にやかましいクラスメートの様子を二人はうかがった。

「ヒメ、どうかした？」

ナスチャが声をかける。

返事が戻らない。声だけでなく、切れ長の両目を見開いて、姫之は虚ろな視線を宙に彷徨わせていた。

「おーい、ヒメ」

次いで亜沙日が呼びかける。今度は反応があった。

「穴があった」

「え？」

「謎解きをねじ込める、歴史の中の針の穴」

鼻先のてっぺん近くにずり落ちた眼鏡を、姫之はおもむろに指先で押し上げた。深呼吸を一つ挟み、他の誰に対してでもない、自分に向けて彼女は語りかけた。

「……考証ゲームのカードは、もう揃っていたんだ」

六

開山七百年の由緒正しい禅寺の門前にずらりと並ぶ飲食店の一つ、ここは和風インテリアのたたずまいが美しい甘味処。

下校途中の女子高生の一グループが案内されたのは表通りに面した座敷で、大きな格子窓からは山門のまわりを見ることができた。土砂降りの雨がやまないせいで人の姿は見かけない。それでなくとも日没後と変わらない暗さで、見晴らしがまるで利かなかった。時折り、思い出したように乗用車の出入りがあり、そのたびに路上の水溜まりから盛大に飛沫が巻き上がる。

着物に襷《たすき》がけの従業員が注文の品を運んできた。扇ヶ谷姫之と朝比奈亜沙日が注文したのはぜんざいと抹茶のセット。小豆が苦手なナスチャは、みたらし団子と甘酒を頼んでいる。

いただきまーす、と三人は声を揃えて合掌した。

「さ、さっきまでの話の続きを聞かせてもらおうじゃない」

ぜんざいへ箸をつけながら、亜沙日はぐいと首を突き出した。

「写楽の謎解き。もうカードが揃ったとか、ヒメ、いったいどういう意味？」

「言葉通りの意味」

抹茶の碗を持ち上げながら、扇ヶ谷姫之はさらりといった。

「原稿募集のオーダー通り、飛びきりセンセーショナルな写楽の新説を作るための材料はとっくに集まっていたの。ただ、手当たり次第に情報を集めることに意識が向いて、考えるのが後まわしになっていただけ。あたしの頭がもう少し柔軟で、もっと回転が早かったら、たこ焼きといおうか、たこ焼きを称するB級グルメっぽいものをみんなで御賞味しながら、謎解きの真似事を拝聴してもらうことだってできたと思う」

「何か、いままで誰も読んでなかった本でも見つけたの？　そこにびっくりするような情報が書いてあったとか」

「そんなことはないと思う。写楽の新説を考える気になってから、せっせと図書室の本を読んで詰め込んだ付け焼刃の知識は、さっきのお喋りで洗いざらい吐き尽くしちゃったんだから。アサさんやナスチャだって、新説探しのゲームを進める条件はだいたい同じ」

「どんなものかな。さっきの話から、ホントに写楽の新説を作れるの？」

「作れるの。答えを聞く前に、よおーく、自分でも考えて挑戦してみたら？」

亜沙日の目をまっすぐ見返し、からかうように姫之は笑いかけた。

「もったいぶらないの。さっさと何を考えついたか話しなよ」

亜沙日は片方の肘を前後に動かし、すぐ隣のナスチャを小突いた。

「ほら、ナスチャからもお願い」

「お願い」

両手を合わせて、潤んだ瞳でじっと姫之を見つめるナスチャ。お願いのポーズだ。

「仕方ないな……」

姫之は抹茶をひと口含み、考えをまとめるように短い間を空けた。

「分かりやすいところから進めるか。写楽の役者絵の発表順——見栄えのいい雲母摺りの大判が先だったか、それとも安っぽい間判や細判のシリーズが先だったかで、現在の定説とクルトの解釈が逆さまだってことはいいよね？」

「最初が一番よかったんだよね。後になるほど出来が悪くなるの。でも、ドイツ人のセンセイは反対に考えた」

おさらいするようにナスチャが答える。

「まさか、発表の順番がひっくり返るとでも？」

疑いの目つきで亜沙日が訊いた。

「役者絵の考証の手順はさっき話したでしょう？」

直接問いには答えず、逆に姫之は訊いた。

「役者さんの舞台衣装を参考にして、何ちゃら番付のたぐいを地道に当たってみるんだっけ。お芝居の演目も上演時期も、錦絵自体の出版時期もそれで調べがつく」

「よくできました……で、そのことを前提にこれを見て」

そういって姫之は通学カバンの中から資料を取り出した。『ジパング・ナビ！』最新号を開いて、写楽の記事の一部分に赤いボールペンを走らせて傍線を引く。次いでコピーの束から写楽の記事を探して広げると、こちらもやはり赤線を書き加えた。

○写楽　天明寛政年中ノ人。
俗称　斎藤十郎兵衛。居、江戸八丁堀に住す。阿波侯の能役者なり。号、東洲斎。

歌舞伎役者の似顔を写せしが、あまりに真を画んとてあらぬさまに書きなせしかば長く世に行れず、一両年にして止む。類考
三馬云、僅に半年余行るるのみ。

五代目白猿、幸四郎（後京十郎と改）、半四郎、菊之丞、富十郎、廣治、助五郎、鬼治、仲蔵の顔を半身に画、廻りに雲母を摺たるもの多し。

――『増補浮世絵類考』（ケンブリッジ大学所蔵斎藤月岑自筆稿本）

写楽（住居江戸八町堀）俗称□□　号東洲斎
歌舞伎役者の似顔を写せしに、あまりに真を画んとて、あらぬさまに書なせしかば、

長く世に行はれず、一両年にして止む（類考）
三馬云、僅に半年余行はる丶のみ　五代目白猿　幸四郎（後宗十郎と改）　半四郎　菊之丞（富十郎）廣治　助五郎　鬼治　仲蔵の類を半身に画きたるを出せり
——斎藤月岑『増補浮世絵類考』（『温知叢書』第四編収録、一八九一年）

「どう？」

と姫之が訊いた。

「どう、と訊かれても……」

亜沙日は首を傾け、考え込んでしまう。

「ケンブリッジの本は文章が長めでほんのちょっと詳しい、かな？」

見たままをナスチャが口にした。

「そう、そこがポイント。どちらが詳しいかといったら、それはケンブリッジ大学の本でしょう？『温知叢書』版ではまだ雲母摺りへの言及がない。写楽は役者たちの大首絵を描いたと書き記しただけ。後になって雲母摺りの大首絵の存在を知って〈廻りに雲母を摺たるもの多し〉と書き足したの。斎藤十郎兵衛の名前も後から書き加えたように」

「……はあ？」

先に亜沙日が、少し遅れてナスチャも、まるで酢を飲まされでもしたような表情を姫之に向けて振り上げた。

「ええと……後になって月岑が書き加えた？　雲母摺りのことが初めのうちは書いてなかった？　細かい点を突いてくるな。まさか文章を書き足した頃まで、雲母摺りが使われた大判のシリーズは江戸になかった、なんてことを考えてないよね」

「考えて、何か矛盾があるとでも？　三升屋二三治の『浮世雑談』だって、役者似顔の大首絵を始めたといって、割合に詳しい紹介つきで写楽を褒めちぎってはいたけれども、雲母摺りについてはひと言も出てこなかった」

「そんな、ムチャな」亜沙日はつい失笑して、「ヒメ、自分で解説したよね？　写楽が描いた役者絵は上演の時期も演目も配役も、すっかり特定されたんだって。当時の番付をちゃんと調べて」

「だから、よ。ずっと昔のお芝居でも、たったいま見てきたみたいに配役も衣装も正確に描くことはできるでしょう。当時の辻番付や絵本番付を探し出してきてお手本にしたら」

「え？」

亜沙日の笑いが硬直した。

「普通、役者絵というのは便乗商法のキワモノだから、お芝居の上演中に売り出さないことには商売にならない、興行の時期と役者絵の出版時期は一致するというのが一般的な認識だし、写楽版画の出版の順序もこの前提にもとづいて決定されてきた。第一期は寛政六（一七九四）年の夏の興行を描いたもの、第二期は同じ年の秋の興行を描いたもの、興行と時期を合わせて役者錦絵を売り出して、後になるほど出来はどんどん悪くなっていった……という具合にね。でも、お芝居の上演からずっと後になって、その舞台を描いた錦絵が出版されるという事例がまったく存在しなかったわけではないのよ。げんに三代豊国の国貞が『古今俳優似顔大全』や錦昇堂の豪華版のシリーズで、何十年も前に亡くなった歌舞伎役者たちの似顔、何十年も前に上演された舞台の姿恰好を描いてみせたんだから」

「………」

「ずっと昔の役者の似顔を国貞は何十枚も描くことができたんだから、写楽の大首絵の場合は同じように描かれたものでは有り得ない……ということにはならないはずね」

たっぷり余裕をもって姫之は言葉を重ねた。

「あ、でも、ヒメ」

さっと挙手して、ナスチャが疑問を投げかける。

「歌舞伎作者のニソウジさん、別の文献では雲母摺りのことを書いてなかった？　クズイレとかゴミバコとか、そんな題名の本で」

「『紙屑籠』ね。天保十五（一八四四）年十月の序文がある」

「たぶん、それ」

「『紙屑籠』には確かに写楽の説明で〈きら摺の大錦役者絵〉〈似顔一流の絵師〉と書いてある。その点は間違いない。でも、同じ本の中で国貞の豊国は〈三代目〉だと記されていたでしょう。その頃は二代豊国を名乗っていたのに」

「あ」

「『紙屑籠』の三代豊国の記事には、三升屋二三治や国貞が亡くなった後、明治の初め頃の知識や感覚がまぎれ込んでいる。だったら、他の浮世絵師の記事も後世の修正が入っていないとも限らない。写楽の記事だって例外ではないわよ」

「で、でも……写楽の絵は、そうだ、版元のハンコに、検閲を通してもらえた証拠のハンコもあったよね。だから、堂々と市販ができたんだって」

「版元印も極印も、一枚一枚の錦絵に律儀に押してあるわけじゃないのよ。版下絵の段階で押印をもらって板木に彫りつけるの。当時の錦絵からトレースしたら、勝手に版元印と極印をつけて版画を作ることはできる。寛政六年に蔦屋から出版されたものとそっくり同じにね」

「そんな話も前にしたっけ」

ナスチャは曖昧に頷くと、甘酒に唇をつけた。

「ちょい待ち」我に返ったように亜沙日が声を発した。「版元印も検閲済みの極印も偽物で、昔のお芝居の番付をもとにして、昔のものみたいに年代を偽って、昔の役者さんたちの似顔を描かせたってこと？　実際には検閲を通さないで。それじゃあ、まるきり、まるきり、ええと……」

数瞬、亜沙日は言葉を探す。

「そう、まるきり贋作詐欺じゃない」

「贋作詐欺か。ある意味、そうともいえる」

友人の指摘に感心したように姫之が頷いた。

「あのさ。そんなもの、ホントにこっそり作ることができるの？　だいいち錦絵といったら、版画で、安い値段でたくさん売り捌かなくちゃいけない量産品じゃないさ。そんな手間をかけて贋作を作っても利益が出るのかな」

「版画の贋作は手間がかかって利益にならない、というのは浮世絵が美術として認められて、有名どころの浮世絵師については作品目録の整備が進んでいて、それでいて職人の数自体が限られる現代の話でしょう。当時の江戸に正確な作品目録なんてものはないし、巷には彫師や摺師が大勢いた。それでなくても春画のような地下出版が盛んな時代だったのよ。検閲を通さないなら、どんなものでも作れる。それこそ表のマーケットで流通できる商品以上のクオリティでね」

「春画ならともかく、役者さんたちの似顔絵なのに？」

亜沙日はまだ疑いの表情だ。

「そこまでやるほど儲かるの？　いまと違って、江戸の町では国貞とか、国芳とか、広重とか、現役バリバリの人気絵師たちの新作が当たり前に安い値段で売りに出されていたわけじゃない。そんな状況で、昔の浮世絵師の、しかも二流扱いだった写楽の贋作を作ったところでお金儲けになったとは思えないな。とても競争になりやしない」

「初めから市場で売り出そうとは考えてなかったの」

「それこそ信じられない。だいたい、ずっと昔の、役者さんたちもとっくに死んでいなくなったお芝居の錦絵なんて、面白がって買ってくれるお客がいるのかな。昔の歌舞伎役者の似顔を国貞がたくさん描いたとはいっても、あれは自分で資金を調達して、出版にかかる費用は自分持ちということで売り出してもらった記念事業のようなものだった。ヒメ、さっき自分でいったよね。需要がないよ。六、七十年も前のお芝居の絵をわざわざ売り出したところでたちまち在庫の山の出来上がり」

「芝居そのものに対して素養がない、歌舞伎役者のこともろくに知らない人たちなら面白がって買ってくれると判断したの」

「そんな物好きが江戸のどこにいるのさ」

「江戸じゃなくて、外国にいるの」

「え？」

「……いい？　龍田舎秋錦の『新増浮世絵類考』に間に合わないといけないから、『増補浮世絵類考』に考証家の月岑が加筆を重ねて〈斎藤十郎兵衛〉とか〈廻りに雲母を摺たるもの多し〉とか、決定版のケンブリッジ大学本のような内容になったと仮定できる時期の下限は慶応四（一八六八）年。実際には、その二、三年前というところでしょうね。けれども、この間の嘉永六（一八五三）年にはペリーの黒船艦隊が来航したし、安政六（一八五九）年には横浜が開港されて海外貿易が始まっている。文久二（一八六二）年にはロンドン万国博覧会が開催されていて、オールコックの日本コレクションが展示されたはず。慶応三（一八六七）年にはパリ万博もあった。海の向こうではジャポニスムがもう始まっているのよ」

　あ、と亜沙日もナスチャも声を上げた。

「つ、つまり、初めから輸出用に、海外の市場でひと儲けしてやろうという狙いで新作を作らせたってこと？　外国人の、というか、西洋人の好みに合うような趣向で」

「発案者が誰かというなら、たぶん、横浜にやってきた貿易商のうちの誰かでしょうね。日本の浮世絵の存在を知って、これはきっと商売になる、アメリカ、ヨーロッパに持ち帰ったら、莫大な利益を得ることができると考えたの。ひょっとすると横浜に出入りして外国人相手にあれこれ商う、目端の利いた商人あたりが入れ知恵したのかもしれない」

　姫之一人は悠揚とした姿勢を崩さない。クールに論を進めた。

「当時の江戸では浮世絵は民衆の身近にいくらでもあって、安価で買い集めることができた。春信や歌麿の美人画に、北斎、広重の風景画なら、問題はない。外国人からもすんなり受け入れてもらえるはず。けれども、役者絵のたぐいは歌舞伎を見たこともない外国人には面白さが伝わりにくい。そのことが彼らにはとてももったいないと思えたの。外国人相手に役者絵を売りつけるアイデアはないか。歌舞伎に馴染みがない人たちでも、顔いっぱいに白粉を塗りたくったり、男の人が女に扮したり、ヘンなポーズを決めたり、異国の演劇のエキゾチックさを強調したものなら面白がって買ってくれるかもしれない……」

「だから、写楽をでっち上げたわけ？　とんでもないことを考えつくな」

　亜沙日が吐息を洩らした。

「でっち上げたといっても、見栄えがよくて、高値がつくものに限った話よ。詳しくいえば、大判、雲母摺りが使われた役者大首絵二十八点と、同じ形式の全身像のうち、都座口上図を除外した二人図の役者姿絵七点」

「どういうこと？」

　首を捻ってナスチャが訊いた。

「十ヶ月の短い期間に写楽の画風がめまぐるしく変わっていったことは話したでしょう」

「豪華版から安物へ、どんどん安っぽい絵になっちゃうんだよね。最初に描いたまま続けていったらよかったのに」

「そんな疑問が出てくるのは、写楽の途中交代があったにしろ、なかったにしろ、最初から最後までプロデューサーの蔦屋が指示して描かせたという前提があるからよ。雲母摺りの大判錦絵が後になって作られたものなら、画風の変化という事実がなくて、初めから廉価な小品を量産して売りつけるという企画で写楽が起用されたなら、疑問はどこにも出てこない。既定の方針通りの商品展開ね」

「あ」

「質よりも量で勝負ということ。寛政六年の春から夏にかけ、雲母摺りの役者大首絵は勝川春英がひと足先に描き始めていたし、初代の歌川豊国は大判サイズの役者姿絵を売り出して、江戸中の人気を集めていた。後発の写楽で真っ向から勝負をかけるより、住み分けができるならそれでかまわないというのが蔦屋の判断で、間判、細判の小品を点数ばかりはたくさん描かせて売りに出したんだと思う。だいたい、豪華版の大判大首絵が好評だったなら、同じ路線を最後まで続けさせたはずでしょう」

「すると、背景が黄色で塗り潰されていたり、景色が描き込んであったりするのが、ええと、ホントに写楽が描いた絵なんだ」

「理解が早くて助かるな」

　姫之は頷いて、ナスチャのコメントを認めた。

「初めのうちは幕末の贋作者たちも、既存の役者絵の中から、外国人の目で見ても面白いものを探したんだと思う。鳥居派、勝川派、歌川派……どれも外国人たちの食いつきはよろしくない。そして、東洲斎写楽という浮世絵師がとうとう見つかった。寛政六、七年の短い期間、集中的に役者絵を量産したけれども〈あまりに真を画んとてあらぬさまに書きなせしかば長く世に行れず〉の不評を残して消えてしまった二流絵師がね。この人の画風なら、役者の地顔をそのまま写したようなユーモラスな味わいがあって、海外に持っていっても話題になるかもしれない。ところが、残念なことに間判や細判の安物ばかり、そもそも数が残っていなかった」

「………」

「結局、既存の錦絵の中から外国人好みの役者絵を探すことは諦めた。ここで彼らは発想を変えたというわけ。望みのものが見つからないなら、仕方がない、自分たちで作ってしまおう。せっかく写楽という絵師を見つけたんだから、写楽が残した作品をお手本に、写楽名義の錦絵を新しく制作したらいい。見栄えをよくするためにサイズは大判、背景に豪華な雲母摺りを使わせたらどうか……」

「…………」

「外国人相手に商売になると分かってから、人気絵師の錦絵の増刷や復刻がけっこう行われたということは話したでしょう？　ここから、いっそ昔の絵師の名義で、増刷でも復刻でもない、まっさらの新作を海外向けに制作したらいいという発想まではもう一歩よ。たこ焼きだといって売りに出されたものでも、中の具材が蛸ばかりとは限らない。錦絵だって同じでしょう。浮世絵師のうちの誰かの名義で売り出された絵があったとしても、代作かもしれないし、まったくの贋作の場合だってある。同じ役者絵の描き手でも大御所の春章や豊国とは違って、無名、二流、幕末の時点ではすでに忘れられた存在に近かった写楽なら、本物以上に立派な出来の贋作を作ったところで疑われはしない、と判断したの」

「本物よりも、立派な贋作……」

「『SHARAKU』のクルトは、シンプルに、安物の、まだまだ未熟な習作をたくさん描いたという下地があって、そこから雲母摺りの大判錦絵、傑作の数々に発展したと解釈したでしょう？　そう考えるのが自然なのよ。実際には制作された年代にずっと開きがあって、写楽自身が描いたわけではなかったというケースも含めて」

「納得」

説明のいちいちに頷きを返しつつ、真剣な表情でナスチャは聞き入っている。

「初めから海外の市場がターゲットなんだから、日本の国内市場で取引する考えは彼らにはなかったと思う。ところが、横浜に居留する外国人たちや、出入りの商人を通して贋作の一部が国内に流出してしまった。月岑はそれを目にする機会があって、まさか海外向けに作られた贋作とは疑わないで、雲母云々を書き加えたのよ」

いったん抹茶に口をつけて喉に流し込み、姫之は友人たちに視線をめぐらした。

「御感想は？」

だが、亜沙日にもナスチャにも声はない。茫然とした表情で、疑問の余地を探すように彼女たちは宙に目を泳がせていた。

「ええと……ほら、『浮世絵類考』の記事には、写楽が大首絵を描いた役者さんたちの名前がずらずら並べてあるじゃない」

亜沙日が先に口を開いた。『ジパング・ナビ！』をテーブルから取り上げ、姫之が赤線を引いた文章を指し示す。

「白猿といったら、市川蝦蔵だっけ？　松本幸四郎や大谷鬼次の名前もちゃんと出てくる。この人たちの絵、雲母摺りの立派なやつが残ってない？」

「役者さんの大首絵なら、間判の黄つぶしでも描いているでしょう」

「でもさ、同じ時代に他の絵師さんたちが写楽の絵を描き入れてなかった？　女の人が持っているうちわだとか、凧だとかで」

無造作に答えた姫之に亜沙日が食い下がる。

「十返舎一九が挿絵に描いた凧の市川蝦蔵は、写楽の落款つきではあっても、同じ作品は現存していない。大量に描いた細判姿絵のうちの一つだったか、初めから凧絵として描かれたもので、一枚摺りでは出版されなかった蝦蔵の絵があったのでしょうね。栄松斎長喜の柱絵の場合、うちわの大首絵に写楽の落款はないわよ」

「同じ絵ならあるじゃない。山谷の肴屋五郎兵衛。長喜一人ではなくて、写楽贔屓の国貞センセイが自分の役者絵のシリーズで同じ絵を丸パク……模写していた」

「うちわの中には落款がないんだから、ホントは誰の作なのかは断定ができないし、たとえ写楽が描いたものだとしても、落款が〈東洲斎写楽画〉だったか〈写楽画〉だったかは分からないでしょう。屋号と俳号の書き入れもあったかもしれない」

「へ？　ヒメ、いったい何がいいたいの」

「だから、間判黄つぶしの大首絵のシリーズか、そうでないなら初めからうちわ絵として描かれた安物をお手本にして、大判雲母摺りの豪華版を作らせたの。大判錦絵とうちわ絵とではサイズがまるで違う。通説では大判をお手本にうちわのサイズに描き写したことになっているけれども、あべこべの解釈だって可能でしょう。うちわ絵や間判の大首絵を大判サイズに写したことだって有り得る。すでに出版から、六、七十年が経って、当時にはうちわ絵や間判の大首絵はほとんど残ってなかった。見栄えの立派な贋作を作らせた後にお手本を破棄してしまったら、もう模倣とは気づかれない」

「写楽が描いた役者絵を捨てちゃったの！」

「当時はまだ浮世絵自体が芸術扱いされてない。ましてや写楽の役者絵なんて、二束三文の値しかつかない、六十年以上昔の安物だった。後で贋作が発覚するかもしれない危険な証拠を残しておくはずがないでしょう。証拠隠滅よ、証拠隠滅」

「あ」

「もっとも……市川蝦蔵や松本幸四郎の大首絵が後になって出てきたとしても、大判に似たようなものがあったら、間判の安物の方が大判をコピーした贋作扱いされて捨てられてしまったでしょうね。サイズ違いのそっくりな絵を並べたら、普通、見るからに豪華な方が本物だろうと誰だって考える。まさか安物の方がオリジナルだとは思わないもの。贋作の方が真作として先に認知されていたなら、なおさらね」

「ああ、そうかも」

亜沙日は額を押さえて、ううーんと唸ってしまう。

「ついでにもう二つ、いまの推理を補強してくれる有力な証言があるの」

薄い笑みを浮かべた顔の前に姫之は指を二本立てた。亜沙日は唖然となって、

「まだあるんだ！」

「学校でも話したでしょう。三升屋二三治の『浮世雑談』におかしなことが書いてあ

るんだって。〈東洲斎の筆、役者一人づ、画て再び出さず〉……写楽は歌舞伎役者を大首絵に一人ずつ描いて、二度は出さなかった」

「ああ、国貞の証言だっけ。それは間違いだったんだよね」

「第一期の大判雲母摺りの一人図に限定するなら、この記述は正しい。ただ、五点ある二人図を含めたなら役者の重複はあるし、第三期の間判大首絵のシリーズはカウントに入っていない。おかしな話でしょう。どうして国貞はこんな勘違いをしたのかしら？」

「…………」

「一人図、二人図のどちらとも、第一期の大判大首絵のシリーズが後世の贋作だったとしたら、この証言に矛盾はなくなる。一枚摺りで売り出された大首絵は第三期の間判黄つぶしのシリーズだけだったことになるからね。いまのところ、間判大首絵のシリーズの中でなら描かれた役者の重複はない。『浮世雑談』に雲母摺りへの言及はないから、〈役者一人づ、画て再び出さず〉という証言はきれいに成立してくれる」

「……文献至上主義だ」

「そこは論理といって欲しいな」

　姫之は人差し指を振り立て、亜沙日のコメントに抗議した。

「それで、ヒメ、もう一つの証言は？」

みたらし団子をかじりながら、今度はナスチャが先を促す。

「こちらは『浮世絵類考』の記述。ここに九人、写楽が半身像で描いた役者さんたちの名前が挙がっているでしょう？〈五代目白猿、幸四郎（後京十郎と改）、半四郎、菊之丞、富十郎、廣治、助五郎、鬼治、仲蔵〉――この顔ぶれに疑問があるの」

姫之は亜沙日の手から雑誌を取り上げ、問題の記述を改めて示した。

「まず、五代目白猿の市川蝦蔵、松本幸四郎、岩井半四郎、瀬川菊之丞、大谷鬼次の五人はまったく問題がない。第一期に彼らの大首絵はちゃんと描かれているもの。次に〈富十郎〉は、天明六（一七八六）年に歿した初代中村富十郎ではなくて、本来は〈夫も中富、是も中富〉と謳われた初代中山富三郎のはずだったのが、写本を転写する際、同じ女形の名役者ということで取り違えられたと考証されている。中山富三郎はぐにゃ富とも呼ばれた人気の女形で、江戸の歌舞伎通はこの人の芸風を初代富十郎になぞらえたのね。最後の〈仲蔵〉は少し複雑で、俳号を栄屋秀鶴といった初代中村仲蔵は寛政二（一七九〇）年に亡くなっていて、寛政六（一七九四）年十一月の顔見世興行から三代大谷鬼次が二代中村仲蔵を襲名したの」

「え？　そうすると、江戸兵衛の大谷鬼次と中村仲蔵は同一人物だったんだ」

初めて知って、亜沙日が目を丸くした。

「その人、間判のシリーズで描いてもらったよね。屋号がおかしかったの……似顔絵のモデルは二代目のはずなのに書き込みの名前は先代さんなんだっけ」

ナスチャはよく覚えていた。

「そう、だから、第一期では三代鬼次として、第三期では二代仲蔵として、この人は一度ずつ大首絵に描かれているということになるわね。ところが、『浮世絵類考』の写楽記事では〈鬼治〉と〈仲蔵〉が別人として扱われている」

姫之は唇を舐めて湿らした。

「ここの記述は書き加えられた当初は、鬼次改仲蔵、とでも書いてあったものが、転写を重ねるうちに二人分の名前に分割されてしまったと考証されている。あたしもその可能性は高いと思う。ただ、別にもう一つ想像したことがあって、〈堺屋秀鶴〉の間判大首絵をどこかで見た誰かが、鬼次が改名した二代仲蔵だとは気づかず、別人の初代仲蔵の似顔だと思い込んでしまった。俳号の記載を信用するとそうなるもの。そして、『浮世絵類考』を自分の手で書き写した時に初代仲蔵のつもりで〈鬼治〉の後ろに〈仲蔵〉を書き足したというわけ。鬼次と仲蔵の名前が別人扱いで並べられた理由はこの二つのうちのどちらかでしょうね。さて、〈富十郎〉と〈仲蔵〉の問題が片づいたところでここからが本題」

「本題……？」亜沙日が目を剥く。「ヒメ、まだ前置きだったの」

「まだ二人、役者さんの名前が残っているでしょう？　三代大谷廣次《ひろじ》と二代中村助五《すけご》郎《ろう》」

「そうでした。〈廣治〉と〈助五郎〉か……」

「ところが、三代廣次と二代助五郎を写楽が描いた大首絵はこれまで発見されていないのよ。第一期の大判雲母摺りのシリーズにしろ、第三期の間判黄つぶしのシリーズにしろ」

「え？」

　亜沙日は虚をつかれた。ナスチャも団子の串をくわえたまま、きょとんとなっている。

「三代廣次といい、二代助五郎といい、寛政六（一七九四）年中は現役で、舞台の上にちゃんと立っていた。『浮世絵類考』の記事には写楽が半身像を描いた役者として、廣次と助五郎の名前が挙がっている。〈富士郎〉や〈仲蔵〉のように誤解される要素も見つからない。ところが、彼らを描いた大首絵は現存していない。この矛盾を、アサさんならどう解釈する？」

「それは……写楽は確かに描いたし、他の錦絵と同じように売り出されたんだ。でも、傷んだり、汚れたり、捨てられたりで運がなくて、現在まで残らなかったということじゃないの。写楽の絵だって、一、二枚しか残ってないのがけっこう多かったよね？」

「アサさんの考えは基本的に正しい。ただ……」

「ただ、何よ」

「第一期の大判大首絵は現存枚数が多くて、四代松本幸四郎の山谷の肴屋五郎兵衛をトップにして、全二十八点中の二十点以上が、それぞれ十枚以上の現存を確認されているでしょう。一方で、第三期の間判大首絵は現存十一点中、二代山下金作を別にするとどれも二枚前後しか現存していない。アサさんの考えが当たっているなら、廣次と助五郎の大首絵は、第一期の作だったのか、第三期の作だったのか、どちらの可能性が高いかしらね」

「ああ。そういうことか……」

ようやく姫之がいわんとすることを理解して、亜沙日は深々と吐息を洩らした。

「豪華版の絵は後から作られたと考えた方が、すっきり説明がついちゃうんだ」

ナスチャは瞳をきらきら輝かせて、姫之の話に惹き込まれている。

「幕末に贋作が作られた時、大判大首絵のお手本にしたくても、六十年以上が経っていたから、三代廣次と二代助五郎の大首絵は見つからなかった。だから、黒雲母摺り、大判のシリーズで彼らの大首絵が制作されることはなかったのでしょうね」

「…………」

「前にも話したかな……歌舞伎役者の似顔を同じ大首絵で描いても、第一期の黒雲母摺りの大判サイズでは役者さんたちの屋号や俳号の書き入れはないでしょう？」

「まだ何か？」

「大判大首絵は外国人に売りつける目的で制作されたものだから、贋作グループに参加する外国人のメンバーから意見を聞いて、オリジナルの写楽の大首絵にどのような修正を加えるのがいいか、方針を決めていったはず。この時、画面がすっきりするから、屋号や俳号の書き入れは消してしまえと要請があったのだと思う。どのみち漢字を読めない外国人がターゲットなのだし、海外の市場ではその方が有利だといわれたら、反対するような理由は誰にもない。本物の写楽の作をお手本にしながら、大判大首絵では屋号や俳号の書き入れが取り除かれたのはこういう判断が働いたから。結果的には大正解ね」

「ヒメさ……あんた、よくもそこまで辻褄を合わせられるな。毎回感心する」

「辻褄は合わせるものとは違う。ひとりでに合っていくものでしょう」

澄まし顔で姫之はいった。

「でも、そのまま正直に、幕末の新作だってことで外国へ持っていってもよくない？　ずっと昔の絵みたいにごまかさないでも、絵描きさんの名前をちゃんと明かして、現役で活躍中の役者さんたちの似顔絵を描いてもらって」

これはナスチャの疑問。

だが、この問いにも姫之は首を左右に振った。

「役者絵の作法から外れた〈あらぬさま〉に描かせるのよ。同じ時代の、現役の歌舞伎役者たちを笑いものにするような絵を描くことができると思う？　後できっと騒ぎになる。こんな絵を描いて、よりによって外国人に売りつけたのは誰だってね。けれども、七十年も昔、寛政年間の役者たちを描いた似顔絵なら、間違って国内に流出したところで、どこからもクレームがくる気遣いはない。歌舞伎を知らない外国人の目には現役の役者でも七十年前の役者でも値打ちは違わないから、ずっと昔の役者絵のように装わせたの」

姫之の説明はいよいよ熱を帯びてきた。

「寛政年間に現役の歌舞伎役者を描いたものではなかったとしたら、納得ができる事柄は他にもある。写楽は人気役者に限らないで、無名の、とても売り物になったとは思えない端役役者の似顔まで描いたでしょう。坂東善次、中村此蔵《このぞう》、中村万世《まんせ》……出版したところで売れそうもない絵に蔦屋がゴーサインを出したと思う？　端役まで分け隔てなく写楽が描いたとしても、出版するかどうか、決定権を握っているのは版元の蔦屋なのよ。ただし、写楽がこんなことをやったのは大判のシリーズだけ。間判や細判の、ずっとリスクは低いはずの小品だと、モデルは人気役者が中心、極端に無名な役者は扱われなくなる。まるで誰を描くか、版元の意向に従って選んだみたいに」

「え、ええと、それはつまり……」

額から噴き出た汗を亜沙日はぬぐった。姫之の話を追いかけるのがやっとだった。

「大判、雲母摺りの役者錦絵三十五点と、それ以外の大量の小品とでは、初めから制作のコンセプトが違ったということでしょうね。人気役者も端役役者も区別がつかない人たちがターゲットだったの。同じ役者の絵ばかりを描くより、なるべく人数を多くして、いろんな歌舞伎役者たちの似顔、いろんな役柄の姿格好を幅広くカバーする方がよく売れると判断したんだと思う」

「おお、ちゃんと筋が通ってきた」

「もう一つ……作り手側の事情を勘繰るなら、無名の端役役者の似顔なら、好き勝手に面白おかしく描けるということも大きかったかも。江戸のお芝居好きが当たり前に買ってくれるような人気役者の似顔絵や姿絵なら、豊国や春英、本物の写楽自身も含めて、当時の絵師たちが描いたものがいくつも残っている。そういう絵を参考にできるのは贋作者にとっても利点ではある。逆にいったら、あんまり逸脱したものは描けないわけ。その点、他に似顔絵が残っていない端役役者なら、想像任せ、どんな顔形にデザインしようとも気にしなくていい」

「……何だかひどい解釈だな」

亜沙日が溜め息を吐き出した。

「実在した写楽の名前を勝手に使わないでも、架空の絵描きさんが描いたことにしちやったらよくない？」

ナスチャが新しい疑問をぶつけた。

「それも後で疑いを招くことになる。大判、雲母摺りの立派な錦絵をいくつも出版した絵師の名前が、江戸の文献にまったく出てこないのは不自然でしょう？　もしも人気が出たら、そのうちに外国の研究家もひと通りの伝記を明らかにしようとする。架空の浮世絵師の名前だと、出版時期を偽った贋作じゃないかと誰かが疑いを持つかもしれない」

「あ、そっか」

「架空の絵師より、不成功に終わった、詳しい事跡が伝わらない二流絵師の名前を借りておくのが疑われないという判断ね。もともと写楽の画風がお手本だったんだし、安物の小品とはいえ百点以上も役者絵を描いたんだから、そのまま名前を使わせてもらったとしてもおかしくないでしょう」

「凄い！　ヒメ、そんなことまで考えたんだ」

ナスチャが感嘆して、両手を打ち鳴らした。

「雲母摺りの大判錦絵だけは幕末の贋作、それも海外に売りつける狙いで作らせたという前提で解釈すると、ああ、そうなのかと、すんなり説明がつく点はまだある」

姫之はさらに説明を続けた。

「最初に写楽版画一点当たりの現存枚数」

「初めのやつほど数が多いって、あの話？」

「いくら高値な方が大切に扱ってもらえるからといって、歌麿や豊国の代表作よりもたくさん残っているというのはおかしな話だと思わない？　同じ時代、同じ江戸での評価はずっと後に彼らの方が高かったはずなのに。二十八点の大判大首絵と七点の大判姿絵がずっと後になって作られた贋作だとしたら、この点はおかしくも何ともない。実際の制作年代に、六、七十年の開きがあるんだから、現存枚数に差がつくのは当たり前。写楽の場合でいえば間判や細判のように、一、二枚しか現存していない方が正常なのよ」

「……ヒメも、けっこう勘繰るタイプだな」

亜沙日は片頬を歪めた。

「それから、この都座口上図。学校でも話したでしょう。この口上図にはいろいろと謎が多いんだって」

歴史雑誌に掲載された図版を姫之は指差し、友人たちの注目を促した。

「通説では第二期、寛政六（一七九四）年の秋の興行で出版したものだとされている。といっても、それほどの根拠はなくて、白雲母摺り、大判で全身像が描かれた形式のものは他には第二期の役者姿絵の二人図しか見当たらないから、口上図もやっぱり同じだろうといっしょに扱われているという程度ね。それに都座だけ、こんな絵を出版したのは何故かという疑問もある。桐座や河原崎座と比較して、第一期、第二期の役者錦絵の出版点数に大きな隔たりはないから、都座との間にタイアップのような関係があったということも考えられない」

「でも、雲母摺りの役者絵が、ヒメがいうように幕末になって作られたものだとしたら……」

話の行方が見えて、亜沙日の声がかすかに震えた。

「これまでの疑問は全て、消えてなくなる」

怜悧《れいり》な薄笑いを唇に刻んで、姫之は推理を続けた。

「都座口上図が写楽にとって唯一の、大判、雲母摺りが使用された真作だとしたら、出版の時期を特定するのはもう難しくない。四月の都座寿興行を描いたものでしょうね」

「そうなるか、やっぱり」

「創設百六十三年寿興行は都座のイベントだったのだから、口上図が都座だけで描かれたことは疑問でも何でもなくなる。むしろ当たり前でしょう。錦昇堂版を国貞が出版したのと同じで、当の都座が出版費用を負担して、寿興行の宣伝を打つために蔦屋から出版してもらったの。一枚摺りの実績がない写楽が起用されたのも、座元の都伝内と個人的な知り合いだったからだと考えたら、異例の起用とまではいえないわね」

「だったら、蔦屋の立場は印刷所みたいなものだ。ぜんぜん口上図が売れなかったとしても自分の懐は痛まないし、余計なことをいわずに出版しておくだけで稼ぎになる。都座がどの絵師に描かせるかを選ぶのにわざわざ口を挟んだりしない、か……」

「ただ、寿興行と口上図の出版を通して、蔦屋は写楽という絵師との関わりができた。このことが同じ年の、秋以降の役者絵の大量出版で写楽を起用することに繫がったのよ」

「……納得。どんどん話が繫がっていくな」

「巻紙のところに口上文があるものとないもの、ふた通りの口上図が存在すると話したのは覚えている？」

「これより二番目の新板をお目にかける、というやつだね」

もはや何度目ともしれない溜め息を亜沙日は吐き出した。

「寿興行で売り出されたものだとしたら、口上文の意味はまるで通らない。つまり、巻紙のところに文字がない方が都座口上図のオリジナル」

「…………」

「通説では〈口上自是《これより》二番目新板似顔奉入御覧候〉は第二期の役者姿絵の出版を指しているとされているわね。けれども、雲母摺りの大判錦絵全体が幕末になってからの贋作、蔦屋から出版されたものでないとしたら、その意味はまるで変わってくる。寛政六年の秋から翌年正月にかけて量産された間判や細判の小品——本物の写楽が手がけたものをひとくくりにまとめて一番目扱い、それらをもとに新しく作ったのだから、大判雲母摺りの大首絵と姿絵、両方を合わせて二番目の新シリーズだとうそぶいた。こんな風にも解釈ができる。口上文が摺られた異版は、彼らの〈二番目〉の制作に合わせて都座口上図をコピーした複製品でしょう。贋作者が悪戯心を出して危険な告白を残したのも、もともと日本人相手に売りつける目的で作ったものではなくて、外国人は漢字を読めないと考えたからね」

「ああ……また説明がついちゃった……」

自らを納得させるように亜沙日は何度も頷いた。

「雨、やんだみたい」

顔を横に向けて姫之がいった。

亜沙日とナスチャもつられて格子窓の外を見る。雨雲が途切れたのか、この甘味処にやってきた時よりも外はずっと明るい。時間が逆転したような印象すらあった。

「他に……訊きたいことは？」

友人たちに目を戻し、姫之が促した。

さっと挙手したのはナスチャだ。

「ヒメの謎解きは面白かったし、とっても説得力があった。それで……幕末の浮世絵師さんたちの中の、いったい誰が写楽の絵を描いたの？」

「ああ、それも考えないとダメか……」

初めて思いいたったように姫之は額を押さえた。

「開国してからも活躍した浮世絵師だよね」ぱちん、と亜沙日の指が鳴る。「だったら、広重だ！　初代じゃなくて、二代の方。横浜に移り住んで、外国人相手に浮世絵を描いた人なんだから、当然、声もかけやすかったはず。画力だって、初代と比べて負けてない」

「二代広重か……」

しかし、姫之は浮かない顔だ。指先で唇をなぞりながら考え込んだ。

「この人、初代と同じで武家出身のはずでしょう。外国人相手の商売とはいっても、歌舞伎役者の似顔絵を描くかしら。いっときは江戸の画壇の真ん中にいた絵師なのよ。誰も素性を詮索しないような、二流の絵師とは事情が違ってくる。初代の広重だって、役者絵を描いたのは無名の頃だけ」

「江戸の人たちに売りつけるわけじゃないし、それに地下出版の贋作なんだから、初めからおおっぴらにはできないじゃない。外聞以前の問題」

「外聞じゃなくて、これは見識の問題」

「おやおや。難しい時代だったんだね」

「役者絵を描いてくれと依頼するんだから、素直に考えて、話を持ちかける先は初代豊国の弟子筋でしょうね。ああ、国虎か、国芳か、彼らのどちらかがもう少し長生きしてくれていたら。二人とも、画力は抜群、おまけに西洋画の信奉者だった。外国人からの依頼があったら、きっと大喜びで引き受けたはず。特に国芳。子供の悪戯描き風に役者の似顔を描き、歌舞伎役者の顔真似を猫にやらせてみせた彼のセンスなら、写楽の贋作者にはうってつけなのに」

「なかなか上手く条件が合わないな。だったら、代案で国芳の門人たちは？」

「実力で選ぶなら、芳虎か、芳年か。こんな話を持ちかけられて、大張り切りで加担してもおかしくないのは、芳員、それに芳幾というところかな……」

幕末明治の浮世絵師たちの名前を挙げつつ姫之は《浮世絵大歌川展》の図録をめくっていたが、その手が不意に止まった。一人の浮世絵師の略伝に彼女の目が釘付けになる。

「三代豊国！　五渡亭国貞が、元治元（一八六四）年まで生きていた！　横浜開港からは五年後、ロンドン万博にしっかり間に合う！」

「……国貞？」

亜沙日とナスチャは思わず顔を見合わせた。

「その人、写楽の大ファンだったね……」

ナスチャの声はほとんど囁くかのようだった。

「面白いくらいに辻褄が合ってくるよね。役者絵は国貞――海外向けとはいえ役者絵の企画なんだから、このジャンルの、一番の大物のところに真っ先に相談を持ちかけるのは当たり前の発想でしょう。写楽に強い関心があって、実際に写楽が描いた似顔を模写したこともあるくらいだから、贋作の主役に写楽を担ぎ出してもおかしくない。それこそ、子供の頃の憧れの存在だったけれども、一枚摺りといえば間判や細判の小品ばかりを描いていた写楽に、大判、雲母摺りの大仕事をやらせてみたいと考えたということだって。めいっぱいに飾り立てて、海の向こうへ憧れの写楽をデビューさせようとしたのよ。そう、報酬はともかく、浮世絵に初めて出会った外国の人たちに自分が他の誰よりも推したいマイナー絵師を隠れた巨匠として売り出してやろうという、これは国貞流の一種のお遊び――ゲームだったのかもしれないな。江戸の浮世絵師が、世界を向こうにまわしての愉快なゲーム」

「けっこうなロマンチストじゃないさ。でも……国貞だったら、確かにやってのけたかもしれないか。八十近くにもなって、あんなに脂ぎった絵を描くような人だったんだから」

先日に展覧会で見た豪華版の大首絵を思い出し、亜沙日はうんうんと大きく頷く。

「国貞自身が描くことはないわよ」

「うん……？　でも、ヒメ、相談を持ち込むなら国貞のところだって」

「そうよ。だから、国貞自身が描かないでも、門人に代作させたかもしれない」

「だ、代作……？」

「この人は、自分で描くよりも効果が上がる、版元やお客さんたちを満足させられると見たら、平気で門人に代作を任せたの。外国人に売るための贋作の依頼を受けたとしても、国貞なら、仕事の手順はいつもの通り、自分がいままでやってきたように進めたように思う。いろんな趣向に合わせて器用に似顔を描き分けられる絵師、西洋の絵画技術に深い関心を持つ絵師を選んで、依頼通りの風変わりな役者絵を描かせたの」

「ええと……ということは……」

「五雲亭貞秀や豊原国周もこれで引っ張り出せるでしょう」

会心の、晴れやかな笑みが姫之の顔に広がった。

「それに国貞なら、国芳や広重が残した門人たちにも顔が利く。何しろ当時の浮世絵画壇の第一人者だもの。直接の依頼ではなし、大御所の三代豊国を通して贋作を持ちかけられたなら、彼らもきっと断れなかったでしょうね」

「まいったな。候補者がよりどりみどりだ」

片頬を掻きながら、亜沙日はぼやいた。

「写楽の正体、結局は誰だったことになるの？」

ナスチャがちょこんと首を傾ける。

「いまさら何をいっているの、二人とも」かえって姫之は驚いたように、「いままでの話は写楽の贋作を描いたのは誰かってこと。写楽自身の正体が誰かといったら、そんなことは最初から結論が出ているし、あたしも何度もいっている。斎藤十郎兵衛でしょう」

「え？」

「ホントに理解してくれたの？」

金縁眼鏡をくいと押し上げ、射抜くような視線をめぐらした。

「写楽別人説なんて怪しい説がどうして出てくるかといったら、結局のところ、世界が認めた写楽の傑作が、非番の能役者の余技の産物だったとは思いたくない人たちが大勢いるからでしょう？　けれども、新しい史料でも見つからない限り、斎藤十郎兵衛が写楽だったことはいまではとても動かせそうにない。それでも十郎兵衛が写楽の傑作を描いたことを認めたくない、そんなことは間違いだと主張するなら、写楽が描いたとされている傑作の方を間違いにしてしまうくらいしか抜け道はないのよ。要は能役者が嘘なのか、写楽の傑作が嘘なのか、論理の上ではどちらの方が成り立つ余地があるかというお話」

「……ヒメ、結局、あんたの発想のベクトルはそっちなのか」

天井を仰ぐと、亜沙日は喉を絞るように長い、細い息を吐き出した。

「ホ、ホントにいいのかな、そんな謎解きで」

笑顔を引き攣らせてナスチャがいった。

「かまわないわよ。もちろん」

姫之は抹茶の碗を持ち上げた。しかし、口許までは運んでいかない。両のてのひらに包んだ中で碗を揺らして、物憂い瞳で液体の動きを追いかけていた。

「前々から不思議なの。写楽の話題に限らず、歴史の謎解きだ、真相だといって、史実そっちのけ、表の出来事もろくに見ないうちから、あるかどうかも怪しい舞台裏に首を突っ込むような人たち——ああいう人たちはホントに歴史に興味があるといえるのかな」

「…………」

「あたしにはとてもそうは思えない。逆さまなの。歴史の研究に興味がない、それどころか嫌いで嫌いで、まるで面白くない人たちが大勢いて、先行研究や文献をろくに知ろうともせず、歴史なんてものは嘘っぱちだと決めつけて、ひっくり返して、自分たちの好みに合うように書き替えようとする。そんな人たちが絶えないうちは、歴史の真実を謳い文句にした嘘ばっかりの真相や無節操な新解釈がこれからもまだまだ作られるでしょうね。歴史は権力者が自分たちに都合よく書き替えるというのは昔の話で、いまどきの歴史は、消費者の需要に合うようにメディアがカスタマイズして提供するものなのよ。写楽の正体だって要は同じ。当たり前の歴史の説明をひっくり返したいから、そうしたものを否定しておいた方が正しく物事を見ているという優越感を持てるから、学問的な根拠が乏しい、安易な真実が大流行りする。だから、あたしは、写楽の正体なんかよりももっと根っこの部分からひっくり返してみたの。史実のままでは満足ができない、飛びきりにショッキングで、絵空事の愉快な真実でないと受けつけない人たちは、きっと拍手喝采で歓迎してくれるんじゃないかな」

皮肉とも本心ともつかないことをいって言葉を切ると、姫之は碗に口をつけ、残りの液体をひと息に飲み干した。

クラスメートたちはリアクションに窮してしまい、束の間、何もいわないで彼女の澄まし顔を眺めていた。

「ま、いいか。たったいま思いついた説にしてはなかなか上出来。その気になったら、センセーショナルな新説もちゃんと作れるじゃない。感心したよ」

気を持ち直して、亜沙日は両手をぱちぱち打ち鳴らした。

「はらしょおおおーっ！」

割れんばかりの拍手と共にナスチャが叫んだ。

「でも——あ、そうだ。国貞といったら、おかしな話がまだあったんだ」

やがて、拍手を終えてから、思い出したようにナスチャが未解決の話題を持ち出した。

「ほら、国貞の話だと、写楽の版元は蔦屋じゃなくて、別の版元から出版したことになっていたよね。写楽の大ファンの国貞がどうして勘違いをしたのか、ヒメには分かる？」

「さあ……」

すぐには応えず、姫之の頭が斜めにだんだん傾いていく。

しばらくそのまま、長い髪を戯れに指先で梳《と》きながら思案に沈み、たぶん……とどこか遠い声が彼女の口からこぼれた。

「斎藤十郎兵衛の写楽はたぶん、鶴屋喜右衛門のところでも役者さんたちの似顔や姿絵を描いていて、小さかった国貞にはそちらの印象の方がきっと強かったのでしょうね。それは立派な錦絵の一枚摺りのお仕事ではなくて、子供たちに喜んでもらうためにたくさん描いたはずの、凧だとか、絵馬だとか、切抜絵、張交絵にそれから、うちわなんかの絵の方が」

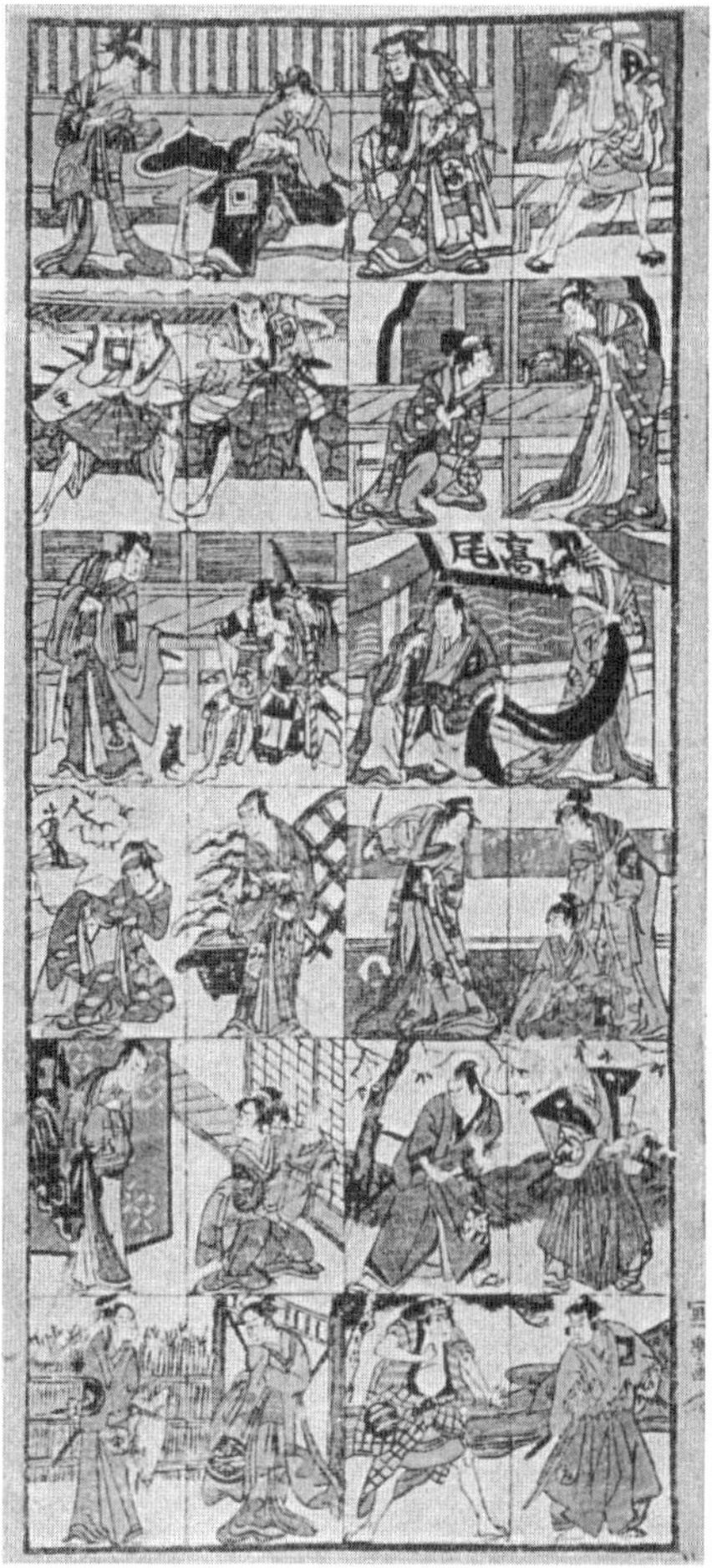

「伝写楽　細判手遊絵」資料の再検討によって評価が見直されるのは歴史研究の常である。ここでは写楽版画とおもちゃ絵の関係をうかがわせる資料の一つとして紹介するにとどめ、後考を待ちたい。

『浮世絵師の遊戯』注釈

1丹　赤色の顔料。
2雌黄　黄色の顔料。
3張交絵　浮世絵の様式の一つ。一枚の版画に様々な絵を配した錦絵。『浮世絵類考』の「豊広」の項には〈はりまぜ小サキ一枚摺墨繪などかけり〉とあり、歌川派の浮世絵師豊広（一七七四～一八三〇）から張交絵の板行が始まったとされる。
4鍾馗　中国に伝わる道教系の神。
5桐座　江戸時代の歌舞伎劇場の一つ。江戸三座の一つ市村座の控櫓《※ひかえやぐら》（※興行不可能な際に興行を代行できる劇場）。
6絵草紙　世の中の出来事を絵入りの読み物にした印刷物。瓦版。
7私淑　直接教えを受けるのではなく、密かにその人を師と仰ぎ学ぶこと。
8定火消　江戸時代の消防組織。幕府の職。
9禁裏　天皇の住居。転じて、朝廷。
10拝領屋敷　幕府から与えられた土地に建てられた屋敷。
11与力　大名や有力武士の補佐をする江戸幕府の役人。
12茅屋　茅葺の屋根の家。転じて、粗末な家。
13地本　江戸で出版された大衆向けの本の総称。

14漢画　中国絵画に影響されて成立した水墨画。

15大和絵　漢画に対し、平安時代に確立した日本古来の絵画。

16同心　江戸幕府の下級役人の一つで、与力の下で働いた。

17判じ絵　絵に隠された言葉を当てる謎解き遊び。

18都座　江戸時代の歌舞伎劇場の一つ。江戸三座の一つ中村座の控櫓。

19河原崎座　江戸時代の歌舞伎劇場の一つ。江戸三座の一つ森田座の控櫓。

――『ジパング・ナビ！』平成×△年夏期原稿募集・最終選考発表――

平成×△年夏期原稿募集には、平成×△年九月十五日の締め切りまでに六十七編の応募がありました。これを予選にかけ、左記の十編が本選候補と決定しました。

干潟八郎《ひがたはちろう》（秋田県）「鬼写楽」
かすみ・かうら（茨城県）「御用絵師写楽」
江戸前寿司《えどまえひさし》（東京都）「怪談　墓の下の浮世絵師」
鈴木裕之《すずきひろゆき》（神奈川県）「二十世紀的写楽序説」
太田由紀《おおたゆき》（静岡県）「写楽　一七九四年」
森健《もりたける》（愛知県）「浮世嶋、しゃらくさい」
足利八潮《あしかがやしお》（京都府）「ハンベンゴロウの置き土産」
比留間真昼《ひるままひる》（京都府）「おろしや国のパズル」
篠原匡《しのはらまさし》（高知県）「阿波徳島伝東洲斎」
前島瑞希《まえじまみずき》（熊本県）「贋作　時のヤンキー娘」

本選は、浪漫と最新情報を発信するエキサイティング歴史絵巻『ジパング・ナビ！』編集部により、十月十二日に行われました。

選考の過程で本選候補十編は、さらに三編に絞られ、それぞれ左記の通りに入選並びに本誌掲載の運びとなりました。

金賞　太田由紀「写楽　一七九四年」
銀賞　前島瑞希「贋作　時のヤンキー娘」
奨励賞　篠原匡「阿波徳島伝東洲斎」

皆さま、まことにおめでとうございます。

参考文献

執筆に際し、多くの文献を参考にさせていただきました。中でも特に重要なものを左に記し、この場を借りて篤くお礼申し上げます。

『東洲斎写楽　原寸大全作品』小学館（二〇〇二）
『写楽　SHARAKU』ユリウス・クルト著　定村忠士・蒲生潤二郎訳／アダチ版画研究所（一九九四）
『写楽・考』内田千鶴子著／三一書房（一九九三）
『写楽を追え』内田千鶴子著／イーストプレス（二〇〇七）
『東洲斎写楽はもういない』明石散人著／講談社（二〇一〇）
『写楽　江戸人としての実像』中野三敏著／中公文庫（二〇一六）
『「東洲斎写楽」考証』中嶋修著／彩流社（二〇一二）
『プロジェクト写楽』富田芳和著／武田ランダムハウスジャパン（二〇一一）
『写楽を探せ　謎の天才絵師の正体』翔泳社（一九九五）
『浮世繪類考』仲田勝之助編校／岩波文庫（一九四一）